帮助南瓜

BANGZHU NANGUA

格致◎著

吉林人民出版社

出 品 人：常　宏
选题策划：吴文阁
责任编辑：王　斌
插　　图：老　猫
题　　图：王国安
封面设计：上层品牌

图书在版编目（CIP）数据

帮助南瓜 / 格致著 . -- 长春 : 吉林人民出版社，2021.12
ISBN 978-7-206-18845-9

Ⅰ . ①帮… Ⅱ . ①格… Ⅲ . ①散文集 – 中国 – 当代
Ⅳ . ① I267

中国版本图书馆 CIP 数据核字 (2021) 第 258033 号

帮助南瓜
BANGZHU NANGUA

著　　者：格　致
出版发行：吉林人民出版社
（长春市人民大街7548号 邮政编码：130022）
咨询电话：0431-85378007
印　　刷：吉林省优视印务有限公司
开　　本：880mm × 1230mm　1/32
印　　张：11
字　　数：199千字
标准书号：ISBN 978-7-206-18845-9
版　　次：2021年12月第1版
印　　次：2022年9月第2次印刷
定　　价：48.00元

作者简介

格致，满族，1964生于吉林乌喇，吉林省作家协会驻会作家。2000年开始写作，先后在《作家》《人民文学》《十月》《民族文学》《红岩》等杂志发表散文、小说百万字。出版有散文集《转身》等三部、散文选集《女人没有故乡》等四部、报告文学《乌喇紫线》、长篇小说《婚姻流水》。作品曾获骏马奖、人民文学奖、林语堂散文大奖等奖项。

序

人是用泥土做成的。东方的创世神话是这样说的；西方的《圣经》里也是这样说的。泥土这种做人的材料，决定了人的脆弱、不结实，可轻易被水火消灭。人不能离开泥土，时时需要用泥土对自身进行修补。人离开泥土太远，是危险的。最开始的神，想建设热闹世界，他的手边没有多少可用之物，泥土是唯一的材料。泥土生出万物，或泥土制作出了万物！因此，万物同质。

那么人和泥土的关系，就是糖和甘蔗的关系。植物在泥土里建立根系、建立生命营养的供应系统。人以植物为食，通过饮食，和泥土建立联系。那么植物是人类的根系。

一开始的人是生活在丛林里的。人的周围充满了植物。人和自己的根挨得很近。后来形成村落，定居在一条河流的旁边，然后在周围耕种、采集、狩猎，生活在驯化的植物的包围中。城市是人类首次不携带植物而独自前进，人类远离了植物、远离了根系。虽然乡村在为城市供应食物，但城市离农田很远了。来自泥土的能量，城市的人够不到了。虽然粮食和蔬菜携带了一部分泥土的能量进入了城市，但这远远不够。

城市里的很多人，怀念乡村。这些怀念，在基因链的一环中频频闪耀，导致这些人莫名的不安。很长时间，他们不知道自己为什么易怒和失眠。当他们偶然到了乡下并且住了下来，发现自己很快就睡着了。房子后面水稻田里的蜻蜓，都飞到梦里来了。一块农田的疗治，不是城市的医院所能替代的。

我在城市生活了三十年。城市是一架转动的搅拌机，我是里面的一粒沙子。我转动，不是我在转动；我向上，不是我向上；我向下，也不是我向下。我不知道，这三十年的工作，我为人类做出了什么贡献？我的转动，于人类或者人群有益吗？

当我从机器里被淘汰出来，获得了站在原地不动的权利。我可以选择了，我可以离开城市，我可以回到乡下——乡下的老家有微弱的声音传来——三十年后，我的村子，还在原来的地方吗？

我是幸运的，逆着我离开的那条路，我找到了童年的村子，并找到一所废弃的房子住了下来。我需要四周农田的包裹，需要蔬菜和玉米叶子的摇动，需要桃花和金盏菊吐出花香。我找到了熟悉的村舍，如同重伤流血的人找到了有纱布的医院。

我是有病的，最大的病长在我的腹腔，血肉里有一架秋千，如同锈迹斑斑的沉船。十七岁离开家乡就把童年的秋千悄悄放入我的腹腔，这些年我一直携带着它，忍下那些隐隐约约的钝痛，每天寻找能够悬挂它的树枝。现在，我要把秋千从腹腔移挪出来，悬挂在院子西南角的大榆树下。在一个月夜，我把秋千取出，悬挂在一条伸向院子里的树枝上。没有人能看见秋千上的血迹。

我的胸腔，并不是只有心脏和肺。在心脏和肺的空隙间，我栽了几棵树：海棠树、梨树、桃树。樱桃树和杏树我也想栽，但实在没有地方了。要说我的肺可真是个优良的肺，在那样复杂的环境里，这些年一直没有出故障。我的心脏可没那么皮实，它不行了，两个月就要发生一次房颤，心律失常随时发生，最基本的窦性心律我已很难维持。一位医生朋友提醒我，说你这样挺着不行，得做个消融手术。我说你不知道啊，只要找到地方把那些树移栽出去，心脏自然就会好好地跳了。它这样跳是因为生气和疼痛，我感到有一根树枝扎入了我的心脏。

春天，我在院子里栽种桃树、梨树、樱桃树、海棠树……先在泥土上挖一个坑，把树苗放好，浇水，然后培土、踩实。当最后一棵树栽好时，我直起腰，南风吹过来，脚边的豌豆苗已经从泥土里拱出来了。刚出土的瓜类和豆类菜苗，样子像小动物，也毛茸茸的，两手抱着头。我感到心里宽敞了，心的怨气一下子就没有了，心脏一下子不知怎么跳才好了。我站在那里不敢动，等着心脏慢慢找到窦性心律的节奏，肺也悄悄吸进了更多的氧气。而这里的氧气，是从榆树叶、南瓜叶、黄瓜叶、牛筋草的上面滚动过来的，一路带着黄瓜的气味、青草的气味……

我的头部，也被我放了东西——那是一座铺着鱼鳞古瓦的房子，有人字形屋脊和静谧的瓦当。人字形屋脊是给予脆弱的人的配套设施——这一形状（金字塔）能接纳上天的能量。就算我的头再大，里面放一座房子也是吃力的。我的脑供血严重受阻，隔一段时间就要打疏通血管的药水，吃川芎、红花、水蛭、地龙为主配制的中药，不然我就长睡不醒。为了使血液能灌注到我的头部，我只得把身体放平。站立着，对于我来说，头部就处在了没有氧气和血液的危险中，要不了多久，我的头就会风干了。

第二年春天，我做好了一些必要的准备，选好良辰吉日，把占据我头部空间的那所房子移挪了出来，放到了院子的西侧。这样，院子里就有了两座人字脊的房子（院子北侧原有一座老房子），接收上天能量的设备增加了，我头部血管的压迫就得到了解除。我不用打针了，偶尔吃点药，维护已经受伤了的血管和脑神经。

我现在住在西厢房里，门窗向东，后面的西墙挡住了旷野的风。晴天看黄瓜秧和葡萄秧爬架，雨天看房檐下的雨帘。

头部的神经缔结开始恢复，神经突触如蜗牛的触角一样探出，抓住了另一个突触，然后它们紧紧抓住，像两个朋友在握手。脑神经连接恢复后，我头脑中的灯亮了起来。在灯光的闪烁里，我产生了写诗的想法。我先把狗喂饱，然后试着写出了几行：

大风要把乌喇吹到天上去
我在松花江边种豌豆
西侧是广阔的玉米地
一颗颗槽牙在地下暗暗较劲

这些事都是这几年做的。我发觉我对事件的记忆能力在不断下降。我担心再过几年后我会把这些重要的事彻底忘掉。我要找到障碍物，阻挡我的下滑。我找来一个笔记本、一支笔，通过这支笔把我的故事存放在纸上一份，如果我头脑中的那份消失了，那么我手里不至于一无所有。

我记录了很多有趣的事。一个笔记本不够用，两个笔记本也不够用。我没想到，我的记忆里有那么多的事，而且我认为哪件事都很重要，消失了都很可惜。我记录了挂秋千、栽树、盖房子、邻居金枝为什么不种花；记录黄瓜开花、南瓜坐果、冬瓜坠落；记录月食、北斗星斗柄的朝向、日环食；记录白鹡鸰和北红尾鸲来到院子里的时间；记录戴胜和白头鹎；记录赶乌喇街大集所买物品；记录用手压满一缸水所用时间；记录几月几日看见了院子里的巨大蟾蜍……

这一切都是多么重要啊！这一切要是被我遗忘了，我将一无所有，一贫如洗。

2020年7月10日 吉林乌喇街旧街村

目录

第一章　风物

第二章　人物

第三章　万物

第一章

风物

雌花蹲在一片硕大的叶子下面，一片一片收拢自己的花瓣，然后紧紧搂抱住了那些从一个梦境中获得的珍贵花粉。

帮助南瓜

我的手里，握着南瓜的种子，来自乌喇街十字街秀兰种子商店。秀兰种子商店只出售种子并不培育生产，种子来自不同的育种单位。育种单位都给自己的种子起了名字：一种珍栗强调的是面，像栗子那么面。南瓜在我们北方也叫面瓜，面是最基本的，否则不成立。甘之味强调的是甜。面是不消说的，不面还能叫面瓜吗？除了面，我们还甜，又甜又面，锦上添花。极品红缘，就更高端。也不说面，也不说甜，人家越过这些基础属性说颜色。大部分面瓜不都是绿色的吗？那么我们是红色的，又面又甜又红，好吃、好看还吉祥呢！直接上升到了审美的高度，有了文化意义，谁能超越呢？我的手心里又热又痒又嘈杂，三个品种的种子在我手里已经开战了，它们说自己好，说别人坏话，我发现我瞬间成了它们的主宰。我决定给它们公平，就是每个品种都种下相同的数量。

你可能不知道，南瓜过去在农作物中一直很受歧视。正经菜地里看不见它们的踪迹，一般在边边角角，不适合其他蔬菜成长的地方，才把南瓜安置在那里。一般是山坡上、果树下面、障子边、柴草堆侧……南瓜被排挤到菜园的边缘地带。南瓜种上之后，生存环境的险恶，自己想办法对付。长与不长，结果不结果，撒下种子的人并不关心。它像个弃儿一样，在农田的角落自生自灭。南瓜心里不服，有一颗要强的心，啥恶劣的地方都能生长：爬墙、爬柴草堆、爬山坡……一边努力生长，还要一边开花、结瓜，还要让自己又甜又面，这样就有希望在来年再次被栽种，把生命基因延续下去。南瓜不说话，可它们的行为，跟人类长篇大论之后的做法是一样的，其目的也殊途同归。

包装袋上的图片红瓜绿叶，好看。南瓜不仅果腹，还是不苦的良药。我面对图片和沉默的种子，感到生活太美好了。得病不怕，咱吃南瓜，那医院从此不必去了。把那几十粒种子放手心里左看右看，美好生活就藏在种子里——美好生活已经被我掌握。这种感觉太好了，从小到大，一直被别人掌控，现在，我终于也能掌控一些什么了。

一切都很顺利。在该播种的时候把瓜种子埋到了土里，几天后又下雨了，然后天晴了。乾坤朗朗，暖风醉人。此时阳光、土壤、水、空气，一样都不少，还多出来两双期待的眼睛（诗人樱儿也住在这里）。

近些年，食物营养专家发现了南瓜的特殊营养价值，尤其有能力预防癌症，据说那肆无忌惮的癌细胞遇到了南瓜也有所收敛。癌症已经吓死了多少人！所以，如果要让大众接受什么食物，只要说它抗癌、防癌，这个食物不管多难吃，都会成为饭桌上的主角。

现在，不管在啥级别的菜市场，南瓜四季有售。不管在啥样高档餐厅，菜谱里都有以南瓜为食材的菜。所有人都忽然爱吃南瓜了。如果你不吃南瓜，那么你就没有跟上时代的脚步，那你就不懂什么是科学。

我也是惧怕癌症人群中的一员，我想用南瓜做成掩体，躲在南瓜的后面，因此，我不但要种南瓜，而且要种三个品种。首先我提高了南瓜在我的菜地里的地位——把南瓜种在了土质最好的区域；用竹木材料为南瓜搭好了架子，为它的生长搭好了展现生命过程的舞台。南瓜作为主角，在我的农家院子里即将登场。它站得高、看得远，鸟枪换炮，俯视院子里所有的蔬菜。

一周之后，我埋下种子的地方就被拱起一个小包。我顺着泥土裂纹小心翼翼将其揭开，看见绿色的肥厚嫩芽，正弓着腰往上使劲。见它正埋头拱土，料它也没看见我，就像胎儿在子宫里被照了B超。我赶紧把土给它盖上，怕过早见风会受到破坏。第二天一早，就看见南瓜的嫩芽已经趁着夜色把头顶的那块泥土顶翻在脚下，颤巍巍地顶着一个硕大的头，懵懵懂懂站立在了那里，不知所措的样子。头上两片萼护着里面的嫩叶，原来小小的种子来到世界上，一开始是如此小心的——它们竟然戴着头盔！很快，只几小时，南瓜看清了四周，觉得安全了，里面的两片圆叶子才敢打开，然后展平，最大面积地迎接普照的阳光。有了两片叶子，四片叶子、六片叶子很快就出现了。一个疏忽，已经有一条瓜茎从一片手掌大的叶子的一侧，忽然像蛇一样钻出来。原来那些之前的叶子，都是为这条茎做掩护而长出的。这条茎是这粒种子的灵魂和真身，从这条瓜茎，你可以看见一粒种子的全部生命计划。植物是有大脑和智慧的。它的生存策略，会让你目瞪口呆。所有的生命都值得尊重。茎在向前进，每隔一尺左右的距离，长出一片叶子。叶子只是雨伞和阳伞，为保护下面的花朵而生。在这片叶子的根部，会一同长出一只花蕾或侧枝。花茎颀长，举到那片叶子的上面，打开碗盏状的黄色花朵，显然它不需要那片叶子的保护。这是雄花，怎肯屈居一片叶子之下。接下来瓜茎再向前一尺，又长出一片叶子和一朵花，这朵也是雄花，也把花朵举高。连着四五片、五六片叶子下，开出的都是雄花（谎花）。你不要以为这下完了，都是谎花，这种子不好，这种子就知道骗人。你要耐心等，好戏在后头。这些最早开出的雄花是先锋部队，是死士——它们是出来打天下的。雄花占好了地盘，看方圆之内已是风流云散，海晏河清，雄花把这一消息通知了主茎，主茎把消息通知了埋在泥土中的内心。泥土中的内心立刻启动了生命计划的第二步骤：第七片叶子下又长出了一只花蕾。它的花朵下面，不是颀长的花茎，而是一个圆球形的小瓜（子房）。叶子像伞一样罩住了它，像掩盖一个真相。这只花蕾是需要这片叶子的——这是一只雌性花蕾。它小心翼翼地躲在叶子的下面，不仔细你是看不见的。一只瓜的诞生是如此谨慎，雌花像个怀揣珠宝的夜行人。一粒种子是多么重视自己的果实！为了这粒果实的诞生，做了那么多的准备和铺垫，用了那么多的心思，死了那么多雄花！还有，在开出花朵的同时，在一些叶片下长出侧枝，如果主茎意外损伤，侧枝会继续生长，替代主茎，为自己的不测预先留下了替补，可谓前仆后继啊。这么多的事需要考虑周全，且步步为营，在南瓜的根部，一定有个司令部，或操作平台。作为人，你都没有这份理智和策略。你得犯一系列的错误才清醒，而南瓜，不犯错误。

和樱儿发现了雌花的存在,感叹了一番植物的智慧之后,就放心地等着了。等着那层层保护下的小瓜，长成种子包装图片上的样子——圆润、硕大、好看、好吃。我们几乎每天都蹲在那片叶子下，察看那小瓜的成长。可看着看着，那小瓜在我们热切的目光里，不但没长大，反而越来越小、越来越黄，一周之后终于在我们的目光里融化了。我们不知所措，互相埋怨。我说樱儿的目光有毒，把好好的南瓜毒死了。樱儿说不是他的目光有毒，而是人类的目光有毒。两个人类的目光之毒加在一起，小南瓜受不了这毒的剂量，就被毒死了。小南瓜一定是怕看的，不然它躲到那么大的叶子下干啥呀！我们除了埋怨找不到任何原因。第二天，我们发现另一株瓜藤上又结了小南瓜，这回我们谁都不敢看了。几天后，发现这只没有被人类目光下毒的小瓜，也枯黄干瘪，这证明了人类目光的无辜。那么一定另有原因，我们百思不得其解。花谢了后，瓜也结束生命，不肯继续长大，这是不对的。种子的一系列生长策略要的不是这个结果，我和樱儿要的也不是这个结果。雌花谢了后，小瓜要继续长大才对。它为什么不长了呢？而此时，那些叶子浓绿而硕大，生长的力量十分强劲。雄花不断地从叶子下面涌现出来，但这些力量似乎不能进入雌花。感觉植株的力气都用偏了，都用在了叶子和花朵上了。雄花还是猛烈地开放着，因为土地肥沃，雄花的花茎越来越长，花也越来越大，像个小碗那么大了。可这一切除了好看之外，没有别的意义了。我需要观看之外的意义啊。如果看过叶子和花之后还有南瓜可吃，那不是十全十美吗？而从别人的经验看，十全十美并不难，到我这里出了什么差错呢？或者我在哪个环节做错了什么呢？或者不是我的错，是那粒种子在哪个步骤没计算好，算错了呢？从种子一开始步步为营、理性智慧的行为看，种子出错的可能性很小。结瓜打籽是种子的终极目的，一切都是为了这个目的，它怎么会出如此不可原谅的差错呢？在我这方面，没有给南瓜上化肥，依靠自然力量，瓜能长多大算多大，不要用肥料催生的不自然的大瓜，这也是错误吗？明显这里的泥土肥力无须人为再增加，本身已经够用了。我怀疑现在的种子有问题，是不是不上化肥，雌花就无力结果了呢？我想不明白，看来得请教农民了。

一墙之隔，就是金枝家。金枝是农民，她应该也遇到过这样的怪事。结果她不但知道为什么，还告诉了我该怎么办。

她说南瓜得人工授粉，不然果坐不住。我惊讶。我知道这种雌雄同株的植物需要授粉，可我不知道要人工授粉。我妈种南瓜，从没见过她人工授粉。我小时候不知人工授粉这个词，却年年能吃到南瓜。

我说不是一直由蜜蜂来授粉吗？

金枝说你看哪有蜜蜂了？

我问那蜜蜂都去了哪里？

金枝说不知道哇，反正蜜蜂没有了，或者太少了。

我四顾，确实没有蜜蜂，别的昆虫也没有。

金枝说农药太多，蜜蜂被药死了。

看来这确实不是人类目光的错，也不是种子的错，是授粉的媒介缺失，而这个媒介是大自然的组成部分。生物圈出现了缺口，那个生物圈围不成一个圆圈了。金枝说是农药进入大自然后，导致了生物圈的这个缺口。那么种子的智慧就有待进步了。种子不知道蜜蜂已经没有了吗？种子不知道人类在大量使用杀虫剂吗？对这一切，聪明的种子就没有办法了吗？看来种子需要进步，需要跟上时代的脚步。种子一味沉浸在天地玄黄、宇宙洪荒的农业时代是不行的。现在是工业时代、农药时代，是害虫、益虫一律被药杀的时代。你种子不跟着进化出铜墙铁壁来，不进化出自己给自己授粉的能耐来，那只有死路一条。对于南瓜来说，在昆虫透明的翅膀发出的催眠音乐下被完成授粉的好日子一去不复返了。种子亘古依赖阳光、水、土壤、氧气、昆虫。现在，昆虫这一必要条件断链，导致南瓜无法结瓜。对于南瓜，这就是灭顶之灾、灭种之祸。那么接下来，阳光、水、空气、土壤，说不上哪天，哪个又断链了，那就更完了。现在，断链已经出现，缺口已经打开，更大的缺口就在不远处。这有多可怕啊！

暂时，那昆虫的缺口，可由人类肉体填补。如果哪天缺口除了昆虫还有阳光，那我们要如何努力才能填补？我得有本事摇身变成女娲吗？每天早上，我干着蜜蜂未竟的事业。我把雄花摘下来，把花粉倒进雌花的漏斗里。我担心雌花得到的花粉不够用，就把雄花摘下来，倒扣到雌花上，让它们脸对脸，口对口，像两只扣在一起的黄色茶杯。雄花在早上刚把花开了那么一小会儿，就这样被我弄死了，但它死在了雌花的花蕊上，这应该是雄花求之不得的死亡。雄花开花的目的以及意义是什么呢？在把雄花摘下来之前，我并没有征得雄花的同意，但我深知雄花赶来的终极意义。雄花依赖蜜蜂和风，把花粉带到雌花的漏斗里。现在的现实是，蜜蜂基本没有了，昆虫也很少，只剩下了风。而风的性格与蜜蜂不同，风不能把花粉准确地丢进雌花的杯盏里去。风把花粉刮得到处都是，把花粉都浪费了。这一切，雄花看在眼里，并为此很焦虑。我这么做，雄花是会感谢我的。我做了它想做而无法做到的事，在我看来这是雄花最好的死亡了，因此，我在折断雄花的时候毫不手软。

这样过了几天后，那些授过粉的雌花下的小瓜迅速膨胀，像有神灵在不断地给它吹气。我细看我的十根手指，这哪是手指，而是消失了的蜜蜂的黑色小脚。每次授完粉，看着四处是被我丢弃的雄花残破的花瓣、不小心打坏的雌花的碗盏，还有踩坏的茎叶，现场惨不忍睹。我感到那些叶子、那些花，还有那根粗壮的主茎，都很悲愤而又无可奈何。

它们嫌弃我的手又离不开我的手。那雌花，像是被强暴了一样，躲在叶子下，瑟瑟发抖，似乎还发出了悲咽之声。它们怀念蜜蜂的黑色小脚，怀念昆虫振动翅膀的高频嗡嗡嘤嘤的歌声。我发现我虽然完成了给雌花授粉的任务，但我完成得不好。我的做法太残暴，对植株、雄花还有雌花的破坏太严重了。我授完粉的地方，几乎都成了犯罪现场。在授粉的过程中，很多雌花都被我碰坏了。我的手指，相对于蜜蜂的小脚，显得粗大而笨拙。我像一头牛进入了瓷器店，牛再加小心也是一地狼藉。蜜蜂的授粉过程轻柔而伴着音乐——蜜蜂是一边唱歌一边完成授粉的。雌花没有受伤，雄花也没有受伤。它们甚至在整个过程中毫无察觉。蜜蜂在授粉前，给雄花、雌花都打了麻药，不然还是要疼的。蜜蜂一边打麻药，一边嗡嗡嘤嘤地唱歌。这时候，雄花、雌花就都昏昏欲睡，雌花梦见自己变成一只黄蝴蝶。雄花梦见自己变成一只黄蝴蝶，然后梦见不远处飞来了另一只黄蝴蝶。几天之后，雌花低头一看发觉自己怀孕了，肚子大了起来。雌花莫名其妙，雄花更是一脸无辜的样子。雄花说，你别看我，我也没碰你啊！雌花蹲在一片硕大叶子的下面，赶紧收拢自己的花瓣，紧紧搂抱住了那些从一个梦里获得的珍贵花粉。

然而，等我的十根手指出现，樱儿的十根手指出现，一切都改变了。世界变了，每朵花的命运也变了。在院子里的南瓜眼里，我和樱儿，已经不是两个人，而是两只凶恶的、摧残花朵的、变异了的大蜜蜂。我们俩的恶行：授粉时斩断雄花的头，动作粗鲁，碰坏了雌花的花蕊，整个过程令雄花、雌花很疼痛，不给打麻药，连一句歌也不唱。

我一年要离家几次，出门到很远的地方开会。朋友邀请的会，我一般都答应去开，因为我还做不到不见人只种瓜，我还没有忘记我还是人类。我给南瓜授粉是在扮演昆虫。我扮演昆虫的次数多了，拿不准我是不是在逐渐变成昆虫。樱儿也在扮演昆虫，因此，我们不能成为互相的参照物。我想趁出去开会，见到很多人，想暗暗观察他们，找出自己与别人的不同或相同。我想找到我已经变成一只昆虫的证据，假如我变成了昆虫，我自己也许是不知不觉的。我也希望我的朋友们能发现我的变化，并及时地告诉我。如果我变成一只昆虫，我不会吃惊，也不会后悔，我也并不想要变回人类。我想及时调整我的生活目标，做一只合格的好昆虫。在昆虫被大量毒死的时代，变成一只昆虫，堵上生物圈出现的漏洞，那么这么变一下，我匹夫有责。人太多了，人群里没有我可以，但在我家的院子里，我这只蜜蜂是不可或缺的。

我不在家的几天，会特别担心樱儿忘了给南瓜授粉。在我看来，他还是一个人，没有出现变成一只昆虫的迹象。他的后背没有长出透明的翅膀，肚子上也没有黑色、黄色的横纹，手指距离昆虫的小脚的差距太大，给南瓜授粉还是笨手笨脚的，给予雄花、雌花的伤害比我还要大。如果他变成了一只蜜蜂，那么给南瓜授粉就成了本能，就不用我千里之外还要操心。每天早上我都要打电话，先问吃早饭了没有？然后问南瓜。第二天我还打电话，还没等我说话，人家就马上说，南瓜授完粉了，今天有十一个雌花开花，雄花都有点不够用了，用一朵雄花给三朵雌花授粉。那些天，诗人樱儿的主要工作不是作诗而是帮助南瓜。等我回到乌喇街旧街村，看到那些已经长到大碗那么大的南瓜端坐叶子的下面，就对樱儿说，你的作品不错啊！不过你给南瓜授粉的时候，唱歌了吗？

樱儿说没唱啊！

我说明天再给南瓜授粉，要一边授粉一边唱歌。

樱儿说为啥要唱歌啊？谁这么规定的啊？

我说授粉时给南瓜唱歌，南瓜会更好吃的，会又面又甜。

真的、假的啊？

真的啊！

2020 年 6 月 吉林乌喇街旧街村

扫雪记

某一个早上，你拉开厚重的窗帘，外面的世界会在一夜间改变颜色。远山近树、房屋和街路，是白色或绿色，和你刚才的梦境没有因果关系，这一般由刮什么风决定。梦境和窗帘外的世界是两个封闭的圆球，各自在自己的轨道上运转，是互相不知道的。我的梦境是站在操场上，有线广播里传来一个合唱团的合唱。当歌唱分成高音和低音两个声部，而后面的声部就要追上前面的声部的时候，我醒了过来，然后我发现，当我站在一个圆球里聆听歌曲的时候，另一个圆球里在下雪。我拉开窗帘，外面的一切都变成了白色，而风，停了。

楼下是沸腾的人间。沿街店铺都在自扫门前雪，谁都觉得老天应该下雪，谁都觉得下雪很美，但谁都会立刻扫雪，立刻破坏掉那么美的事物，毫不手软。

雪在夜里悄悄地下，送给人一个按照上天的喜好画好的世界；人表达了喜爱之后，还是要小幅度地修改——扫雪。人用竹扫帚这支笔，对上天的画作做了一些修改。主要是街道上的雪要清除，院子里的雪要清除，地上的人认为这两笔是多余的。其他如山川、河流、田野上的雪，作为人类满意的部分，被保留下来，不做改动了。

看了一会儿楼下的人扫雪，在用力修改着老天爷的作品，我忽然想到我也有一个院子，院子里也有竹扫帚，院子里也该下了雪，我也可以对老天爷的作品小声地提出修改意见，而不是只做一个楼上的人间生活的旁观者。

我的院子在市郊乌喇街，离市区有三十八公里那么远。我坐在车上，想着我家的老院子，已经盛装好了满满一院子的雪，在等待着我提出修改意见。

车窗外，漫山遍野，都是白色的了。

老家最大的一场雪，是在我七八岁的时候下的。那么大的雪，不可能白天下，老天爷也知道这么下雪是不对的，但那天老天爷就想这么任性一下子，并且没控制住自己的任性，结果那场我此生见过的最大的雪，就下来了。那是一个特别平常的夜晚，所有人在天黑之后都睡觉了。天上主管下雪的那位神仙，等所有人都睡了之后，看见地上的灯火都熄灭了之后，就把怀里抱着的大雪团扔了下来。再大的雪，也没有一丝声响，像一只蹑手蹑脚的白猫跳到了我家的房顶上，像无数只蹑手蹑脚的白猫，跳上了所有人家的房顶。下雪神忙了一晚上，凌晨的时候，看看下面的房子只剩下了房脊，他开心地笑了，拍了拍手，回去休息了。

第二天早上，并不是推门一看：啊，山上白了，地上白了，房子上白了，树上白了，这样的平庸之作，而是根本推不开门。房门被雪堵住了。这就不是作品了，而是恶作剧；这就不是瑞雪了，而是雪灾。瑞雪要适量，不多不少，正正好好。

后来，大家都从被封住的房子里出来了。一般是家里最身强力壮的那个人，用力把门推开一道缝隙，然后用铁锹，一点一点把雪向两边推，然后整个人才能走出去，把门后的雪推到一边。听说还有的人家，因为房子太矮，整个门都被盖住了，从里面推不开，一条缝也推不开，只好由窗子出来。

那次扫雪，已经不是扫雪。扫雪得用竹扫帚，雪在地上薄薄的一层，用竹扫帚一扫，唰唰的，一条一条，像写诗。而那次，是所有大人，用铁锹一锹一锹挖出房门通往大道的路，然后大家在街上挖，互相挖通，犹如打通隧道。两个邻居各自挖路，挖通那一刻，两个天天见面的人，好像很久不见了那么高兴，恨不得拥抱一下。而路两边的雪墙有一人高，小孩在里面走，就像走迷宫一样。学校停课一天，不停也不行啊。所有人，包括老师都无法走到学校去，只有等村民挖通了道路，而那天的道路，都挖通时太阳快落山了。

用铁锹挖雪，那就不是作诗；只有用竹扫帚扫雪，才和作诗特别像。

第二天，我们去小学校上学，从没顶的雪墙中通过，担心两侧高过头顶的雪会坍塌下来，把自己埋上。因此，我们去学校是一路快跑的，尽可能缩短在雪隧道里停留的时间。到了学校，同学们互相见了面，虽然只有一天没上学，但是大家像好久不见了一样，互相看着。因为我们的世界变了，通往学校的道路变了，大家都留心看彼此，看看人变了没有。那些天，大家都好好上课，谁也不和谁打架了。我们都是战友了，而外面大山一样的雪，成了我们共同的敌人。

又过了一天，山上的狍子下山了，这么大的雪，狍子是怎么下山的？因为雪太深了，狍子跑不起来，有的就被村民抓住吃肉了；一些绚丽的野鸡也下山了，山下仍然找不到吃的，野鸡飞累了，就一头扎在雪堆里，被看到的人如拔萝卜般抱回家，吃了肉。那么好看的野鸡，竟也被吃了肉。

那次大雪之后，我们踢的毽子上的公鸡尾羽，就换成了野鸡的尾羽；我们玩的猪嘎拉哈，就换成了精致、几近透明的狍子嘎拉哈。

让我意外的是，到了乌喇街，看见院子里的雪，我最终没有清扫。竹扫帚和铁锹，都在窗台下放着，我的一腔扫雪的激情，随着我进入院子，发现了雪地上的印章，而消散了。我第一次对一院子的白雪下不了手。我发现，那不是一院子的雪，而是上天留给我的一封信，是一篇杰作。我不能增加一笔，也不能删除一笔。那幅作品是神和万物的合作。我能够看到，已是我的幸运了。

当我推开木门，院子像个四方的容器，盛满了雪，这是宏观的样子。当我低头看脚下，自己的脚印印在平整的白雪上，像我的印章。等我再看，这雪地上除了我的脚印，还有别人的脚印。这个别人和我的脚印很不同。我的不能叫脚印，应该叫鞋印，人家的才是脚印呢，而且和我的脚不同。我五个脚趾，人家好像没有这么多，但是人家的脚多，应该不少于四个。

我站在门口不敢动，怕打乱了雪地上的脚印分布。脚印是从南面的铁栅栏围墙那儿开始出现的，它显然不是从大门进来的。大门的钥匙在我手里，就算它有钥匙，也不会开吧。但是人家不需要走大门，一跃，就进来了，不用门，也不用开门。脚印是沿着围墙码放着，我顺着脚印跟着走，走到了西面的围墙那里。西面围墙外就是广阔的玉米地，玉米地外是一条江的支流，再往外有山脉。

脚印有我的拳头那么大，应该是大型动物，应该不是狗。乌喇街的狗，没有一条有四处游玩的自由，都被主人拴在院子里，一刻也不能离岗。后街有两家养羊，羊也圈着，就算跑出来，也不能跳进来，围墙有一米五高。村民的羊都是绵羊，绵羊不会跳墙。家养的就这些，剩下的只有野生的了。这方圆都有什么野生动物，我不知道。这里基本是平原，都是农田、村屯，没有野生动物生存的地盘。也许远处那个山上有，但很远，从来没听说有什么动物。这里早已被人类全盘霸占，野生动物早已不见踪影。

看脚印的大小，应该是和狗大小差不多的，那是什么呢？脚印从西墙角开始出现，然后沿南墙走，走到东墙，从东墙下，绕过一堆煤，向北去。东北角是一个废弃的羊圈，脚印进了羊圈，然后从羊圈的西北出去，沿着北墙到院子西北角，绕过一堆玉米秸秆，从西北角消失了。它从西南角进来，沿着院子的四周走一圈，然后从西北角出去了。在院子的中心地带，那么大的地方，没有脚印。来者也是心虚的，不敢大摇大摆，只敢小心翼翼地贴着墙根走。

这样看了一圈，我得出结论：它是冲着羊圈来的。那就是一只能吃掉羊的动物？狼、豹子……

下雪的前一天，有时会有东南风。羊圈虽然没有羊了，但羊圈没有打扫，大量羊的粪便都在那里，羊的气味都在那里。这些羊的气息被东南风送到西北那边很远的地方。那个方向有山，而山里有可能已经有狼或者豹子了。它们在夜深人静的时候走过冰封的小河，然后进了村。进村后，它不是谁家都进，它是事先锁定了发出羊的气味的院子。应该先到养羊的那两家去了，那里的羊气更浓郁，更生气勃勃。但那院子里有人，可能还亮着灯，能听见人说话，它想想不敢进去，后就到我的院子里来了。我们冬天不住这里，只在 5 月到 10 月在这里住。院子冬天处于休眠状态。它发现我这院子里没有人，但有个羊圈。羊的气味略显陈旧，但它还是进来了。它小心地沿着墙边走，留下谨慎的脚印，可见是只怕人的野生动物。

我的院子里没有活物，让深夜来觅食的家伙很失望。它那样小心翼翼，却一无所获。夏天羊圈里还有很多只鸡呢？我看见它走向西北角出去的那一行脚印彳亍犹疑，充满了失望。

我跟踪了它一路，体会了它的心情，在它跃出去的西北角木头墙的缺口处，向北方的那几座连绵的山峰望了有五分钟。然后我回到院子里，还看见了四号字那么大的文字。一行行、一对对，十分工整，它们沿着菜地竹篱笆一直往房门那里排过去。在平展的雪地上，又像是这雪衣服上的拉链。这个应该是“灰八爷”（老鼠）的脚印。它快而有序，前后脚印几乎等距。

看来这世上没有一座房子是空着的。我这房子如此破旧，仍然热闹非凡，光雪地上的脚印就有好几种。那不留下脚印的，不知还有多少呢？

这房子已有百年，百年来这院子里有多少脚印？人的、动物的。如果把这些脚印罗列起来，那不知有多高。总之，这院子里应该已推不开门、进不来人了。

这雪我还能扫了吗？我不能。我认为这是一篇完美的作品，我没有任何修改的意见。这雪地上的生命记录，是多么珍贵！多么完美！清扫就是删除，我为什么要删除它们呢？它们是错误的吗？它们是自然，自然无对错，甚至无善恶，天然自在。我感到我是有错误的，那个大家伙，它饿了，到村子里来觅食，并且选中了我家，认为我的羊圈里有羊。那么我的羊圈里没羊就是不对的了。有羊圈就应该有羊，不然这不是圈套吗？

春天雪会化掉，那些脚印也会一点点融化，和水一起渗入地下或蒸发上天空。脚印完整地去了另外的空间。如果现在用扫帚把雪扫除，那些细致排列的脚印，它们会不知所措，乱作一团，像没有得到善终。这种残忍的事儿，我是不会干的。我怎么能把写着重要文字的白纸揉皱了呢？

再下雪，我的院子就会翻开新的一页，那些我看不见的生命，会跑来在这雪白的纸页上用脚趾写下故事。我会选一个晴好的上午，推开大门，在木门的吱呀声里，躬身开始我的阅读。

2019 年 3 月 吉林乌喇街旧街村

葎草的阻拦

2015年

春光浩荡，我目光向下，低头、躬身、五体投地，那碧空、朗日还有朝云暮雨，我用我的后背面对。

如此一个月过去了，菜地里已有细弱瓜菜幼苗在和风里伸腰踢腿摇手，懵懂无措地和人间打招呼。

那片保持沉默的地垄，并不是废弃了，而是被我埋入了豌豆种子。再过几天，那里将进行一场魔术表演。现在，在泥土的掩护下，种子们在伸懒腰、打喷嚏、眨眼睛、甩水袖、捏着兰花指咿呀，今天一分为二，明天二分为四……在为我排练节目。我看不见，我也不着急，它们早晚要把表演搬到泥土的上面来——它们早晚要把排练好的节目搬到大地的舞台上来，让我惊讶，让我看到生命的蹈厉从容。

种子的生命表演，像一首宋词，分上阕和下阕。上阕的舞台在泥土的下面，下阕的表演在光天化日之下。艳阳朗日下的表演是有观众的，在旧街村的这个院子里，只有我一个观众，不过我是个好观众。年年它们都表演相同的节目——破土、长叶、开花、结出碧绿的豌豆……但我年年都热切地盼望、惊喜地鼓掌，对于突然跑上台来捣乱的野草，我驱赶它们。在这里，我做观众，也做保安，我为它们忙前忙后，像个尽职尽责的剧务。

一晃，已经是6月了。夏天，我的院子里秩序井然——黄瓜、苦瓜已经爬上了我为它们竖立起来的竹竿，按照我指引的方向前进；豌豆开出紫色和白色两种颜色的花；桃花、李子花、海棠花、樱桃花都被风吹落了。那些零落无依的花瓣，无须我埋葬。

一场雨后，地上的花瓣和雨水被风调成了花瓣羹，是泥土的养生晚餐；菜粉蝶已经在黄瓜花、豌豆花、冬瓜花上翻飞，像菜园子跳动的心脏；院子外城墙上的拉拉秧（学名葎草）已经不满足在地上爬行，开始拽着树枝上树了。好像它们进化了，忽然站立了起来！手脚有了明确的分工。

我从春天的忙碌中解脱了出来，我可以伸一下腰，抬头看一看天空了，可以“散发乘夕凉，开轩卧闲敞”了……而院子外面的野地，尤其从院子南面一路向西走过的古城墙上，已经天翻地覆，成了野草、藤蔓的狂欢之地。你不知道夏季的野草有多疯狂，如果说院子里的菜们、瓜们在按节目单有序地演出，那城墙上的情况就是大规模的群众游行和狂欢。

夏天，我和城墙上的葎草发生了冲突。

从我家的大门（大门朝东）出来，走不到十米，一条南北向的道路就在门口。从门口往南，走八分钟，我就到了乌喇街的十字街，也就是乌喇街镇的商业中心。我在这里买生活用品、买种子、买菜苗、买树苗、买狗粮、买豆腐……从门口往北，是旧街村的南北向的主村街。这条路很长，路两边都是农家；从门口往东，是东西横向的村街；往西则没有任何路了，就是我家和金枝家，再往西就是一片广大的农田，有时种玉米，有时种白菜。

在我家的四周，东南北三个方向我都找到了出路，并且多次走过，道路平坦，带我顺利抵达目的地。唯独向西，则无路可走，亦无人家。我刚去住下来的那年，西侧的田地里种着大片的玉米，玉米挺拔健硕，挡住了我的视线，也挡住了我的脚步。只有一条东西走向的土城墙，从我家院子的南墙根一路向西横亘在那里。上面是百年古榆和茂密的乌喇草，还有疯狂的拉拉秧。

我家的西边，对我来说是未知的领域，等待我的探索。大片农田的尽头，也就是土城墙的尽头，据说那里有一条河流过。我经常站在院子里，目光穿过铁栅栏向西眺望。河道很低，就算玉米不阻挡我的视线，我也看不见河水。城墙高于地面约六米，上面有高大的老榆树，我的目光能够跟随城墙一直抵达西头，没有什么能够阻挡。城墙西头高卧在那里，头上的树，峥嵘繁茂，像龙的头角。这土龙的脚爪下面，就该是那条河流。目测，我距龙头约两百米，那么我离那条河流也是两百米。说有一条河，离我就两百米，那感觉就像那里有我的姐妹等着我去相认。这里是大平原，远处有些小山，看上去很神秘，然后就是大片农田村舍。山在远处，可望而不可即，而水就在离我不到两百米的地方，我属龙，天然亲水。这河流的存在，让我心里长了草。我是个热爱大自然的人，我是个热爱河流的人。山太远，无法依靠，有水就不算一无所有。我决定去拜访河流，早一点和我身边的河流认识、交往。乌喇之水清兮，可以濯我裙；乌喇之水浊兮，可以濯我足。大地在我的眼里是很沉闷的，一动不动的，像个巨兽在酣睡；而河流，不舍昼夜，像个时钟，令我清醒，令我无缘由地兴高采烈，心里溢满幸福。河流就是镜子，水银之镜可以照我容颜，而河流之镜可以照我精神。我要看见河水涌动，我要听见河水哗啦啦欢快地流淌，我希望河水用不息的流动给我做个榜样，给予我一些推动。我近来疲倦、嗜睡，像一堆淤泥，我知道是我的血液流动得太慢了。我的血液流动了这么多年，累了、倦了，不打算好好流淌了。我想给我的怠惰的血液找到一个学习的好榜样。河水流了多少年了，依然奔流不息，依然发出那么欢快的流淌声，依然像去赴一个快乐的约会一样奔跑。我想对我的血液说，看看人家河流，多么精神，多么热爱生活，多么热爱流淌！咱们不应该产生倦怠甚至厌世的不良情绪，我们要好好地向河流学习啊！

玉米已经很高了，田里也不好走。我曾看见城墙上有人走过，也许这城墙上有路可以走过去？一日艳阳当空，我出了大门，爬上城墙往西，我要寻找那条可以洗涤我、激励我的河流。城墙有五六米高，上面除了树木就是野草，一些野草已经开花了。一开始似乎还有依稀的小路，走了二十多米，路况陡然险恶。拉拉秧纵横交错，拦住了我的去路。拉拉秧不仅在地上爬，还上树，因此，它们对我的阻拦是立体的。拉拉秧不是一棵，而是无数棵，它们密布在我的去路上，为我设下了重重阻拦。它们好像专门为阻挡我而生长的，好像在这里已经等了我很久，好像知道我心里喜欢河流，故意不让我通过。它们是些爱搞恶作剧的顽童，以为别人制造困难和痛苦为乐。我不是这些长胳膊长腿的野草的对手，它们的胳膊多，它们的腿多，它们手拉着手，它们对我的阻拦数也数不清。我站在嚣张的拉拉秧面前，向河流的方向望了望，开始往回走。多年的城市生活，习惯了宽敞的道路，习惯了城市遵守纪律的花草树木，我对于路上的障碍已经无能为力。我打算等待两三个月，等秋天，等那些对我的阻拦都被西北风摧毁，等通往河流的道路被秋风打通，再去不迟。河流恒久远，河流永流淌，我不着急。

整个夏天，我料理菜园和花园，整日除草、摘菜、写笔记、照顾小狗，我有干不完的活儿，就把西侧两百米外的河流暂时忘记了。

初秋的能量还不足以摧毁城墙上的拉拉秧的时候，我有重要事情提前撤离乌喇街，带着灰哈哈和斗败（这狗的名字起得就不吉利，斗败，我败给了葎草）回了城。回去的时候，心里想着找时间回来看河流，离得也不算远，动车一日何止千里？我离乌喇街只有几十公里，回来很容易的。但似乎又是一晃，天地之间大雪纷飞，冬天盛装驾临，三天之后已然控制了人间。我并不绝望，反正还有明年春天，我早点回去，在拉拉秧还没长出来，就快速走过那城墙，与那条河流，在春天相见。它就在那里，不会飞升，也不会土遁。一切想好了后，我躲在城市的供暖系统里，像蹲仓的黑熊，度过我的漫漫长冬。而乌喇街的河流，在冰雪下不再流动，停留下来，等待着我，等待着春天。

2016 年

土城墙上的拉拉秧，春天到来的时候，别的野草还没有苏醒，它们就长出来了。等别的野草刚刚冒出草尖，拉拉秧已经手拉手，连成一片，形成了一股势力。

拉拉秧为什么这么着急呢？慢慢长，等等别的小草，大家一起慢慢长大不好吗？等我终于看见了那条河，我才明白，拉拉秧这样急匆匆地生长，只为拦住我的去路，只为了阻止我与那条河流见面。它们长慢了，我就走过去了。我走过去了，就看见那条河了。葎草不愿意让我看见那条河，葎草不愿意让我难过。那么多藤蔓的缠绕，只为遮盖住一个秘密。

2016 年春天，拉拉秧刚刚长出红色的芽尖，它们的手和胳膊还没有长出来。没有手，它们就无法手拉手，无法拦住我的去路，我就在这个时候上了城墙。我踩着去年的枯草，很顺利地走到了城墙上。我脚下的那些葎草，刚刚从泥土里露出红色的头，它们的胳膊腿还没来得及长出来，清风吹来，大片的葎草都对我拼力地摇头，它们一起对我呼喊："不不不不——"我听不懂葎草的语言，我不理解葎草的阻拦。我不听它们的，我继续往西走。

城墙上的老榆树，新的树叶在老树的肚腹中诞生。树叶像一群吵吵嚷嚷的小顽童，它们纷纷涌向树枝、树梢，寻找自己的出路。我看见老树的枝条上，鼓起一串串的芽苞，那是新生的树叶打算在这个位置出生。成千上万的叶芽在那里蹬腿使劲儿，想要从老树的枝条里分娩出来。老榆树在春天的时候，一定全身都很疼吧？就算不疼，也会很痒很痒。春风吹过来，老树赶紧挥动枝条，给自己挠一挠。老树这么一挠，一串串芽苞就挠破了，精致的小叶子就跳了出来，老树转眼就被新叶的嫩绿涂抹得变了颜色。枯草的下面，绿色草芽隐约可见。我走了不到一百米，脚下突然飞起一只大鸟，高声地大叫，原来是一只雌性野鸡，它在地上的枯草里做窝。人家也许正在孵蛋，我心里想，这城墙不能总来，野鸡好不容易在这里做窝了，可别被我吓跑了。城墙的南面，是尚未耕种的田地，田地的边上，是一排房舍。城墙的北面，是一大片田地，田地的后面是一排房舍。城墙是东西走向。城墙南，是乌喇街镇，居民是城镇户口。城墙以北，是旧街村，居民是农业户口。我走在城墙上，恰走在城镇与乡村的分界线上。

我在城墙上走，往西走。脚下是松软的黄色枯草，所有能对我构成阻挡的植物，目前都是幼小或枯黄的状态，因此我显得无比强大。我迈开大步，向西，向城墙的尽头。我像个突破封锁线的战士，向我的高地挺进。

站在高高的龙头上，我感到好像走到了世界的尽头。向下俯瞰，河水在我脚下十米深的地方。城墙高于地面五米，河水低于地面五米，河水离龙头就有十米的落差。十米我还是能把河水看清楚的，我不光看清楚了那些河水，还看清了那三道拦截河水的水坝。龙头下的河水，已经不知在什么时候被什么人截成了四段，变成了四个养鱼塘。我心心念念的河水，已经不能流动，已经不是河水。身陷囹圄，成了坝下囚。我感到我的血液也快要凝固了，自然地流淌竟然成了一件困难的事！

此前我查阅了相关资料，流过这里的河流，是松花江的一段支流。松花江的支流，那是松花江的孩子啊！这个孩子贪玩，走丢了，在这里被坏人劫持了。我意外知道了走失孩子的下落，却眼睁睁无力拯救。我站在高高的龙头上，头脑中一片空白。抬头看了一会儿天空，天空没有答案。天如海，云如帆，一派怡然。白云的丝丝缕缕都在慢悠悠地飘动着，天上没有出现阻拦云彩的堤坝。天上的河，还能自由流淌。

呆立须臾，怆然而返。

2017 年

2017 年春天，城墙上的葎草还没有长出胳膊腿的时候，我又爬上了我家门口的城墙。我上了城墙就往西走，我要去看看那些捆绑了河流的枷锁，是否已被解锁。我惦念的河流，是否已经得到解放。冬天的时候，在一本乌喇街城镇规划蓝图上，我看到了那条河流，已经被疏通了——那条可怜的河流已经在蓝图上被疏通了，成为一条欢快的河流。蓝图上的河流，是一条粗粗的蓝线。蓝线在这里转了一个急弯，在那里转了一个慢弯，自由自在的样子，像一条扭动腰身的蓝色游龙。

我又站在高高的龙头上，向下俯瞰：冰封了一个冬天的水，已经完全融化了。那水虽被限制了自由，不能流淌，但春风还是把深蓝的水吹出了层层涟漪。如果不看那黑色的土坝，波光粼粼的水已经给了我在流淌的错觉。

从蓝图落实到大地上，是需要时间的。有蓝图就好，有蓝图就有希望，我等待着，困顿的河流等着。我每年春天都要来看看，总有一天我会看到这个松花江走失的孩子，在欢快地奔跑，找到她的方向，到她喜爱去的地方去，谁也不会阻挡她寻找快乐。

每年，我的动作都是一样的，先是低头看水，然后抬头看天。今年我看天的时候，似乎忽然就看懂了白云：几朵白云在我的头顶走走停停，心里有事的样子。我再低头看河水，发现河水并不悲伤，那么安然。我感到头顶的那些白云在这里徘徊是有事要做的，它们在等我脚下这条被困住的河水。白云在悄悄悬下我看不见的梯子，在搭救河水——河水的一部分已经悄悄飞到天上去了。怪不得天上的云走得那么慢，走三步退两步。云在等地上的河水，然后一起去往远方。

我坐在李子树下，看长满瓜果、蔬菜的菜园子，这一切让我百看不厌，忽然想起要看看天，天上的云一丝丝、一团团，正悠然地飘动着，从我的头顶路过。我苦笑了，我对头上的云朵自言自语，我说我认识你们，我知道你们从哪里来，但不知你们要到哪里去啊！

2020 年 5 月 吉林乌喇街旧街村

西厢记

红砖甬路

五年前租那农民旧宅院的时候，只见一颓败草房，老人般坐北朝南，面对一院子遮天荒草，愁眉苦脸。草丛中隐现一架手压水井，乃前朝古董。只有院角几棵大榆树，挺拔繁华，是院子未死的部分。再看院子连围墙都没有，大门竟然也没有。作为一个人居院落的最基本元素，除了有个快倒了的房子，剩下一律没有。

风从西面的旷野长驱直入，横扫院落，然后携带着抓取到的一切，掠过东邻金枝家的院子，呼啸着继续赶路。风里有无数的手，走到哪里都要攫取。在猛烈的西风扫荡下，房主人年过半百，无妻无子，穷得叮当响，最后卖祖宅还债。一切在这个院子里都站不住脚，风拿走了一切。

这样的风水格局，我哪里敢住？我也没有超能力对抗西风。在强大的西风面前，修建防御工事乃第一要务。首先建围墙，挡风之外对我的立足之地的面积做轮廓上的厘清；然后安上木质大门，对嘈杂、纷纷攘攘的红尘做出一个看似坚决的拒绝姿势，以捍卫我的私人空间。围墙我用的是铁栅栏，其材质阐明我对人间的态度——我与世间的交流是有限的。风和目光还有梦境都可穿过围墙，但是肉身不能。肉身必须从唯一的大门通过，而大门的开启是需要呼叫的。

院子里留好菜地，剩下的地方做硬覆盖：铺砖——铺红砖。后来我院子里的红砖，遭到本地一著名剧作家的批评。他的意思是红砖恶俗，与房主人的身份不搭，并提起火山石残局般的黑——沧桑而高贵。他哪里知道我热爱红砖的因由一直伸向遥远的童年。在那个泥草结构的院子里，不可能有一条红砖铺成的甬路。我的童年有许多艳阳朗日，也下了许多场大雨、小雨、雷阵雨。雨天泥土的院子，几乎没法走路，而我的鞋，是布鞋，来自我妈精致的手工。手工布鞋和雨水泥水是一对冤家。我和我的布鞋加在一起，像是两个弱者的联合，一起在雨水面前不知所措、苦不堪言。忽一日，在镇上见一家院子里，有铺着红砖的甬路，一路从户门铺向大门口，而大门外是水泥路。我惊奇地发现红砖可以把人从泥水中拯救出来，并送往康庄大道。我站在院子外面凝视了那条红砖甬路良久：建立在红砖地上面的生活，才是幸福的生活。泥土可憎，红砖是文明的。没有红砖的生活不是生活，没有红砖甬路的院子不是院子。被雨淋湿的红砖甬路不仅文明，甚至充满温暖和诗意。一条红砖甬路，照亮了我童年的缺憾。我的童年，不缺吃的，不缺穿的，不缺亲人，但是缺一条红砖铺成的甬路。幸福的童年，就是下雨天别让我的鞋沾上泥水。我可怜我鞋上的花布。我鞋子上的花朵不是用来被玷污的，我是那些花朵的唯一保护者。但是每个雨天，我都无力保护我的花朵，眼看着花瓣陷进泥浆。现在，我有了院子，有了大量的红砖，我能不把院子都铺上红砖吗？谁知道，我买这个院子，不就是为了安放那条红砖甬路的？我哪里会顾及审美，先把我内心的伤口涂上止痛消炎的药要紧。他说红砖的坏话，他知道我童年的遗憾吗？他知道我的童年，在下雨的时候，那些泥水对我鞋上的花朵的伤害吗？他知道通往我的幸福生活的道路是由红砖铺成的吗？他不知道，他啥也不知道啊！

等铺好了红砖，我就等着下雨了，或者说我就不害怕下雨了。夏季的雨，你也不用等，云层漫卷，就是在不断地拼写下雨这两个字。拼写对了，就如同按对了天上的密码锁，那雨就会降落下来。我在红砖地上走过来，走过去，手里举着透明的雨伞，呼一口长气，偷偷地笑了。那个四十年前的小女孩，在泥水里蹦跳，躲避泥浆。我举着透明雨伞，穿着塑料鞋，像个肥皂泡，脚下是汪着水的干净的红砖地。我试图把自己和那个蹦跳的小女孩重合上，想帮助她跳到红砖地上来，但她总在跳跃，跳得太快太突然，导致我和她怎么也对不齐，重合不上。刚刚要重合了，女孩又惊恐地跳了出去。一番努力，女孩还是女孩，与泥水搏斗；我还是我，举着雨伞，脚踩在红砖地上。

一个雨夜

坐在破房子里，透过玻璃窗，看外面下雨，看被雨水淋湿的红砖地，还有菜地里的蔬菜，这令我百看不厌。我眼里最好的景致：黄瓜藤爬上竹竿，开着小黄花；韭菜伸着兰花指，开出一团白花；葡萄藤上面叶子的水珠犹豫着滴到下面的叶子上；红砖地上一洼刚才阵雨的雨水，而现在天晴了，水洼里网住了一丝抖动的白云……

一个雨夜，我坐窗前看大雨滴砸在院子里的红砖地上。不一会儿，屋檐就形成一挂雨帘。雨帘在我眼前倾泻，我好像住在了水帘洞里。正感到有趣，我无意间回了一下头，看了一眼我的头顶，发现头上花塑料的顶棚沉下来一个大包。这个包很重，往下垂，我用手推一下，竟然能流动，里面都是水。这是房顶漏雨了。原来刚才雨滴不光砸在外面的红砖地上，成为我看的景致；还有一部分悄悄地砸在房顶上，只是声音略小，被外面风雨声遮盖了。这部分雨水则为我制造了麻烦。外面的雨还在继续下，看样子一时半会儿停不下来。房顶上的雨，从破败的屋瓦缝隙，继续落在塑料天棚上。水包在加大，在进一步下坠，眼看到了临界点。如果塑料破溃，雨水会哗啦一下倾泻下来，后果不堪设想。顶棚里的水，可不是什么好水，那上面，有泥土，有草灰，且是历经百年的腐朽。我急忙把水包下的被褥挪走，拿来最大的水盆，对准上面那个有如炸弹的水包，然后用一把剪子，在水包的最低点，最薄弱处，轻轻剪开一个小口。哗啦啦，里面聚集多时的泥水，纷纷涌出，准确地落到下面的盆里。这些泥水太难看了，呈酱黄色，像老抽酱油一般。我的房子，像个死去多时的史前怪兽，如今被我开膛破肚，盆里接住的，是它腐败的内脏。整个一宿，它都从我剪开的伤口里往下滴答泥水，犹如更漏，带着腥气。

我找个离水盆稍远的地方睡觉。外面的雨帘已无心再观看，明天得找人修房子。房子上的瓦，肯定有漏洞。有一些瓦（石棉瓦），已经发黑，似乎已经露出了里面的纤维，这样的瓦已经被时间和风雨镂空了。

第二天却是个响晴的好天，找来邻居小杨、小畅帮忙，他们一个在房上，一个在下面，先把旧瓦推下来，再把新瓦铺上。几天之后又下雨了，顶棚上的伤口处再没泥水流下来。整个夏天，过得很不错，老房子凉快。房子老了不怕，漏雨了不怕，修一修还是很好的。我已经到了面对困局的时候，第一思维是修补，而不是果断破旧立新的年龄。

冬眠

中秋之后，屋子里到了晚上会生出寒气，且一天冷似一天。好像脚下的大地发生了倾斜，成为一个冰坡，我和我的院子在往寒冷深处滑去，而寒冷的深渊就在冰坡的最下面。我感到我离太阳越来越远，离寒冷的深渊越来越近。我想向太阳靠近，但我的脚下是冰坡，我无法控制我的下滑。每年到了这个季节，当关东大地开始远离太阳，大地开始成为可怕的冰坡的时候，我所居住的城市，一个强大的供暖系统就开始启动了。这个系统连接千家万户，把远离太阳而丧失的热量，通过煤的燃烧补充上。那些燃烧的煤，就是我们冬天的太阳。我们的下滑被熊熊燃烧的煤遏制住了，我们的每个冬天都是被煤拯救的。但是今年，我不但远离了太阳，远离了城市，还远离了供暖的管道。

这里的农家都处在冰冷的斜坡上无人拯救。我的整个童年，都处在无人拯救的寒冬的斜坡上，而我们并没有滑入寒冷的深渊，在那些城市供暖覆盖的区域之外，乡村也有办法遏制下滑，也有办法补充太阳远离造成的热量的缺失。我们有一无价之宝，用了千百年，现在仍然如阿拉丁神灯一样神奇，这个宝物就是火炕。我想起了童年的寒冬，火炕上的温暖日子。在东北，任何一座房子都有火炕系统存在，不然就不能称作房子。没有火炕的房子，就是先天残疾的房子。这样的房子不能度过寒冬，早早地都夭折了。我找到了这座老房子的火炕系统——这是一个小型的供暖系统。在堂屋，我找到了灶膛。只要在这里点上火，并不停地加柴或煤，烟火通过屋里的火炕（用砖砌成，里面有烟道，上面覆盖水泥板，水泥板上铺上沙子，沙子上铺苇席。火炕里的烟道连接一个处在房子外面的烟囱，热的烟火在火炕的烟道里转一圈，把热量留给火炕之后，没用的烟就从烟囱里出去了，来到了天上。烟失去了热量，变成白色，软弱无力，在天上随风飘动。）就会把屋子烧热，而且热的是砖、沙子等物质，这些物质一旦热了，会长时间储存热量。

在院子里找到一捆树枝。树枝的燃烧不是静悄悄的，而是大呼小叫。火苗被火炕里的风吸进去——火苗、烟，都像认识道，拥挤着进入了烟道，然后在火炕里奔跑。我跑到院子里，看那根高耸的烟囱，有白烟缓缓升起来，那么这个系统畅通并开始正常运转了。我不停地往里面加柴，等有了底火，又在仓房里找到了煤。把煤放到那些红彤彤的底火上，煤很快就着了。煤里蕴藏了比柴草更多的火苗，燃烧的时间更长。烧了有一小时，我进入有火炕的房间，伸手摸一下，炕已经热了，尤其靠近灶膛的那一侧，已经烫手了。但是现在不能停火，要继续烧，让火炕里的每一块砖都储满热能。两小时后停火，只是不再往里面加煤，而灶膛里的火还是红彤彤的。没有了火苗的红色炭火，热量更高，我坐在灶膛口，脸已经被烤得又红又热。这些红火再过一小时也不会熄灭。这时候，我要做的，不是往里面加煤，而是要关严灶膛的门，不让冷风进去，也不让热气出来。同时在烟囱那里有一块插板，此时已经没有烟了，只有滚滚的热浪，我要把烟筒上的插板推进去，把跑到这里想从烟囱里逃跑的热气挡住，把热气困在火炕里。火炕的两个出口都封死了，火炕里那些存储的热量就无处可逃，只能在火炕里徒劳地兜圈子。那面火炕，不停地向屋子里散发热气。炕热了，整个屋子就热了。而且，只烧一两个小时，火炕竟然能热一宿。在寒冬，这不是个宝贝那啥才是宝贝呢！关东人是靠什么度过漫长寒冬的？关东人是靠什么从古代一直繁衍生息到如今的？除了粮食、猎物，就是火炕了。

转眼到了寒冬，外面的温度最低已经降到零下二十多摄氏度，甚至零下三十摄氏度。我的老房子，虽然烧着热炕，那些热气也被我有效地围困在火炕里，但老房子四面漏风，多少热气都在屋子里存不住。外面四周，已经被冰雪和寒冷包围了里三层外三层。老房子有如一杯热水，放到了冰雪里。

一个特别有趣的情况是这样的：在屋子里，你不能站起来，你要坐着，最好躺着。因为下面火炕的热气往上走不到一米高，就被从房顶下来的冷气压住了。热气和冷气，这两种势不两立的气体，在屋子中间僵持上了。谁也不能前进，谁也不肯后退，刚好势均力敌。这样，火炕上方一米的高度内，是热气控制区；天棚往下一米是冷气控制区。你要是坐着或躺着，你的整个身体就都处在热气控制区；如果你站立起来，你的下半身处在热层，而上半身尤其头部，就进入了冷气层，头会被冻得麻木起来。因此，整个冬天，我被迫匍匐在火炕上，不敢站起来。如果有事必须站起来，就要先把棉帽子戴好。看来老房子上面，虽然修理到不漏雨了，但漏风也是严重的问题。这个问题，只有到了冬季才暴露出来。

冬天，外面大雪封门、封路、封山、封村。千山鸟飞绝，万径人踪灭。我趴在烫手的火炕上，盘算着开春，得盖新房子。这老房子夏天凉爽，冬天也太凉爽过头了。新房子可以做个全封闭的顶棚屋脊，冬天就不会不敢站起来了。总趴着，我岂不成了蹲仓的黑熊了吗？

我的正确位置

老屋冬冷夏凉，我享受了夏凉之后，无法消受它的冬冷。整个冬天，我被困在烫手的火炕上，天天盘算着开春推倒这个旧房子，盖起能够抵御寒风的新房子。

3 月，寒冬撤退，南风如期而至。我在冬天决定了几百遍的破旧立新的计划被我在春风中推翻了。不是我好了伤疤忘了疼，而是我在老屋住了一个夏天、一个冬天之后，发现老屋的居民不仅仅是我和樱儿这两个人类。

盖新房子，就得拆除旧房子。拆除是个难题，别以为拆旧房子很容易。首先这房子一百多岁了，积累了很多能量在里面，什么东西老了都会成“精”，它吸纳日月精华一百多年，能不成精吗？尤其在这精灵遍地的乡村。老房子成精之后，它就有了气息、有了思想、有了小心眼。你拆除它，它能高兴吗？你活着，它也要活着。你有思想，它也有。它虽不能长出手脚来和你对打，但它会使暗劲。比如，它会在你拆除它的过程中，为你设置重重障碍。我反复查看那些粗壮的梁柁，知它有命，并且强壮，以我几十年聚拢的微薄气力，我不敢动它。

其次，在天棚和房脊中间，有个很大的三角形空间。那里住着什么？住着谁？我们是看不见的。有时是只闻其声，不见其形。我不止一次在晚上听到顶棚上面的脚步（并非人类）、疯跑的声音，还有吃东西的声音。总之，那上面有众多生灵过日子的所有声音。我感到，在我的头上，两米高的地方，仅一纸之隔，有个生机勃勃的世界。房子一拆，那里的居民就都得搬家，有搬不及时的，就会有伤亡。它们不能出来打我骂我，但能在暗地里憎恨我。所有的怨恨落到我的头上，一层一层落在我的头上，我哪受得了，我几乎就活不成了。我在明处，人家在暗处，我不是人家的对手。它们都是原住民，谁都比我来得早，它们有理由用怨恨杀死我。再说，这房子是大家的，它们也有居住权。我从原房主那租来房子，这是人和人之间的交易。在它们那里，我和高姓房主的交易是无效的。我想拆房子，它们不同意，我不管不顾硬拆、强拆，它们会用它们的方式反对我。

我能看见的反对群体，是老房子门楣上的两个燕子窝。再过些天，燕子就飞回来了。我把旧房子拆了，同时也把燕子的房子拆了。燕子千里迢迢飞回来一看，得多绝望啊！再找地方重建家园，还来得及吗？那只母燕子着急下蛋育雏，燕子得多恨我。两只燕子一起诅咒我，我还有好了？

看见的、看不见的，都反对我拆房子。在这件事情上，我是少数，人家人多势众，我不敢来硬的。

综上，这老房子还拆不了了。家有一老，如有一宝。我现在家里老人没有了，都去世了，就把这老房子打板供起来吧。让它继续坐北朝南，天天在太阳下面抄着手、打瞌睡，做这个院子里的长辈。

老房子活着，里面那些依附它的众多生命就能活着。人家不嫌弃夏天漏雨，冬天漏风。燕子回来也有地方安家下蛋，所有针对我的怨恨就都不能形成。我的生命就会在没有怨恨的道路上惬意羽翔，一路顺风，鸟语花香，何乐而不为？

多亏院子很大，在我和院子里其他生命发生冲突的时候，我有回旋余地。在院子的西侧，其面积完全够再盖一所房子。这里是风口，西风长驱直入。在院子西侧盖个房子，还能为院子挡一下西风。大风横扫院子，这样的住宅，是存不住金钱的。上任房主就穷得叮当响，最后卖祖屋还债。我如果不想落入这个命运里去，就得挡住西面来的大风。清风、微风都是好东西，但呼号的大风，会卷走财运、人命。那么在院子西侧盖一所厢房，真是一举两得，是最正确的决定了。

把正房，坐北朝南的正房留给燕子，以及房子里众多我看不见或不愿意让我看见的生灵。惹不起我躲得起，我搬进西厢房住去。咱们井水不犯河水，和平共处，可不许晚上出来吓唬我啊，也不许弄出声响吓唬我，总之不要让我害怕。咱们住在一个院子里，就是一家人了。

搬进刚盖好的西厢房已经是秋天了。对于接下来的秋雨，我不再担心了。我甚至期待下雨，因为新房子上的瓦，在盖房子的时候，有地方弄脏了。那可是我精心挑选的灰色亚光琉璃瓦，古雅大方。我期待一场大雨把我的屋瓦冲洗干净，我也想听雨点砸在新瓦上叮叮当当的声音。当再看屋檐上形成的雨帘，看雨点砸在红砖地上的时候，再不用担心顶棚。那些瓦，每一片，都是用钉子固定在房架子上的。它们一片压着一片，像一条大鱼身上的鳞片，闪着灰蓝色的磷光。

搬家的第一天，生平第一次在西厢房里睡了一宿。第二天一早醒来，东边的太阳刚出来，房间里就充满了阳光。房子的窗子朝东，并且是大窗户。这就是紫气东来吧，是不是刚初升的阳光，才叫紫气呢？每天早早地被阳光照耀，想睡觉是不行的，日出而作。在阳光充足的房间里，心情大好，文思泉涌。这西厢房好啊，西厢房里容易产生爱情故事，至少我可以在西厢房里构思爱情故事，也写一本《西厢记》出来。

我的好心情仅维持了半年，一日一位朋友来访，喝了几口茶后，他忽然说道，你住得不对呀！我说我为了众多生灵免遭涂炭，保留了旧房子，搬进西厢房，我怎么又不对了？我是多么善良！他说，你是人，是这个院子里最高级的生命，你得居正位——坐北朝南。这样你才能镇住这个院子，不然你的院子就会君臣失序。有些家伙就会产生非分之想，三天两头欺负你，直到把你欺负走。别的不说，老鼠就会泛滥成灾。

我有点紧张，因为我觉得他说得有道理。我想起小时候，我们家的秩序：就是父母住西屋（西为大），孩子们住东屋。而我家的厢房，是我家的小黄儿和一堆煤住在里面。按照我家的规矩，我不但要住在正房，而且要住在正房的西屋才正确。

可难题是我知道了我的错误，却无法改正。我找到了我的正确位置，却无法归位。这院子里的未来堪忧，因为，没有规矩不成方圆。君臣失序，本末倒置，还有比这更混乱的吗？

现在，我仍住在西厢房里。这个院子里的秩序仍然混乱着。每次进老房子打扫，我都鬼鬼祟祟四处查看，我想找到住在这个院子里正位的家伙，我想知道是谁主宰着这个院子，凌驾在我之上。两三年过去了，我没有看到有谁端坐我家老屋西侧，高高在上，对我发号施令。我虽偏居一隅，可我气场强大，这个院子里的大事小情，还是我说了算！

2020 年 5 月　吉林乌喇街旧街村

那些花儿

桃花：木本爱情

买桃树苗的时候，我脑子里出现的是桃花，没有出现桃子。这说明我栽种桃树是审美需要。桃花是我的目的，至于桃花后面出现的桃子，那是审美向实用的延伸部分，我没期待，也不关心，我甚至不愿意看到桃花后面出现桃子。我不愿意美丽惊人的桃花竟然不是目的，不是终极，而是一个过渡，一个中间环节。我在院里挖坑、浇水、栽下树苗，我的每一个动作都和实用功利没有关系。我的每一个动作，都在为与桃花相遇铺设道路。

桃树在东北三省是不容易栽种的，主要是因为寒冬。雪线拦住了桃树，但拦不住桃子被运送过来。我有桃子吃，却看不到桃花，桃花不在东北。春天四处遇到的是杏花和李子花，而桃花在空泛的歌词、王母娘娘的后花园，还有武陵渔人的一次梦游里。杏花、李子花是人间市井，桃花通向仙境。我的身边没有桃花，我的视野里看不见桃花，我在杏花、李子花的市井里深陷，我需要桃花来搭救我，使我脚踩人间，头颅略略升高那么一点。

没有桃花，我的生活还不够完美，也就不够幸福，但转机在三年前出现了。那天我在乌喇街大集上看到卖果树苗的小贩，我的院子里需要栽种果树。院子里只种菜、种草本花，看着缺乏立体感、缺景致。当我买了海棠树、梨树、李子树后，卖树苗的人说我这儿还有桃树。我立刻问了一个关键性问题：桃树在这里能过冬吗？他说这个是耐寒品种，能过冬。我决定相信他。我要尝试，万一能过冬呢？那不是补上了我窗外的遗憾吗？那不是被搭救了吗？我立刻买了两棵桃树苗，并做记号别和其他树苗混淆。树苗都没长叶，所有的树苗都差不多，无法分辨。回来，一棵栽在西厢房的东窗前，一棵栽在西厢房的北窗外，我竟然把两棵树分开栽。最初的想法是让桃花在我的院子更多的地方开放：一棵照亮我的东窗，一棵照亮我的北窗。三年后，我才知道我做错了。

桃树活不活要第二年春天才见分晓。结果我栽的两棵桃树，在第二年的春风细雨里都长出了桃树细长的叶子——我的桃树度过了它生命的第一个寒冬。它考试合格了，接下来它将所向无敌。第二年桃树只长叶子、枝条，不开花，开花最早要第三年。那么我的桃树开花，我要等待三年。这是自然规律，着急也不行。

第三年的春天，就是今年 2020 年，此时我位于桃树第三年的夏天。植物是有自己的生物钟的。第三年的春天，果然桃树开花了。花蕾是细长的，当我发现那是花蕾而不是叶子的芽苞时，感到这个春天我得救了。这个春天和以前的所有春天都不同了——这棵开花的桃树，位于我的东窗，东窗开满了桃花。我每天都查看花蕾的成长，把旁边杏树的侧枝剪掉，为桃花的开放腾出空间。杏树也三年了，树长得很大，有桃树两倍大，却不开花，表现得比桃树还矜持。我为桃花忙了一大气儿，忽然想起了我的另一棵桃树，忙赶过去查看。它的位置在西厢房的北侧,树的西侧和北侧只有铁栅栏围墙。西北风很厉害，这棵树明显长得小，叶子长出来了，却没有孕育出花蕾。这两棵树买来时是一样大小的。我看了看西侧空旷的原野，没有建筑为这棵桃树挡风，冬天这里也更冷。这棵桃树能度过冬天，已经用了它所有的力气，到了春天，已经没有余力孕育花朵了。那几片叶子，是它的呼吸。至此我才后悔没把它栽在西厢房的前面，这样房子可以给它挡住寒风。我想到秋天把它移栽一下，移栽到已经开花了的桃树旁边。这样想好了之后，给它把根部的草除掉，就继续关注那棵开花的桃树去了。

大概一周之后，桃花开了——粉色，比杏花大许多，颜色也更深。杏花、李子花颜色浅淡，像轻烟一样。我的院子终于有桃花了！我需要桃花的深色，帮我稳住心率。我给桃花拍照片，发给朋友看，发给家人看。我把我的喜悦分了许多份出去，但我满怀的喜悦仍然不见减少。但乐极生悲啊，福兮祸所伏，就在我觉得生活如此美好的时候，我去查看另一棵桃树，发现它在春天长出的几片叶子，竟然都不见了，这棵桃树竟然在春天死了！它是熬过了两个寒冬的，在春天长出了叶子的，却在另一棵桃树开花的时节，慢慢枯萎，离开了人间。主要的是离开了我，离开了这个院子。我已经想好，秋天就把它移栽到房子的前面来，下一个冬天它再也不用对抗寒风了。身边有伙伴相伴，长冬也是容易过的，但是它却没坚持到秋天。那么，这棵树就不是冻死的，是别的更复杂的原因，让它丧失了继续活着的力气。它感到被轻视和遗忘了吗？我后悔不该把它栽种在那么恶劣的环境里，后悔我要在秋天移栽它的想法，只是存在我的心里，我没有说出，没有对那棵桃树说出。我如果站在它的身边，告诉它，等到了秋天，就把它移到房子的前面去，和它的伙伴在一起，下一个寒冬，有房子遮挡西北风，就不会冷了。这棵桃树是不是就会怀着希望，继续活下去？卖树苗的人说这是耐寒品种，小贩是没撒谎的，它确实熬过了两个寒冬。除了耐寒，它对其他打击的承受力却是弱的。或者寒冷加上孤独，是它无法克服的。小贩没有说它能耐孤寂。

我只有一棵桃树了。看来美好的事物，一个人不能占太多。我有一棵桃树就该满足了，想多一点都不能。如果你多了，你会做错一系列事情，然后失去。那剩下的，才是你应该有的数量。死去的那棵，转世应该还是桃树。它去另一个人那里，被小心呵护，有房子或围墙为它遮挡冷风，或者那里根本就没有寒冬，是个四季如春的地方。关键是新主人每天都看看它，长叶了没有，开花了没有？关键的，它的身边是它的伙伴，大家一块儿长大，一块儿开花，互相赠送花粉。

如果第一年就死了，我不会难过，那是因为它承受不住寒冬。它挺过了两个寒冬，在第三年春天突然死去，这里边的原因令我自责。是我做错了，不然它现在就和它的另一个伙伴一同开花了。月夜一帘幽梦，春风十里柔情。也许这两棵树是姐妹或夫妻，在苗圃里，它们就长在一起。当被我买走时，又幸运地没有分离，但没想到被我栽在两个互相看不见的位置。它们不知道都被移栽到了一个院子里，以为天涯海角，再不能相见。我每日自责，特别难过。

一个月后，上天给了我一点安慰。那棵窗前的桃树，花谢了后，结出了果实。现在，在那些叶子的保护下，小桃子在安静地成长，有拇指大小了。

每一个小桃子都是一粒种子，那棵死去的桃树，可以选择一粒种子来投生啊！可我怎么知道哪一只桃子里坐着它的魂儿呢？

杏花：侧枝的悲伤

住进这个院子第二年的春天，从姐姐家移栽了十几棵大李子树、几棵杏树。这些树可不是小树苗，在姐姐家已经生长了两年。树被移栽得很成功，基本活了，本该开花，但因为移栽重创了树木，都只长出了树叶。它们的根被切断，得慢慢把根上的伤养好，受这么大的伤哪还能开花呢！长出叶子是为了呼吸，而开花是繁殖。繁殖需要更多力气，那是得无伤无痛才能做到的事情。等下一年它们就能开花结果了，但是意外还是出现了，这导致这些艰难活过来的果树，哪棵也没能开花，甚至连叶子也被劫掠。

秋天的时候，我和樱儿去乌喇街大集准备买些豆子——红豆、绿豆、黄豆、黑豆。还没走到卖豆子那里，我们先看到了一对小山羊。小羊很小，刚刚断奶，叫声奶声奶气，我一看就迈不动步了。我蹲下摸小羊，小羊“妈妈”地叫着，它们这是管我叫妈呢，我的母爱泛滥成灾。小羊瘦得皮包骨，显然卖羊的人不肯给小羊吃好一点——这里的农民都是很穷的。其中，一只小羊还长了个黑脑袋，另一只小羊脑门长一个顺时针的旋儿。两只五百块钱，我们不买豆子了，买了豆饼和玉米，我们要把这两只小羊喂胖胖的，让它们过上幸福的生活。

山羊长大之后，除了长胖，还长了能耐，能从羊圈里跳出来。等我发现的时候，它们已经把我的果树叶子吃光了。那些移栽成活的果树，本来就没长几片叶子，哪够羊嘴的席卷。羊第二次从圈里跳出来，没有树叶了，它俩就啃树皮，吃树皮是对树木的杀戮行为。树活着，一靠根，二靠树皮。树皮是树的血管。这下子果树都死了。羊养到一岁的时候，我们找来镇子里清真寺的阿訇，请求让羊往生，不然院子里将寸草不生，不能种菜，不能种树。阿訇让我们把羊送到寺里，说只有在那里，羊才能往生，别的地方不能。

羊是畜牧业，蔬菜是农业。农业和畜牧业在一个小院子里还是发生了重大冲突，我必须二选一。我得选择农业啊，人类已经依赖农业好几千年了。我原想把羊养成宠物，这样羊可以在农业环境里找到生存理由。怎奈那羊并不按照我的想法生长，最终长成和我的农业环境对立的样子。

第二年春天，院子里没有羊了，又成了植物的天下。我栽种了很多菜苗：茄子、辣椒、西红柿、豆角、秋葵、芹菜……一天，我给西红柿打侧枝，意外发现去年被羊啃死的杏树，从根部发出了三条侧枝新芽。叶子带着红尖，偷偷地在草丛里长出来了，那样子小心翼翼的。我大喜，这说明树根没死。我立刻清除了周围的杂草，给新枝以生长空间和阳光，让它们大大方方地生长。我一边拔草，一边和杏树的小苗说，你们不要害怕了，羊已经往生了，再没有谁来啃树皮、吃树叶了。

一年，长到半人高，再一年，长到一人高。等把那棵桃树栽在它身边的时候，杏树有一人多高，两岁了。等到今年桃树开花，杏树就是五岁了。看到桃树开花，我光顾着喜悦了。等桃花谢了，结出了好几十个毛桃，我安心地等着，我的内心安静、稳定、不焦虑、不着急。一棵开花结果的桃树，稳定住了这个院子里的气场，连我也一同被稳定住了。可是有一天，我忽然想到，杏树为什么不开花？它长得比桃树大一倍，年岁也比桃树大两岁，就算不结果，它总该开花吧？

这些侧枝，被主干告知，外面有羊，要小心。也许它们目睹了羊啃食主干的残忍过程，它们被吓到了。它们拼命长高，长很多叶子，很多分枝。从下面看，它们不是一条主干，而是两条。这两条主干长了不到三十厘米，就又分枝，成为四条主干。它们长出这么多主干，是为了对付羊的。它们不知道羊往生了。它们也不相信羊往生了。它们的一切生存策略都是按照有羊在周围而制定的，包括推迟开花，长出很多侧枝。对于这棵曾遭遇重创的杏树，开花繁育不是第一位的，活下去、对抗羊才是第一位的。它的注意力都在险恶的生存环境上，性成熟被推迟。它的全部精力用在生存、防御，开花再说吧！死过一次了，能活着就很好了。开花结果，那太奢侈了，我没那么好命，那得天下太平，天下没羊。

我期待这棵杏树能在安稳的生存环境里，慢慢清醒过来，看见身边的桃树在做开花结果的事情，认识到：羊真的往生了，可以开花了；世界和平了，没有危险了；那场浩劫过去了。

我要给杏树多一些时间，我期待明年。我不着急，等着杏树从噩梦里醒转过来，看见一个适合开花的春天。我愿意这样等着。

榆叶鸾枝和它的配角

最早栽下的是两棵榆叶鸾枝，也叫榆叶梅、小桃红。在院子里能开花的果树还幼小的时候，在院子里没有木本花朵的时候，榆叶鸾枝最先开放了。虽然枝条细弱，花朵可怜，但开花的第二年，就枝叶繁茂、花朵拥挤热闹了。这使我盼桃树、海棠树开花的心情不那么急迫了。木本花一开就满树都是，看不见叶子。春天 4 月，榆叶梅先用半个月孕育花蕾，然后五一左右开花。这花不论朵，论串，一串一串，深粉色。整个一棵树都是粉色，像幼童的蜡笔画。这样开半个月，到 5 月下旬，随着一场风雨，花朵飘落。这时才看见叶子，那叶子竟然是红色的。花落了，每一片叶子成为一片花瓣，整个一棵树开成一朵大红花。这朵红花可皮实了，风雨都无法使之凋谢。

6 月的时候，榆叶梅树长得特别大，尤其一些枝条，又高又长。按照园艺审美，应该修剪枝条，使树形更好看，这就要剪短一些枝条、剪掉一些枝条。我手持大剪子，围着树转了好几圈，哪条我也舍不得剪。这树是我亲手栽下、看着长大的，我实在下不了手啊！就像自个儿的孩子犯了错，手抬起来，落不下去，舍不得打怎么办啊！何况榆叶梅什么错误都没犯啊！它刚开了一个月的花，还把花开错了吗？我放下剪子，决定不剪了，就让树疯玩、随便长。树形好看与否我不计较了。我自己栽的树，长成啥样都是好看的。别人说树形凌乱，长窜了，那就让别人去说吧。树听不见，我也听不见。我握着大剪子不能啥也不剪，最后只修剪了旁边一棵自己长大的小榆树。我把榆树剪成圆形，尤其把挨着榆叶梅的那侧枝叶剪掉，好给榆叶梅生长空间。这棵被修理的榆树是自己长大的，小的时候没舍得拔除，稍一疏忽，它就快速长大了。不能让它肆意生长，得给它一个形状，谁让它不开花来着，长在院子里已经是它的造化，谁家会允许院子里长榆树呢！因此，我在剪断它的嫩枝的时候，虽然也有些不忍，但没办法，它要疯长，这院子就啥也别长了。一棵榆树，它会长成巨大无比的树。院子里还是有秩序、有等级的：能开花的树是被优待的；然后是蔬菜，也有地位；然后是野草和不经允许就长出的小榆树。野草长在蔬菜近旁，那只能被薅掉；长在墙角、地边，允许野草长大。榆树长在边缘地带也可苟且偷生，长在院子中间、菜地里、果树旁，就怪自己选错了地方。

这棵长在榆叶梅旁的榆树，位置离榆叶梅很近，但处在菜地的边上。当时要拔出时，忽然想到很多园林把榆树修剪成各种形状，于是找出剪子把它修成了圆形。后来在它旁边栽了榆叶梅，可以为榆叶梅挡风做伴。榆叶梅粉花红叶，旁边一棵绿叶榆树，相映成趣，比单单一树花好看。榆树成为榆叶梅的背景，使那一树花站在前面表达得更好。这棵榆树作为配角被留了下来，获得了珍贵的生长权利。

想不到这榆树长得太快了，就要把舞台充满了，明显的喧宾夺主。今年已经三米多高。我站在梯子上给它修剪枝条，修成上下两个圆，像个招财的葫芦。就为了修它，我上街买了梯子。

海棠花、海棠叶

和桃树一同买回来的果树，还有好几种。因为对桃花的偏爱，对桃树苗做了记号，栽的位置也记住了，加上桃树的叶子特别长，发叶就认出来了。剩下的大李子树、海棠树、123 苹果树等，就没记住谁是谁。等第二年它们长出叶子，也只能判断出它们成活了，是什么树，无法从叶子上看出，只能等第三年开花。海棠花和李子花，差别还是很大的：李子花白，绿蕊；海棠花大，涂了红嘴唇儿。

第三年春天，大李子树开花，被我一眼认出。小时候家里有大李子树，有桃树。这两种树的叶子和花，我怎么都不会忘记。那是童年记忆，而且是童年味蕾的记忆，怎么能忘呢！两棵大李子树都繁花似锦，整个树没有叶子，一树白花，那个清香，不吃大李子都可以，有这春天的恣意的白花就够了，已然忘记还要吃果实那码事儿。花谢了后，有一部分花坐了果，这是意外之喜。开完花，什么都不结也可以。在我这里花就是果。我栽树就是以获得花儿为终极目的，以院子充满春天的颜色、气味为目的。另外还有四棵树，长得很大，但是没开花。有两棵叶片小孩手掌大，椭圆形，另外两棵叶子细长，不知是什么树，像个谜语，得明年才能从花瓣上揭晓。

在这四棵树里，一定有海棠树。买树苗的时候，我最先问的就是有没有海棠？然后又问梨树。这两种树，花都好看，而且海棠花和梨花在古诗词里，身影婀娜。在我处的这个纬度上，梨子不会太好吃，因此种梨树，主要是看花。我是要把古诗词中的海棠和梨花，移栽到我的院子里。结果梨树没有买到，只买到了两棵海棠树。

等李子树上的花开始飘落的时候，我发现院子里有一棵树的叶子特别大，接近圆形。与桃树、杏树、李子树的形状都大异，类似阔叶树木。我忽然想起，北京的一位满族朋友，和我说起清朝的地图，他说像一片海棠叶。清朝的版图很大很壮观，没有那么多曲折转弯，霸气地一路划过去，不拐弯，走直线。我猛然意识到，这棵叶子又大又圆的树应该就是海棠树。小时候家里没有海棠树，邻居家有，偷偷地摘人家的海棠，提心吊胆哪有心思细看海棠叶。孩童的眼睛只盯着海棠果，因此，不记得海棠叶的形状。

我摘下一片叶子，把它覆盖在一个三十二开本的地图上。恰好，那些弯折的部分、缺失的部分，都覆盖上了。这就是一片海棠叶，那棵树就是海棠树。不用等明年开花、结果了。现在，从一片叶子与地图的关系，我破解了这个谜语。

明年它就会开花了。我的诉求不变：开花就行，不用结果。但如果一定要结果，我也很高兴。开在宋词里的海棠花，我通过栽种一棵海棠树的办法，把花儿移到了眼前，把李易安的句子移到了眼前。我的心安稳了下来，哪也不疼了。

“试问卷帘人，却道海棠依旧。”我没有卷帘人，我自己卷，自己出去亲自看，省得被糊弄。我会在一夜雨疏风骤后，趿拉着鞋，披散着头发，查看我的海棠花、桃花、苹果花、李子花、杏花……还有那梨树，我一定要买到树苗。院子里不能没有梨花，就像诗词里不能没有梨花——桃花红，梨花白，海棠爱涂红嘴唇……

只是看见海棠饱满硕大的卵形叶子，要无奈地叹息一声。我期待明年，海棠花开放，转移我的视线。一树海棠叶，我感到沉闷，我期望海棠花救我出来。

2020 年 6 月 吉林乌喇街旧街村

野草开花击中了我的要害

院子里一片衰败。几架竹竿，垂挂伶仃豆角，早已干瘪，叶子萎成一团，都在秋风里悠荡。榆树下的刺刺秧，拽住榆树的一条树枝，还在奋力往树上爬。这是整个院子里唯一还在挣扎的生命，而其他都已放弃了。

我把房钱交给了房主，房主在合同上按下了手印，转身进城打工去了。我找人修好了围墙，安上了木头大门，在冷风里锁上门，回城里过冬天。明年春天，我才会再次来到这里。

房主不知道，我也不知道，院子里早已埋伏下上百万各种野草的种子，它们要在冬天好好地睡上一觉，第二年春天，好有力气和我相遇。

而野草种子的千军万马，是注定会有所作为的。第二年春天，它们经过了一个冬天的睡眠，一个个精神百倍地苏醒了过来。我是一个人，而野草是百万大军。我们在春天遭遇，而战事一直持续到秋天。

也许那些草籽们并不知道，院子换了主人，不知道它们的黄金时代已经过去了。我也不知道，我来到这个院子，最先为我制造麻烦的是那些疯狂的野草。

5 月初，暖风吹拂。我用铁锹把沉睡了一个冬天的菜地泥土都翻过来，让下面的泥土也领受暖阳的照拂。黑土油汪汪，偶尔能见到曲蛇（蚯蚓）、一些草梗、已残缺的黑褐色叶子。我不知道，草籽的千军万马，就在这看似啥也没有的土里。泥土被太阳晒了两天后，我用镐头把菜地打成东西走向的田垄——这是菜苗的温床。5 月下旬，从乌喇街集市上买来菜苗，一棵棵栽上：两垄西红柿、两垄辣椒、两垄茄子、两垄黄瓜。菜地的边上栽苦瓜、冬瓜、南瓜、丝瓜，过几天在菜地边上插上竹竿篱笆，这些瓜藤就可以努力往上爬了。地里干干净净，只有菜苗文弱地端坐田垄上，叶茎细小，弱不禁风的样子。

大概有十几天，菜地里出现零星的野草，主要是灰菜、野苋菜、水稗草等。我不能任由野草生长，它们可都是野生的，生命力极强，生长速度快得惊人。那些我移栽的菜苗可不是它们的对手。野草在土里掠夺养分，上面争抢阳光。都是些身手不凡的主儿。一番铲除，看着复又干干净净的菜地，我放心地出去开会了。一般开会前前后后要一周时间，等我回来，我发现我怎么看不见我的西红柿苗了呢？我怎么看不见我的辣椒苗了呢？在我栽西红柿的地方，是一片枝繁叶茂的灰菜！我扒开灰菜，发现西红柿萎蹲在草丛里，上面的阳光被灰菜的叶子遮住了。我开始薅草。多亏时间不长，灰菜的根不深，一把抓住好几棵灰菜，连根拔起。抖掉泥土，见灰菜肥嫩碧绿，应该可以吃啊。青椒的地里长满了野苋菜，长得那个整齐啊，好像谁种的。野苋菜也是可以吃的。我把这些可吃的野草，收拾干净，用水焯了一下，拌上醋、生抽、辣椒油，菜碧绿碧绿的，好吃啊。栽种的蔬菜没下来之前，我主要靠院子里的野菜为食。这个季节市场上只有菠菜，我吃这些野菜，不比菠菜差，关键是长在菜园子里，很干净，又加上气温还没上来，各种虫子都没生出来。菜干净、肥嫩、有机、有营养、无毒、无农药，上哪儿找去？

野菜是上天赐予，感谢地球啊，但是这上天的赐予实在是太多了，我一张嘴怎么也吃不过来。我一边吃着，野草一边疯长。它们生长的速度远远超过我的咀嚼速度，尤其我的消化系统还有个化学反应过程。我的新陈代谢过程太慢了——相对于野草的生长太慢了，很快野菜长到我的牙齿咬不动了。还没到 6 月，人家野草已经把花开出来了。开花是个可怕的事情啊，因为这意味着野草要结种子，而种子是野草的下一代。接下来我要面对野草母子的共同攻击。

早早开花是野草的生存策略，这击中了我的软肋。面对一株株开花的植物，我的手的凶狠程度直线下降，我在铲除一株开花并孕育种子的植物时，我的手忽然就软了。我被野草强烈的生存愿望感动了，它们也要长大开花、结果，完成一个生命的过程，仅仅因为没有被人类选择，就没有权利生存。野草开花也很好看——打碗花、红蓼、苘麻、地丁……都好看。它们也有权利活下去的，它们也要孕育、繁衍，在地球上传递自己的基因。谁说野草一定得死？

在菜地的边上，在没有种菜的地方，我就允许一部分野草活下去，允许这部分野草开花、结果，允许它们细小但好看的花在夏风里摇曳。

在我的菜地里，也有野草被我留下了，那是一些特殊的野草。在清理韭菜地里的杂草的时候，一棵很大的草已经被我抓在了手里，我甚至已经用力地拽了一下，我欲将它连根拔除。我没拔动。其实不是我拔不动，而是在用力的时候，忽然有童年记忆片段从我的眼角一闪而过，因此手一软。那是一棵黑天天，学名叫龙葵。它是我小时候吃过最多的一种小浆果。小时候没有水果吃，家里的大李子、海棠等还酸涩难吃的时候，黑天天就变黑了，吃起来已经有了难得的甜。我在村街上玩耍，忽然就奔着路边栅栏的一棵草去了，我发现了黑天天。我已经好几十年没吃过黑天天了。自从到了城市，就没有看见过，也就没有吃过，我好像已经忘记了它具体的味道。我松开抓在手里的龙葵，我要把它养大，养到秋天，养到黑天天一嘟噜一嘟噜挂在枝叶的下面。

这棵龙葵长得巨大，遮住了至少周围四株韭菜。韭菜还有很多，不缺这四棵。这棵龙葵已经开出细小的黄花，有的果实已隐约可见，再有一个月就差不多成熟了。我记住它的位置，就在韭菜的两垄的中间，一眼就看到。韭菜是兰花形的，龙葵则长得像一棵小树。韭菜很重要，韭菜几乎是春天最先能吃的菜。头茬韭菜那是相当鲜嫩好吃。吃头茬韭菜不光是吃的事，它还预示着其他的菜也快要能吃了，是有青菜可吃的开始。因此，吃头茬韭菜是新的季节开始了，一年中最好的季节开始了。龙葵长在韭菜地里能活下去的希望是很小的。我妈就不会允许一棵龙葵长在韭菜地里，它会欺压韭菜。韭菜是菜，而龙葵是草。只有小孩发现了龙葵的果实，大人的眼里只有韭菜。但是这棵龙葵前世做了好事，它长在了我的韭菜地里。我是个大人了，但是我仍然没有丧失看见它的能力。我觉得韭菜重要，但是龙葵也重要。它甚至比韭菜更重要。吃韭菜炒鸡蛋，可以让我吸收营养，增加身体的能量，但是吃龙葵，黑天天，可以让我重温童年时的快乐，可以找回逝去的时间。我可以在那微甜微涩里找到一条缥缈的通道，回到童年逛一番。龙葵的味道是我身后的一条小路。这条路谁也不知道，别人看不见，是我一个人的秘密。这样的秘密多有意思啊！我和童年隔着千山万水，走高速公路也回不去了，但我的黑天天里藏着一个时间的虫洞，只要把那黑紫色的小果实放在我的舌头上，我瞬间就回到了五十年前的家乡！

在黏玉米地的边上，我发现了几棵车轮草。车轮草学名叫苘麻。这种草不像草，而像木本植物，像一棵微型南方的阔叶树，叶子圆大，好看。结出的果实正面像一个车轮或一朵花，非常精致。这种草的好看我小的时候就发现了，只是那时不知道它叫苘麻。我喜欢摘下刚结出的还嫩的果实，吃里面白色的月牙形的籽，或者用果实在泥地上印出一个一个锯齿形的图案。苘麻的果实成为我印在土地上的印章。我在院子里印、在菜地里印……凡是盖了我的图章的地方就都是我的家园。它的叶子成了我的乐器，拳头拢成一个筒状，成了小音箱，叶子盖在上面，然后用另一只手猛地拍上去，叶子被气流击穿，发出“啪”的一声脆响。夏天太闷热了，一丝风也没有，拍爆一片叶子，让凉气从叶子的碎裂孔里喷出来。我们这些小孩，不断地拍碎叶子，这里一声“啪”的脆响，那里一声“啪”的脆响……夏天密不透风、闷热，我们这些小孩，把闷热的夏天打出裂纹。

2020 年 7 月 20 日 吉林乌喇街旧街村

妈妈的种子

一个藤条编的笸箩，里面是豆角的种子。我妈把里面没长成熟的挑拣出去，留下那些圆润饱满的。这是种子胚胎过冬的房子，发育得不好，直接影响明年春天是否能发芽。那些被挑出来不合格的种子，放到旁边的一个饭碗里，成为晚饭的一部分。挑选种子这个环节我妈都不让我们插手，她的标准是无法传授的，而在收获这些种子的时候，我则被允许参与其中。它们是一些风干了的豆角，仍然挂在已经干枯了的豆角藤上。其他豆角都还青嫩的时候，被我妈摘下来，被我们吃掉了。豆角、土豆再放点肉，先爆锅放葱花，豆角放里面爆炒一会儿，然后放水煮一会儿，水几乎收尽了，豆角上起油泡，土豆变成和红烧肉一个颜色。很多豆角通过这一烹饪方式被我们吃掉了。而藤上这些长老的豆角，是我妈留下的，我妈让它们长到成熟，好做明年的种子。一条藤上的豆角，竟然有两种命运啊！

豆角怎么能知道自己是被留下传递基因还是没长成熟就被吃掉呢？豆角不知道，就像我们不知自己的命运，留下了豆角A，就是留下了所有的豆角。因此，人类某个个体的悲剧，上帝从来不怜悯。我把这些干豆角摘下来，它们都是幸运的，足足有一土篮。在把豆角种子从豆荚里剥出来这一环节，我也是被允许参与的。我的小手很是灵活，剥得一点也不比大人慢。在剥的过程中，我就发现：有的豆角外皮也干了，但里面的豆，却没长大，也没长圆；有的像是受潮了，豆的颜色不鲜亮；有的甚至在豆荚的掩护下，悄悄发芽了。

我妈把那些不能发芽的，或发不出好芽的豆角种子挑出去，这个环节我妈不让任何人插手。显然，选种多么重要。我们家种的豆角，名字叫花雀蛋。因为那种子长得像雀儿蛋一样，花花溜溜的。是叫了花雀蛋的名字长成这样的，还是先长成这样后叫花雀蛋的？我感觉是后边这个原因，是豆角先长成花雀蛋的样子，人依形命名，而不是人想让它长啥样就长啥样，那时的人哪有那么大的本事。

此后，我在城市生活了三十年，与种子离开了三十年。三十年里，我做着和种子、播种一点关系都没有的事。这三十年，种子是怎么过来的我全不知道。这三十年，发生了很多事，那选种子的人也去世了。我不知道我妈去世后，我们家的种子由谁来选？直到2015年春天，我有了播种的土地和播种的权利。这时我才发现，我的手里，没有种子。我回娘家去找，娘家也没有种子了。我弟媳说，种子年年到种子商店去买。这就意味着我小时候的花雀蛋种子，已经失传了。一起失传的还有玉米种子、土豆种子……我去乌喇街里买种子，那里有多家种子商店。我选中了秀兰种子商店，看名字好像是自己育种的，像当年我妈留的种子：豆角、南瓜、苦瓜、黄瓜、黏玉米……我把这些种子都买来种了下去。

回到家里，发现几乎所有种子的包装袋上都写着，不可以留作种子。也就是，这些种子没有生殖能力，我很惊骇！三十年，世界就变成这样了吗？有生殖能力的作物会使产量变低吗？有农民好奇，就留了这种作物的种子，说真的不结果呀。

我的心里立马慌了。如果种子公司不存在了，那上哪儿买种子？种子的源头太单一了，太危险了。就好比，孩子全由工厂生产，所有的女人不再拥有子宫，那么，生产孩子的工厂出了问题，那人岂不是要灭绝吗？种子掌握在少数人手里，广大农民被剥夺了掌握种子的权利。几年下来，农民手里就没有种子了，那些原来的种子，由于竞争不过种子公司，原来的种子被淘汰了。现在，谁的手里也没有种子了。这是个危局，所有人不知已临深渊。

去年去汪清林场采风，在河边的玉米田里，玉米被割倒了，一部分玉米还在秸秆上，就低头细看。发现这里的玉米和我小时候家里种的玉米很像，玉米棒不那么大，玉米粒很圆润，也不太拥挤。正好有农民在，就问这玉米可以做种子吗？回答说，怎么不能做种子呢，能做种子。和农民要了几穗玉米带了回来，今年春天，已经被我种在了房后的菜田里。现在长得很好，到秋天，如果能顺利结出玉米，那么这就是民间的玉米、原来的玉米、可以自己留种子的玉米、没有经过基因改造的玉米、没有被人动过手脚的玉米，是人可以放心食用的玉米。我将把这玉米种子保留下去，每年播种。如果有一天，哪也买不到玉米种子了，那么我手里的种子，就可以救命了。

昨天，我把玉米地里的草都拔除了。现在，玉米已经长到我的胸部那么高了。再过一个月，雄花、雌花长出来，微风中一授粉，玉米就有了。今年秋天，和哪一年的秋天都不一样，我的房后，做着一个有着深远意义的实验。我用一小块田地，在做一件大事，谁也不知道。如果成功了，我的心就能有一部分安稳下来。我心里有一点底了。

也许，在大山里，还有很多作物，有自己的种子在颤巍巍地延续。大山仍能挡住一些红尘，在山谷里，原来的作物还在生长着。它们在山外人看来是落后的、低产的、该被淘汰的，在我的眼里，却是珍稀的、濒临灭绝的、应该被保护的。今年秋天，再到大山里走一走，看看还能找到什么珍贵的有繁殖能力的种子！

2020 年 7 月 9 日　吉林乌喇街旧街村

盼雨的心情

这些天，我的主要工作是盼下雨。院子里所有的菜苗、埋在土里无法发芽的种子，还有那些顽强的野草，都和我一个心愿——祈祷天神下一场救命的雨。我和我的菜苗们在盼下雨；邻居金枝和她菜地里的菜苗们也在盼下雨；后院小畅和他媳妇也在盼下雨。整个旧街村所有种菜的农民和菜地里所有的菜苗都在盼下雨。这么多人、这么多菜苗和埋在土里的种子，加在一起是个庞大的数字。每一个人、每一棵菜苗、每一粒种子发出相同的心愿凝结在一起，能量是很强大的。天神很忙，需要下雨的地方很多。哪块地方的心愿强大，天神就会被拉拽到哪里去。5 月 30 日的晚上，下雨的天神终于来到了乌喇街旧街村的上空，低头看看下面的旱情，勾兑好了剂量，最后的决定是：给我们下一场小到中雨，伴西南风 2 到 3 级，其间打雷闪电十三次。

我们仰头看到的：该铺上晚霞的西天，涌现出了大量积雨云。用来染红晚霞的色墨每天都是定量的，染丝状、片状的云彩，这些墨色刚好够用。积雨云，又厚又大，那点颜色一投进去，就被乌云吞噬了，这导致今天的傍晚，西边没有晚霞。从那里刮来的风，裹挟着雨水的凉气，晚饭后风着手搬运那些黑色的云团。看着我的院子正处在这些积雨云的必经之路上，赶紧收回了晾衣绳上的衣物，而院子里菜地上的菜苗，还有桃树、李子树、海棠树们，则要好好地等待。一场及时雨，酝酿了四五天后，终于完成了发酵，产生出了益生菌，可以洒向人间了。

我移栽了20棵西红柿、10棵茄子、20棵辣椒，种了两垄豌豆、两垄油豆角，移栽了葡萄苗，还种了10棵南瓜。因为连续多日干热、刮风、不下雨，我栽下的菜苗被热风折磨得奄奄一息。我种的豌豆、南瓜、黏玉米，由于土里缺少必要的水分，种子都在土里沉默着无法发芽。这几天我坐在阴凉的西厢房里，不敢看烈日下的菜苗。我盼下雨，心情和那些热风下的菜苗一样。如果你没有在地里栽下菜苗，没有在泥土中种下蔬菜和粮食的种子，你是无法体会我盼下雨的心情的。下雨对于城市人来说，仅仅是带来了清凉和湿润，而对于农民来说，对于田地里的庄稼和蔬菜来说，下雨是救命，雨水就是救世主。

入夜，我睡不着，等着第一滴雨砸到我头顶的瓦片上。终于南窗外凉棚上的阳光板，噼噼啪啪之声骤然响起，而屋瓦上的雨声，则听不见了。凉棚下面是空的，形成了音箱，这里的雨声被扩大，而屋顶的瓦下面虽然也是空的，但没有凉棚的空间大，声音没有足够的空间滚动。这两个声部一起响在我的头顶，此时此刻，下雨的声音比什么乐队奏出的音乐都好听。院子里的菜地，则迎接着每一滴雨水，不发出一点声音。真正需要雨水的，在雨滴来到之时，不发出欢叫的声音；而瓦片、阳光板，这些对雨不十分依赖的，则在雨水里喧哗。每一片叶子，都是土地伸向雨水的手掌。干燥的泥土，就像饥饿的动物，快速吞咽着雨水，来不及说感谢，更没时间唱歌。瓦片和阳光板，它们是乐器，雨点是敲打它们的鼓槌。雨点和屋瓦、阳光板的合奏，差不多响了一个晚上。我不知演奏是什么时候停的，我是在这个天地共同演奏的宏大乐曲声中睡着的。当我知道我的菜苗、我的种子都得救了之后，我就睡着了。在雨夜，我的睡眠有多深沉，你是不知道的。

第二天早上，阳光普照大地。树叶上、菜叶上挂着昨晚的雨滴，每个雨滴里都有一枚金红的太阳。我绕着我的菜地走了一圈，又走一圈。每一棵蔬菜、每一棵树都喝饱了雨水，嘴边还挂着一颗实在吃不下的雨滴。太阳湿漉漉的，光线湿漉漉的。一场雨之后的太阳，面目温润，不见往日的酷烈。

然后发现今天是 2020 年 6 月 1 日，那么昨夜的大雨，就是上天给地上所有植物的礼物。地上所有的菜苗、野草都是儿童，还不到一岁。院子里的果树，最大的也只有三岁。

2021 年 5 月 吉林乌喇街旧街村

大暑

大暑是 2020 年 7 月 22 日。

大暑是下过一夜小雨的第三天。

大暑的两天前，屋后的玉米长出头上的穗子，垂挂着缤纷的花粉颗粒。没见有风，花粉也在颤动。它们是一些跃跃欲试的生命，如果吹来小风，花粉就要飞舞了。下面玉米雏形上的缨穗也悄悄冒出头来，晶莹剔透的。这雌株上的丝状花蕊还很短，颜色是透明的琥珀色，得过几天才变成红色的吧。雌花的每一条丝线上，都长着小刺，这些小刺是给上面的雄花花粉长的。雄花花粉落到了这里，不至于脚下太滑站不住。此刻玉米的脸还在里面埋着，因为玉米的牙齿还没有长好，还是一个个透明的水泡。这么稚嫩的东西，用柔软的叶子给自己包裹了六七层，包得像个襁褓。在牙齿长结实之前，它们都不会露面——它们怕风吹，怕太阳晒，怕雨水浇，怕人嘲笑……

大暑那天南瓜藤从城墙爬过来，蛇一样的头越过铁栅栏，伸进了院子里。院子是个大院子，可也不能乱爬，最好能顺着墙根爬，要是被人踩断了头，那些包裹在头里的小瓜胚胎，就没有长成大瓜的机会了。侧枝都被我打掉了，这条主藤是唯一携带幼瓜的。如果主藤出了意外，一个春天、半个夏天的生长和孕育就都付诸流水。多么令人担心！瓜藤看不见院子里的凶险，它们撒欢地往前爬行。我抓起瓜藤的头，把它们顺到墙根，指给它一条安全的路径。虽然我会给南瓜藤让路，可樱儿痛风一犯病就会瘸。腿瘸的人，你怎么要求他躲闪腾挪，给地上的瓜藤让路？院子里还有大狗灰哈哈，体重一百多斤，让它大爪子踩上，也是灭顶之灾。但南瓜藤进院，给雌花授粉就不用出大门上城墙了，上城墙出大门迈步即可，而我却在看似坦途中遇到阻碍。那里有一张巨大的蜘蛛网横挂在我的必经之路上，在网的中心，一只巨大黑色蜘蛛蹲踞在那里，它一整天都蹲在自己的网上睡觉。我不知道它睡着了没有，但我若经过，碰到一点网线，它都会惊醒。它的脚上有感觉器官，丝线上的任何颤动，都会像神经传导一样快速通过丝线传给它的脚，脚就是它的眼睛。我怕蜘蛛，怕到了灵魂里。城墙上的南瓜开花了，如果不去授粉，瓜就坐不住。这些天我克服对蜘蛛的强烈恐惧，胆战心惊地从蜘蛛的大网下钻过去，烫手般快速完成授粉工作。直到回到院子里，我全身的皮肤才敢舒展开。如果蜘蛛不在网上，我就更害怕了，因为我不知道它在哪片叶子的后面。我若碰到它，就能把我吓死，如果蜘蛛不在网上我就不敢去了，我不敢碰任何一片叶子。现在好了，瓜藤进了院子，雌花开了，我哼着歌准备授粉。我从没在这样的轻松心情下给南瓜授粉，可找了半天附近没有雄花。抬头看见雄花还在城墙上开着，我够不着。雄花还在植株的中心部分开着，没有一同爬进来。看来雌花进了院子这件事，雄花一定是不同意的，不然雄花为什么站在原地不随着雌花一同进来？那雌花的这一行为有点儿红杏出墙之嫌。

昨天傍晚看见邻居金枝站在门口发呆，就求她上城墙帮摘了两朵雄花，才把院子里的几朵雌花授了粉。我说明了那只蜘蛛的存在，可金枝不怕。她两把将蜘蛛的网破坏掉，走了过去。蜘蛛不知躲到哪里去了。对于我是个天大的难题，而这个难题摆放在金枝的面前，只是一个脆弱的气泡。

大暑，差不多所有的蔬菜都在这几天成熟：茄子、西红柿、辣椒、秋葵……又发现紫花油豆角长大了，可以吃了。豆角用叶子把架子上上下下都覆盖住了，看不见一点竹竿的影子了，像一排穿着厚厚棉衣的绿巨人，它们的衣服上全是心形的叶子和一串串的紫花。豆角挂在里面，太阳晒不着，雨也浇不着。恰好有一点牛肉，还有一纸箱子土豆（邻居送的），明天可做一锅土豆牛肉炖豆角。听说我要做一锅菜，是不是替我犯愁吃不完？没事，有灰哈哈在，做再多我也不担心，灰哈哈的大嘴，其吞吐量很令人放心。灰哈哈是巨型阿拉，它爱吃蔬菜和肉，我做淡一点就可以了。

大暑的时候，牵牛花占领了黄瓜架。今年的牵牛花是粉红的，房前房后都是粉红的。我偏爱紫色的牵牛，花瓣上带着白筋，有的还勾着白边。紫色浓郁，花朵沉稳，和我很搭。院子里粉色牵牛花不是我种的，是自己长出来的——种子被风或者鸟带来。那么粉色是自然给予我的颜色，是天选。粉色是欢快的，无忧无虑的。我知道自然的用意——花神从空中滴下一滴这粉色的颜料，滴落在我的院子里，溅得房前屋后哪里都是，我的院子和我都跟着降临的粉色欢快了起来。

再说黄瓜，被牵牛花和它那些心形的叶子遮住了。黄瓜悄悄长大了我也看不见。黄瓜是绿色的，那些叶子也是绿色的。我的近视眼没有发现黄瓜长大了，直到我用手扒开叶子，又戴了眼镜，才看见黄瓜。等我看见黄瓜的时候，黄瓜真的变成了黄色的瓜。那黄色让我一惊——黄瓜那巨大的身体让我又吃一惊，黄瓜竟然可以长得和冬瓜差不多大！除了发现两条巨大的老黄瓜，我还发现了三条幼小嫩绿的黄瓜，在这叶子的幕布后面，黄瓜已经有了祖孙三代，正在过日子。我暗暗记住位置，等过一两天来摘。樱儿听说老黄瓜的存在，不但不沮丧，反而高兴。他说老黄瓜去皮去瓤，切成薄片，做汤，汤上撒点香菜，那是贼好吃的，并且说他做老黄瓜汤很拿手。在我的指引下，他查看了一下老黄瓜，在行地摇头，说老得还不够呢，得老到皮变成橘黄色，并且麻麻嘟嘟的才好。没有老好的做汤，只是清脆的鲜，而没有那种在时间里积累的绵软和沉稳……

大暑的时候，春天种下的葫芦已经大面积结出果实来。葫芦娃挂在架上荡秋千，何止七个，应该有七十个。

大暑的前几天，墙外的农家白皮蒜收获，人家从栅栏外给我扔进来一大包，我给钱人家不要。我买醋十斤、糖两斤，将白皮蒜腌到一个大花瓶里了。大暑这天，打开盖子，把蒜往下压了压，上面的蒜已经变绿了，再过二十天就能吃了吧。

大暑这天，房后多天前结的一个小南瓜，终于长大长成熟了，摘下来准备吃掉。上面多个指甲的掐痕已长得像翻开的嘴唇，每个像嘴唇的伤疤，好像都在说话，在诉说我给予瓜的伤害。那掐痕是我留下的。一只瓜长得又大又圆，怎么知道瓜里面成熟没有？光看个头大是不行的，得用指甲掐一下。如果掐不动，就是成熟了，可以吃了，而且又面又甜，这是从我妈那里学习来的。我妈说，如果指甲很轻松就掐进去了，那就是瓜还嫩。这只瓜上有四五个指甲掐痕，那都是我在不同的时间检查它成熟与否留下的。直到今天，我的指甲才掐不进去了，于是我理由充分地摘下了这只瓜。我想吃瓜也不是这么着急，是因为藤上的另外小瓜着急。我想摘下它，后面的小瓜可以得到充足的给养。前几天，好好的一个小瓜，也授粉了，却黄萎掉了。我找不到小瓜夭折的原因，怀疑是上游的这只大瓜截留了全部的养分，才使下游的小瓜死掉了。摘下这只大瓜，就如同清除了河道上的一处淤堵，下游的小瓜几日就会长大。

大暑这天三十二摄氏度，说明天三十四摄氏度。长这么大，第一次面临三十四摄氏度，我很紧张，不知三十四摄氏度会把我怎么样，会把灰哈哈怎么样。灰哈哈上午就被叫进屋子里来，给它吹电扇，吃带豆沙的大饼、绿豆糕，还有黄瓜，它都不用伸出舌头了。灰哈哈一伸舌头，我就难受，我认为它不伸舌头是舒服的状态。只有一个电扇，给灰哈哈吹，它的皮袄脱不下来啊！

西红柿喜欢热天，下面的纷纷红了、黄了。可是没等我摘，就被什么给吃了。吃还不好好吃，每个吃一口，顶多吃一半，一片狼藉，它们应该是天黑后出来一边吃一边祸祸。太阳落山后，我摘西红柿，一摘就一筐——红的、粉的、黄的，每种颜色都吃一个，结论是：黄色西红柿更甜。茄子也被什么给吃了。吃了茄子我不太心疼，我因桥本甲状腺炎，不能吃茄科蔬菜，虽然西红柿也是茄科，但我当水果吃的。那么圆又那么红，被坏家伙吃了很心疼。茄子不圆也不红，吃就吃了吧，我不心疼。

是不是应该在附近设一个投喂点，放些玉米啥的，它吃饱了，就不吃蔬菜了？就不吃我的西红柿了？找了一圈，家里还没有玉米，就把南瓜瓤放到它们出没的地方。第二天去看，那些黄色的南瓜瓤不见了，有南瓜子的皮在那里。它们吃东西还真讲究，那么嫩的皮就吃了呗，竟然嗑开，只吃里面的嫩瓤，皮被吐出，丢在那里，像些死去的菜粉蝶。

紫苏长势喜人。汹涌的叶子，如洪水。几天前刚被我采摘了叶子，今天发现，小叶子又快速长到手掌大了。风一吹，叶子背面的紫色翻转上来，那都是珍贵的花青素啊。紫苏叶有这样几种吃法：生叶子切碎，搅拌在鸡蛋液里，放盐、少许油，煎成鸡蛋饼；叶子洗干净，炒一点肉丝，或者别的什么丝，用叶子包上肉丝；叶子洗好晾干，辣椒碎、蒜、姜、盐，用生抽搅拌，然后把每一片叶子都涂上做好的辣椒料，一片一片码放好，放封闭的玻璃或陶瓷器皿里，做成泡菜；叶子晒干，可做香料，做汤、做鱼、炖肉时都可放一些……

院子里发现小蟾蜍，只有拇指那么大。春天看见至少两只拳头那么大的蟾蜍，身体已经变成了金黄色，可能越老身体颜色越黄吧。前两年看见，还是灰黑色的。应该是6月，院子里的蟾蜍开始越过院子西侧的铁栅栏，往西边去了。走过几百米长的田地，尽头是养鱼池，但是那些小蟾蜍是怎么回来的，大蟾蜍会带着生出的小蟾蜍回来吗？蟾蜍知道哪个是它们的孩子吗？蟾蜍是不是也应在水里产下蝌蚪，然后蝌蚪长出四肢，上岸。如果没有老蟾蜍的带领，小蟾蜍怎么能回来？路也很远呢，路况复杂。还是蟾蜍就没离开，就在院子里产下小蟾蜍，有这种情况吗？我不知道，我这样猜测。

大暑的早上五点多，忽然传来喇叭吹出的哀乐。声音来自住所的东偏北，很清晰，应该是过了横道那边的谁家，距离不会超过两百米。下午的时候，哀乐停了，出现了一个歌手，应该就是村里的人，在唱《我的老父亲》，那去世的是位老头子。这歌手唱到高音的时候，就唱不上去。他也知道自己唱不上去，到高音门口他不挣扎着往上跳，而是从那高音下钻过去。但他的中音部分唱得很好，声情并茂，还有念白。悲悲戚戚，不慌不忙，一听就是经常在葬礼上唱。唱得熟悉到有余力考虑情感的渲染和分部。好像也有吹手，他们是个小民乐队，能把一切歌曲演奏出哀乐的感觉——《边疆的泉水清又纯》《草原之夜》《驼铃》……

2020 年 7 月 22 日 吉林乌喇街旧街村

等待葫芦

我等待的不是葫芦，而是葫芦开花。葫芦开花之后，葫芦有没有，我都不去管它了，我只等待葫芦花在月夜里像灯盏一样打开。这时候，那个铺满月光的院子就会出现，葫芦架会出现，晃动的柳枝会出现，那个在葫芦架下对月舞蹈的身影会出现。

这么多年过去了，很多事物消失了，月夜里的葫芦架不见了，但月亮还在那里。这就好办了，只要把葫芦架和葫芦花补齐就好啦。

春天我把葫芦种在泥土里，然后用木条和竹皮搭好了架子，剩下的就是等待葫芦开花了。

葫芦的花是白色的，杯盏状，开在晚上。硕大的白花向上举起——像举杯邀明月。虽然我们听不见葫芦花的颂词，但当月亮来到葫芦架的上空，葫芦花便一盏一盏地打开，我和两个姐姐就要在院子里的葫芦架下跳舞了。在葫芦架下的舞蹈，来自我们各自的编创。我跳的舞和姐姐跳的舞，不是一样的舞。我们的年龄不同，看到的月亮和花朵也不同。另外还有我们的心不同，心里的心思也不同，这导致我们跳的舞蹈有很大的不同。我们不跳在学校里学的舞蹈。学校里老师教的舞蹈，是根据那首歌的歌词编排的。那歌词里没有葫芦开花、没有葫芦架，也没有月光啊月光，因此那些现成的动作都没法使用。我只好自己现场发挥，姐姐也现场发挥，我们都跳出了和葫芦架、和月光、和柳树息息相通的舞蹈。那些动作，如果没有柳树、没有暖风、没有葫芦架、没有月光，甚至葫芦没有开花，我们都是跳不出的。因此，我不记得我都跳了什么动作，只记得那个在葫芦架下的夏夜是那么美好。我第一次用手指、用胳臂、用腰和腿把我的内心表达了出来。此后，使用我的身体恣意地表达自己就再也没有过，越长大手脚越僵硬，勉强能唱歌，让声带在那个幽暗的地方，小幅度地跳动。舞蹈，就再也不能了。似乎是年龄越大，离舞蹈越远。年龄越大，内心越需要隐藏。但是现在，当我的年龄足够大，大到老的程度，我忽然想起童年的那次舞蹈。我忽然返老还童，要找到童年的那个舞台，似乎又可以跳舞了。

当我租了一户农民的院子，第一件事就是用木头和竹竿搭好了葫芦架，搭好了童年的那个舞台，将我买来葫芦籽急匆匆地种下了。

现在，在我的眼前：没有那棵父亲年轻时栽的柳树，只有几棵高大的榆树；葫芦架上空空如也，还没有一片叶子；

种子还在泥土里瞌睡，它不管我有多着急，多想快点与我的那个遥远的月夜相遇，它非得睡饱再说。还好月亮每天都路过院子，看一看，然后走过去。

我坐在一只小凳子上，一边看星星看月亮，一边等着葫芦发芽。没有柳枝晃动，没有白玉一样的葫芦花高举邀月，我就只能坐着，不能舞动。爬满葫芦藤、被叶子装扮的葫芦架是我唯一的舞台。现在我的舞台没有叶子，没有藤蔓，没有花朵，因此我不能从凳子上站起来，然后舞动。我只能坐在离我的舞台不远的地方，安心地等待葫芦发芽、葫芦开花。我不着急，但是春雨不甘寂寞，春雨所到之处，大地有所呼应、有所变化。似乎只用了一个晚上，葫芦就长出圆圆的叶子了——雨水灌进了种子的被窝，它像栖息地下的小动物一样，被迫从土里爬了出来。出来一看，外面已经是这样暖和，这样风清气爽。寒风早就了无踪迹。种子很高兴，后悔出来晚了——它要多呼吸这温暖的空气，就又长出了两片叶子，第二天又长出两片叶子。以这样的速度，花开指日可待。我得在心里、在情绪上准备与我期盼的葫芦花相遇了。

藤和叶子很快就爬上了葫芦架，它们爬得是那么轻车熟路，好像知道那木架是给它们搭的。那么稚嫩的藤蔓，那么稚嫩的叶子，爬得那么高也看不出它们害怕。有一小部分则头也不抬，只顾生长，自顾在地上爬了起来。在地上爬的藤子，我猜它可能恐高，也可能嫌爬架子耽误时间。它要快长大，快开花，快结果，它不在乎站得高也不想看得远。它只追求速度。可我不能让葫芦在地上爬，那是不对的。小时候我妈种的葫芦没有一条藤是在地上爬的，架上的葫芦藤无法把架子铺满，需要地上的这些葫芦藤加入进去，共同把那个葫芦架装扮好。我就出手介入了。我拉起地上的藤子，一点一点把它们引领到高处去了。怕它们在我睡觉的时候溜回地面，我用布条把它们捆在了木架子上。

月亮差不多天天都从院子上空走过，看看我的葫芦花开好没有。我也是每天都要查看葫芦的细小变化，并抬头告诉月亮不要着急。快了，就快了。

很多天过去了，葫芦终于开花了。但意外发生了。我是在夏天的一个早上与那朵大花突然遭遇的，我愣住了：我看见了黄花！那葫芦架上开出了黄花！虽然也是碗盏状，但它怎么会是黄色的？它怎么会在早上开花？那黄花到了晚上就合上了，它甚至在下午就合上了花瓣。它是开给太阳的。这一切都不对。这一切很荒谬。葫芦是白花，开在晚上，下辈子我也记得这些常识。我不知道发生了什么，找来剩下的种子，看上面的文字和图片：写的是葫芦，画的也是葫芦。是这么多年，葫芦已经被篡改了吗？黄花更优良？早晨开花结的葫芦更好看？那么我的童年的开白花的葫芦已惨遭淘汰了吗？没有了在夏夜举杯邀明月的白葫芦花，月亮在院子的上空还会停留吗？这让我怎么度过夏天？尤其是漫长的夏夜。

夏夜与月亮相会的葫芦花哪里去了？我糊涂了，因为很多事情都在发生改变。我不敢说，眼前开黄花的不是葫芦，只能说这不是我童年的葫芦。

几天后，花下的果实长大一点，那果实是细长的，不是圆的，像西葫芦。果实的出现，证明了这些植物不是我期待的葫芦，而是另外的一种能食用的瓜。应该是种子公司的工人在分装的时候装错了，对此我想保持沉默。因为找到卖种子的地方，他们也许会赔偿给我葫芦，而不是葫芦花。我怎么说他们才会明白我种葫芦的目的以及意义呢？我感到我说不明白。

我种葫芦是要复制我童年的一个夜晚，没有葫芦架和上面的白花，我就找不到回去的道路。那个夜晚离我是那么远，我只有沿着藤蔓走，并且沿路找到白色的葫芦花，我才能回去。黄花也是道路，但黄花不是我的道路。黄花通向哪里我一点也不知道。我只有找到葫芦的白花，我才算找到了路口，才知道方向。黄花像一些路障，阻断了我回到童年那个月光下的舞蹈之夜。

这个开出黄花的瓜架是多么陌生，它像一个复杂的谜面，摆在我的面前，让我困惑。坐在陌生的瓜架下，月亮在榆树的上面，我坐在小凳子上，看星星看月亮，看汹涌的叶子把我拦截在了这里。我回不去了。黄花还有那些叶子，还有那些缠绕的藤蔓，挡在我的眼前，它们像一群天真但邪恶的儿童，它们手拉着手，无来由地拦住我的去路，不让我回去。

我没有别的办法，只能继续等。我现在不等谁开花了，我等秋天，我等冬天。到了秋天，这些叶子、这些黄花、这些阻拦我的藤蔓就会逃走。它们走了，我的院子就又空了出来，葫芦架就又空了出来。我要度过漫长的冬天，等到第二个春天的到来，我要再种下葫芦。只有白色的葫芦花开出来，我的心才清醒，我的眼睛才能看见，我的肢体才愿意舞动。现在我要静静地坐着，耐心地等待。我要用一个漫长的冬天酝酿下一次的耕种。

2015 年夏 吉林乌喇街旧街村

在乡村葬礼上哭泣

第一个葬礼

我叔我婶，他们有两个儿子，后来又有了两个儿媳妇，再后来有了两个孙子。去年，我叔我婶的大孙子又生了儿子。我叔我婶有了重孙子。

我叔我婶没有女儿。没有女儿，平常日子也不觉缺东西，就是到了那特殊的日子，没有女儿的缺口，看上去是那么大。这有点儿像一个人没有棉袄，夏天不觉得缺啥，一到了冬天，才意识到问题有多么严重。

八年前，我叔去世，我回去奔丧。我叔死了，就是我叔的冬天来了，就是我叔没有棉袄的事被大家知道了。看来冬天来了不可怕，看来人死了也不可怕，可怕的是没有棉袄，可怕的是没有女儿。果然，走到大门口，什么声音都没有。丧礼和婚礼一样，需要一些颜色，需要一些声响——红或者白，笑或者哭。没有哭声的葬礼是不成功的葬礼，是有硬伤的葬礼，是苍白的葬礼。我知道这些。邻人都在倾听、在评论。我知道我叔此时此刻缺什么，我知道我叔此时此刻需要我做什么。我不能让我叔在此生的最后一个环节出太大的纰漏。我叔那可是要了一辈子的强啊！我老远地回来就是要把我叔葬礼上突然出现的那个缺口给弥补上。我也要强啊，我不愿意乡邻讲究（议论）我家的不是。再说我叔那个人好啊，年轻时梳分头，会拉小提琴。后来我知道，小学校的手风琴也是我叔的。我叔在五十年代、六十年代的乡村，通过小提琴、手风琴热爱音乐，并以热爱音乐的形式表达着热爱生活。

八年前，我站在我叔家的门口，与院子正中间的一座灵棚面对。我意识到，我叔的丧礼能否被乡邻给出高分，我是个关键环节。我是我叔葬礼这张考卷上的一道大题。我站在门口，考虑怎么做才能不丢分。如果我在灵前哭，效果不如我在院子外面就哭。乡村的风俗不赞赏含蓄，喜夸张、喜铺排。哭声越大越好，动作越夸张越好。基于此，我决定在门口就哭，然后一面哭一面走，走到灵前跪倒，再把哭声推向高潮。想好了后我就这么做了。结果，出了点差错。可能是一开始我把调就给定高了，哭了几步我突然哭不上去了。当我走到灵前的时候，已经发不出哭声而是一些剧烈的咳嗽。从此我落下了病根，一哭就咳嗽，一咳嗽就像要没气儿了。

第二个葬礼

2012 年 6 月 6 日，我婶病逝了。堂嫂告诉我 8 日早出殡。7 日上午，我在办公室处理事情。6 日开会的一个发言稿，报纸要用，我急着收拾。我不想回去参加葬礼了，因为我婶在吉林住院期间我不止一次去看过，还找到该院我认识的一位肿瘤专家去看过。我的这些作为，是不是可以弥补我不参加葬礼？

到中午的时候，我哥给我打电话，他说你回来吧！家里的这些哥哥都在二婶的灵前，就缺你了。我哥说到这儿，我老姑接过电话，说你回来吧，你回来吧！你不回来不行。

我哥说让回去，我就得回去。父亲不在了后，我们家我哥说了算。什么工作忙，什么发言稿，什么作协，这些都不能和我哥提。在我们家我没啥地位，也没有话语权。我回娘家从不提单位的事，更不敢提我写文章的事。我们家族中的很多人，根本就不知道我在城里都干些啥。我回娘家要带上儿子，这是我可以炫耀的唯一成绩。

现在，不但说了算的我哥哥让回去，连我们家族中德高望重的我姑姑也对我下了指令。你不回来不行——我知道这句话的话外话。我立刻说，我马上回，马上就回去。然后我撒谎说，原也打算下午走的，一小时后我就赶到。

放下发言稿，起身要走。忽然想起五十公里的路呢，坐公共汽车，那得什么时候，于是我前夫那颗似乎子弹也打不透的光头浮现在眼前。那小子开一辆退役的破警车，却感到他的生活比蜜甜。原先，他特别不听我的话：我让他往东他偏往西，我让他打狗他偏撵鸡。自从他沦为我的前夫后，这种局面发生了大幅度的逆转。我让他干啥他干啥，招之即来，挥之即去。我纳闷，这人和人之间还真要拉开一定的距离。其实，对付男人我也没有啥家传秘方，只是他们家三代单传的一个儿子，目前在我手上。

回乡参加我婶的葬礼，就意味着把八年前为我叔做的事情再做一遍。我叔家的缺口再一次暴露在众人挑剔的目光下。这对我来说不是什么难事，我已经做过了，闭着眼睛我也能拿满分。可是，事情有了一点不同。我一进院，披麻戴孝的堂嫂就出来了，她一把抓住我的手说，就等你呢，等你哭道。哭道，这是个新词儿。我不知道这个词与什么内容对应。堂嫂解释说，哭道就是从十字路口往家走，一边走，一边哭，一直哭到灵前。

我不记得八年前这样为叔叔哭过没有，我一点印象也没有了，应该是葬礼上的新内容。看来葬礼在丰富，在向细腻化的方向前进。

为什么要这样哭呢？在哭前我得在理论上清楚，我要哭个明白。堂嫂说这样哭，出殡时亡灵就会顺利地走了，不会在家门口徘徊不去。

“为什么非得我来哭道呢？”这个疑问我也需要回答。

“哭道得是姑娘，没有姑娘，侄女也行。”

我是我婶的侄女，我婶没有姑娘，但是她有侄女。

两位堂嫂左右拥着我往外走，身后还有其他的女眷跟随。因为进院就看见灵棚、遗像、黄纸、蜡烛……这些都推动我流出眼泪，我开始哭。我堂嫂马上说，现在不能哭，往回走时再哭。我一时有点止不住。堂嫂说，这样哭路就乱了，亡灵就会迷路。我吓得赶紧闭上嘴。我们加在一起一共有五六个哭手，我们手挽手、肩并肩，心往一件事上想，眼泪往一处流。

乡村葬礼在仪式上的要求是很高的。你光流眼泪肯定是不行的，你得有声音，不然就没人知道你在哭。而葬礼上的哭，主要目的就是让众人知道。你甚至可以不流眼泪，只要发出足够昭告众人的哭声。我在哭的时候，应该是成绩最好的。我不但流眼泪，也有很大的哭声。哭泣对我来说一点都不难，我平时就积攒了很多该哭的事儿，我都还没找到契机来哭呢！我独自抚养一个孩子；在单位是工作主力；生存环境越来越恶劣；我们的食物越来越可怕；孩子越来越不听话；工作越干越多……这一桩桩一件件，哪一件不该哭呢？可是我都没哭。这些年我在银行没存下钱，却攒下了这些该哭的事，我攒了一些眼泪在体内，平时就不敢碰。我像一只盛满了液体的容器，稍不注意就会洒了。现在，我婶的灵堂突然推了我一下，我开始摇晃，然后我这只水碗就被突然打翻了。

葬礼上的哭声其实不是单纯的哭，是一个乡村葬礼必需的背景音乐。没有人会惊讶，没有人会害怕。可是我的哭声却吓到了一个人。这个人就是我儿子。他从小在城里长大，对乡村风俗基本不懂。我是个一贯要强的人，几乎从未在孩子面前哭过。我突然的大哭让他惊恐害怕。他妈哪这么哭过啊！他妈多坚强啊！他妈什么时候使用过哭泣这种示弱、认输的方式啊！他妈什么事摆不平，还用哭吗？他可是吓着了，小心地走到埋头大哭的他妈身边，用手轻轻拽他妈的衣袖，小声说："妈，你别哭了。"我听出他惊慌不知所措。

大约十分钟后，我们从离家最近的十字路口，一路哭回来了。我婶离家远行的道路被我们用高亢的哭声开辟了出来，并一路洒上均匀的眼泪，就像做好了路标。

2013 年 7 月 吉林乌喇街旧街村

火苗

2014 年夏天，带着被子和狗，带着电饭锅和茶碗，我搬到乌喇街住了下来。这一住就是两个多月，直住到乌喇街秋天的深处。

此前，我们多次来过乌喇街：一个人来、两个人来、和多个朋友一起来，每次都带着明确的目的和任务。比如，看萨府、看后府、看明朝乌喇部故都的土城墙、看写满故事和传说的白花点将台、看清朝留下的那条一度繁华的商业街——尚义街。

乌喇街距吉林市三十八公里。来了之后，看完该看的，当天就回吉林市。我们从来没有把看乌喇街的日落余晖和月亮的冉冉升起列入来乌喇街的目的和任务。我从来没有看见过：月亮升上古榆树的树梢之后，这座古城，那些鱼鳞状黑瓦的上面，再铺一层清辉，两只黑猫从房脊上悄然走过……

桂华得知我住在乌喇街，而且住在一所百年的老房子里，她再次重申要来看我。似乎来晚了，我就会得道成仙，于某一月圆之夜飞升而去。我心里清楚，是我暂住的那所民国时期的老宅，使她来到乌喇街。作为东北史专家，她的眼睛里差不多已经没有活人，她能看到从古籍字缝中泄漏的远古微光。等她终于从文化专版和儿子高考的羁绊中挣脱，来到乌喇街的时候，已经是 9 月末了。

9 月末是深秋了。东北的深秋和东北的冬天中间，没有一个过渡地带。一般是今天还秋高气爽，一个夜晚之后，你仅仅来得及做了一个凌乱的梦，醒来瞭一眼窗外，冬天已经在一夜之间，把自己的舞台布景布置好了。

秋天的深处已经结霜，我坚持着没有搬回吉林市——我想等第一场雪，我现在对乌喇街只差她的第一场雪了。晚上，我把所有的被子（两条）都盖在身上，还是能睡得着。我胖，我贮备有几厘米厚的脂肪。用这些经年攒下的肥肉抵抗 9 月末夜晚的寒露霜冻，正好势均力敌。而桂华，用了和我相同的时间，仅仅攒下数目可观的钱，她并没有为某一天与乌喇街的夜露相遇准备好充足的脂肪。

我们俩站在屋地上，看着那两条棉被（一条还是夏被，薄，几乎就是两层布），不知怎样度过这缺少棉花、脂肪也不够用的夜晚。我想把两条被子都给桂华，掂量自己身上的那些白肉，似乎也约等于一个八斤棉花的被子。

火炕就是这时显现在桂华眼前的，火炕并没有被藏起来，它一直在这个屋子里，位于北窗下，面积大概有六平方米。我一直睡在位于地上的一个木床上，床的一头抵住火炕。我离火炕是如此近，却从来没想到要在上面睡觉。

发现那面火炕之后，桂华的眼光开始闪烁，她说把这个炕烧热，屋子里就会热。屋子热了，不盖被子都行了。她问我烧过这个炕没有？我说没烧过，不知能不能烧热？也不知道从哪里点火？我不知道它还是不是火炕了，别看我在这屋子里住了这么久了，可是我对这面火炕一无所知。这面火炕在这个屋子里就像一句汉语里夹着的一个外语单词，我一直不知其义。

桂华去院子里找烧柴，看来这个单词她认识。我站在原地，觉得事情不会那么简单——这个炕真能烧热吗？

桂华在仓房里找到了一些小木块，并且在厨房的墙上找到灶口。当她把那些木块塞进灶膛，我仍然不能确定这里跟西屋的那面火炕有必然的联系。我问这里点火，屋子里的炕真的就能热吗？桂华很肯定地说，能热。她来这里还不到一小时，为什么会如此地信任这铺火炕？她蹲在灶口前，我站在她身后。她说你真的一直没点过火吗？

我从来没想到要生火。进入9月，屋子开始寒冷的时候，我只知道加被子。我已经忘记了火，已经不知道使用火来取暖了。我想着如果两个被子都不行了后，就搬回吉林市，住到楼房里去。那里有暖气，摄氏二十度的室温，让我更想不起来火，我的生活已经不需要火了。

桂华把一张纸用食用油浸了一下，我打开打火机，火就这样出现了。火苗像那张纸事先藏好的东西，忽然就泄露了出来。油纸变成一团火后，那些木块的一些部位被点燃了。木块里隐藏的火苗更多。火苗像一些被禁锢在木块中的小动物，它们纷纷出逃，发出惊讶的叫声。接着烟雾出现了。烟并不慌张，烟比火苗遵守纪律，它们一出来，就知道排好队，从里面的一个通道走了，好像它们认识路，好像它们曾经走过。没有烟走错路，逆行出来，呛了我们的眼睛。

我想起来，火炕里有砌好的通道。这样的通道有好几条，但都是相通的。烟火要在这些通道里跑，跑完火炕里的所有通道，最后来到烟囱的入口，而烟囱的出口在房子的上面。烟走到这里就得往上跑了。烟是爬高的能手。烟天生就会往上跑，它不用费什么劲就能从烟囱的底部跑到顶部，从房顶的出口进入空中。这个过程有点像婴儿出生，它们只有找到了烟囱这个出口，才能诞生在空中。那些在狭窄通道里跑了很长路的烟，刚一来到天空中，仍然保持着原来的队形，看上去是一道烟柱。几秒钟之后，它们才知道可以向任何方向飘去。刚从烟囱里出来的烟，忽然被风吹乱，很像烟在获得巨大空间后的哈哈大笑，并且笑得支离破碎。在理论上烟是应该这么行走的，但我已经多少年没亲眼看见烟从烟囱里冒出来，我得出去看看，那些烟火，是不是还是按照原来的理论在走路。因为什么都变了，我对原来秩序里的一切，都不敢太自信。秩序还在不在那里？还在被遵守吗？

我看见从房子东侧的烟囱里冒出的烟很软，刚一出来就被风吹倒了，看上去像对蓝天鞠躬。如果这些烟是我的，它们已经三十年没有见到天空了。

望着不断从房顶烟囱里涌出的白烟，我猛然意识到，这座百年的老房子，我居住的两个月里，一直是昏睡着的。只有今天，当火在灶膛里出现，烟穿过火炕里的通道，再由外面的烟囱飘入空中，这座房子才苏醒了过来！它的呼吸系统开始运转。它活了过来，开始呼吸。它一呼吸，就会产生热量，住在里面的人就不会冷。这座房子是活的——当你把灶膛的火点燃，烟从房子上面的烟囱里飘出来。

这时我才意识到，虽然在这里住了两个月，但我和房子之间是不认识的。房子在昏睡，它不知道我来了，我也不知该如何唤醒它。我们之间一直是互相看不见的，没有说一句话，或者房子和我说话了，但我已经忘记了那些语言，因此听不见。当我感到寒冷的时候，它也就没办法给我温暖，或许它根本就不知道我感到冷了。我一直没找到和这座古宅交流的语言。

今天，我和这所房子才算互相看见。我感到房子在说话，那些不断涌出的白烟，像是它忽然找到了语感，正在进行冗长的叙述。

看完了烟，听了一段老房子的讲述，确认这所房子已经复活。我回到屋里，蹲在桂华的身后，蹲在灶膛边，目光盯着那些火苗。火苗已把整个灶膛照亮，也把厨房照亮了。火苗从木头里产生出来，像是从木头里长出来的红色的、颤动的菌类。我已经多久没有这么近地注视火苗了？火苗是这么耐看，通过火苗似乎可以看到宇宙的深处！火苗是越细看、越细想，就越令人迷惑的物质。火几乎隐藏在一切物质里面，我蹲在火苗的对面，像看着整个宇宙的过去和未来。

我的腿麻了，忽然想起我们召唤出这些火苗的目的。我们今天并不是要看火苗，而是要把炕烧热，抵御接下来的寒冷的夜晚，我和桂华都在火苗这里走了神儿。我回到西屋，伸出手，摸那面火炕，可是它并没有热。我感到那些火苗和这面炕并没有建立联系，火苗是火苗，炕是炕。它们之间还是离得太远了，还互相看不见。火苗不能直接进入火炕，它只能通过那些烟道。桂华内行地把木床上的被子铺到火炕上，自信地说你别着急，一会儿就热了。我感到她这是在给我变一个魔术——她用被子把火炕遮住了。

她为了把我的注意力从火炕上暂时转移，就和我说起了古扶余国王子的一首诗（桂华是东北史专家，她满脑子都是这些学问，她一张嘴，那学问的碎末就掉了出来）："翩翩黄鸟，雌雄相依。念我之独，知谁与归。"只这两句，十六个字，十秒就念完了，给火炕十秒的时间，桂华认为这远远不够，灶里火苗和另一房间的火炕之间，火苗要走一段路程。她为了给火苗多一些时间就给我讲故事。故事是叙述文体。

叙述，那得四平八稳，得先铺好道路，然后那故事才坐着牛车缓慢地行进。桂华说的故事是关于古扶余国王子类利的。扶余国是建在吉林市龙潭山下的小国家，与中原汉朝处在一个时间带上。话说类利有两个妃子，一个是本民族的秽貊人（东北先民中的一支），另一个是汉人。这两个妃子没事也打架。这种两个女人争夺一个男人的战争，在常人看来就是一个家常事件，但在一个历史学家的眼里，就不是两个女人在打架，而是两个民族在打架。她俩打架可能已经不是为了那个共同财产类利，而是两种文化、两种生活习俗在搏斗。这两个妃子之间的冲突，具有历史意义和文化意义。结果是，汉族妃子打不过秽貊妃子，汉族妃子就跑了。这并不说明汉族文化败于秽貊文化，可能是汉族妃子感到是秀才遇见兵，有理说不清，她只好走了。类利就去追，追到之后，汉人妃子不肯跟类利回来。她没有能力对付那个秽貊女人，她说她惹不起躲得起。类利只好一个人往回走，走到一棵树下，他累了，就坐在那里歇着，心情很不好。类利心情不好的时候，树上的黄鸟却正高兴，成双成对地飞来飞去，于是类利就写出这首诗经体的黄鸟诗。桂华说，这首诗在东北的史书上并没有记载，而是在外国的史书上记载的。

类利的黄鸟诗能成为东北文化史的一个事件，和他有一个汉族妃子关系很大。那汉妃大概会作诗，就算不会，她应该会背一些古诗，这样类利就跟着学会了。当他失去汉妃，他的损失是双倍的，他失去的不仅仅是一个女人。

这个故事吸引了我，汉代的东北先民就已经会作诗了，而且写得很好，使用了比兴这样的修辞，这怎么都不算野蛮人了。而且，这诗不是关于安邦定国，而是因为女人。一个国王为女人闹心作诗，说明这个国家已经很文明了，已经在温饱、安全等低级需要之上了。这东北古代男人的内心已经进化得很细腻了。说东北人没文化是不对的，现在有诗为证。

虽然这首高句丽国王（写这诗时类利已经继承了王位）的诗作让我有十分钟设想东北在汉朝时的样子，还有类利的神情，他穿什么衣服骑什么马。我的思绪跑到了类利那里，但我在说话的时候就坐在炕沿上，我的身体没离开过火炕。我一边想类利一边把手伸进铺在火炕上的被子下面，一个并不复杂的古代爱情故事之后，不仅火炕，连火炕上的被子，都是温热的了。火苗我是不敢用手直接去触摸的，但火苗走了一段路程之后，摇身变成一面温热的火炕。它让人暖和，却不再灼伤人了。火苗在走路的过程中，不断地把伤害人的东西丢掉了，只剩下适宜的温度。这是不是就是文明的进程，火是原始部落，而火炕是文明的社会。

我把手继续往被子里伸，我抚摸更大的面积。这时我的手感到，有些区域的热度要高，有些地方只是刚刚温热。我笑着对桂华说，哪里都不是均贫富的。这面火炕，只有六平方米，就像个贫富不均的社会啊！

我小时候也是在火炕上长大的。我应该是熟悉火炕的。但是为什么我会那么不信任火炕？我在城市生活了三十年，我和火炕间的距离拉开了三十年。三十年是多少公里？火炕不是已经模糊，而是被我忘记了。它像童年的一件小事被我忘记了。火炕是一片木板，湮没在童年的波涛里。我把火炕忘记得很彻底，到了住在有火炕的房子里两个月了也看不见它，到了寒冷袭来也不知道点燃灶火取暖。我是进步了还是后退了？是变聪明了还是愚蠢了？

我的手触到温热的火炕的一瞬间，童年的记忆从三十年前出发，只用一秒就抵达了我心房——我与火炕断开的链接瞬间又接通了。

我忽然对桂华说，我看这面火炕，比扶余国王子的那首黄鸟诗还要古老，火炕也是一首诗——能烧热的火炕是被朗读的好诗。

躺在这样的火炕上，果然不用仔细地盖被子，我只把被子搭在了腹部，胳膊、腿都裸在外面，却一点都不冷。灶里的火苗已经把自己变成无限大，至少是那些火苗变换出的热量已经充满了这间屋子。我开始气恼我自己，我想起天冷了之后，我度过的那些寒冷的夜晚。我躲在两条被子的下面，像一只躲在土块下面的蟾蜍。而能产生这么多热量的火炕就在身边！能改变我的世界的温度的火炕就和我的床连着！这个屋子，仅仅通过火，就可以是这样温暖！

火炕是这座房子温暖、柔软的腹部，我和桂华躺在上面，像躺在一只巨大的、恒温动物的怀抱里。它静卧着，缓慢地喘气，均匀地吐出白烟，搂着两个迷惘、怕冷的女人，顶着一天星星，假寐。

2016 年 吉林乌喇街旧街村

第三口水井

几株高大的灰菜几乎遮住了它。深秋的叶子和穗状籽粒朝阳的一面已呈胭红色。那根倾斜的铁杠杆深陷其间，但还是被我看到了。这是我的第几口水井？如果把小时候父母家的算进来，这就是我的第三口水井。可那春丽说父母家的那口不算。

那春丽盘腿坐在火炕上，弯腰把我的生辰八字写在一张白纸上，又在年月日的下方写上了我不认识的文字，样子有些像阿拉伯文，也像一根晒衣绳上挂着长短不齐的衣裤，而风在不停地吹着它们。

我说这是满文吗？她说不是。我说那是什么文？她说不知是什么文。

我说那你是怎么学会的？她说不是学的，得一场大病就会了。这样的大病我怎么就没得？想想我也是得过大病的，只是病好后，并没掌握一种语言。和人家一比，我那病等于都是白得了。

她弯腰写完那些神秘的符号，直起上半身，闭着眼睛嘴里发出一种我听不懂的语言，片刻之后，她两只手平摊在盘着的腿上，吐出一口气，睁开眼睛看着我，又低头看了一眼她的两只手，好像手心写着字，用不容置疑的语气说，你得吃三家水。

她的目光稳定，没有一丝游移，那句话是刚刚从她的神灵那里给我捎回来的。她也不愿意把这样的坏消息捎给我，但神灵是这么说的，她不能在携带的途中私自修改，尤其不能把坏消息改成好消息。

我说没事，把我小时候的那口算上，我已吃完两家的了。我的意思是，我已完成了我生命任务的三分之二，剩下三分之一就好办了。

小时候娘家的那口井不算，她很坚决地说，似乎这是个很原则的问题。

不管算还是不算，那都是一口好水井。

最先来到那口井边的，是我的母亲。她喝下井水，并不是自己渴了，而是我渴了。我是一片干枯的叶子，被风吹落在母亲的腹腔里。如果没有水，我就永远是一片干枯的叶子。而有了水，局面就不同了。一遇到水，我才知道我并不安心做一片干枯的叶子。我母亲知道我需要什么，她不断地给我运来清水，在我母亲的努力下，我很快成了一片绿色的叶子，并且在那些喝不完的水里像一条鱼一样游起泳来了。那口井，我们还没见面呢，它就开始帮助我了。我父亲此时也在那井的附近，他也喝那井水。父亲喝水，并不是父亲口渴了，而是我在作怪，使父亲不断地口渴。这时我发现我是两部分，一部分在我母亲那里，而我的另一部分在我父亲手里呢！他们俩聚在一起，完全是因为我在作怪。父亲和母亲忽然变得那么爱喝水了。他们各自喝水，但水来自同一口水井。他们俩为了我，都喝了那井里的水。然后，我得到了更多的水，一片绿色的叶子变成了两片绿色的叶子，两片叶子变成四片叶子……我的父母在那段时间整天围着水井转圈，商量着这事应该怎么办，后来他们决定把我的两部分放到一起，由我母亲来照看并继续提供水源，而我父亲好能离开水井去把玉米种到田里。父亲去种玉米并不是父亲饿了，而是我饿了，要吃金黄的玉米。父亲说我现在虽然是绿色的叶子，但将来一定会变成一个人。变成一个人后，不仅仅要喝水，还要吃玉米。

父亲种的玉米很好吃，父亲种的大米也很好吃。那些米不单单好吃，还可以让我长大。当我的上肢已经能抱起一只肥大的猫，我的腿却还不能走路，这导致我与我的第一口水井的相遇往后推迟了三年。

见到我的第一口水井的时候我已经四岁了。一岁的时候我没有来，两岁的时候我没有来，就算来了也记不住什么，那等于没有和我的水井见面。四岁的时候才蹒跚着来了，这导致我走近我的第一口水井用了三年的时间。

我已经有力气抬起那个倾斜的杠杆，并把自己的全部体重压到杠杆上，然后我和铁杆一起下降。当我的脚落到地面上的时候，水管里流出了清水。水一出来，并没有落到地上，有个大肚子水缸准确地接住了那些水。水缸外面是金黄色的釉，里面也是金黄色的釉，水一出来就掉进了水缸里，就像掉进了黄金屋里。水缸之大，足以把我淹死。我耗尽气力也不能把水缸压满。面对那个大水缸，我是多么渺小，我的胳膊腿是多么细弱。

和我同岁的小孩都能跑的时候，我只能蹒跚地走。连比我小两岁的弟弟都跑进夏天的深处去了，我往往走到水缸那里就停住了脚步。在一个炎热的夏天，拥有一个盛着冰凉井水的水缸，我感到我不需要别的东西了。夏天最凉快的地方就是水井边了，还往那小河边跑干什么呢？度过一个凉快的夏天用跑那么远的路吗？

那些跑到河边、跑到树林子里的小孩，不知道夏天的水缸是多么丰富多彩！他们错过了近处的风景。

最先进入我的水缸里来的是黄瓜和西红柿。黄瓜和西红柿虽然被摘了下来，但是它们还不知道。有的黄瓜还很幼小，它们进了水缸以后，还保持着长在藤上的姿势，瓜蒂向上并且伸出水面。西红柿红了，它什么都懂了，它的蒂也朝上，并用自己巨大的身体把蒂托出水面。那可能是它的呼吸器官。从温热的空气里来到冰凉的井水里，它并没有乱、没有失去方向，仍然清晰地知道应该把什么朝上。大李子、西瓜进入水缸的时候，西红柿和黄瓜已经不来了，我妈说它们已经罢园了。罢园就是没有的意思。我不怎么怀念西红柿和黄瓜，因为大李子和香瓜、西瓜更甜、更好吃。香瓜、西瓜身上都长着花纹，它们显然是伪装得不好，不然为什么都被人发现了呢？秋天过后，我总结了一下：西红柿和大李子，它们最盼望被人吃掉，它们身上没有花纹，不隐藏在叶子里。为了被发现，还长成了红色。水缸中粉色的西红柿，应该像我最初的样子：圆润、漂浮在水里，没有方向、没有明暗、没有心眼，也没有敌人。所不同的，它在凉水里，我在温水里；我的头朝下，它的头朝上。

瓜果都是水缸里的过客，而原住民是一只葫芦水瓢。它一年四季漂浮在水缸里，没有人吃掉它。它不甜，也没有水分。我用它喝水，我妈用它舀水然后煮饭。我喝完一大口水，再用手指把它用力按下去。

一枚上个秋天成熟的葫芦，被人从中间锯开，里面整齐地排列着葫芦的籽粒。它们生得像牙齿一样：一半放到米缸里；一半放到了水缸里。它们是一对双胞胎，从此再也见不到了。放到米缸里的一半，日子比较好过；放到水缸里的一半，就得会游泳。米里的那半，我不熟悉，因为我不煮饭；水里的这半，我和它几乎天天相见。水瓢漂在水面上，有时脸朝上，有时后脑勺朝上。我实在无聊的时候就和水瓢玩，我用手指按它向下，把它完全浸在水里，然后数十个数，突然松手，水瓢会猛地跃出水面，然后在水面慌乱地跳两下。等它停下来，有时脸朝上，有时脸朝下。它要是脸朝上，我以为它高兴了，是笑了。不仅仅是它笑了，而且整个金黄的水缸都笑了。如果脸朝下，那是生气了，不愿意继续和我玩了。这时我就要结束和水瓢的游戏了，但水瓢那气鼓鼓的后脑勺我不能不处理一下。还是伸出我右手最长的那根手指，对准它的后脑勺，用力按下去，然后快速松手并离开。我不回头，因此不知道这次水瓢从水里跳出来后，是脸朝上还是脸朝下，是高兴得笑了还是生气了。我只听见身后水花爆响，听上去特别像水瓢在咳嗽。

就这样，我和我的第一口水井在一起生活了十七年。十七岁，我背井离乡，去外面的世界寻找我的第二口水井。从出生到见到我的第一口水井，我用了四年时间。从十七岁到找到第二口水井，我用了十二年时间。

这个十二年，我感到过得很慢，慢到度日如年。这是没有水井的十二年，我的头发干枯，眼睛经常充血，谷丙转氨酶升高，皮肤失去光亮，脸色灰暗、月经不调……直到 1993 年 12 月 26 日，东北吉林市，天降瑞雪，一个政府公务员和一个驻吉部队的军官结婚了。这件事使远在几百公里外的辽宁西风善文村里的一口水井，成为我生命中的第二口水井。

我丈夫把他的军籍、马裤呢军装，还有士兵、工资都作为他的财富呈现给我，却对他老家的水井只字不提。他还不知道我是冲着他身后被他遮挡的古老水井而来。他不知道那口水井对于我的意义，不知道那口水井对于他的意义。

就这样，我和我的第二口水井过上了幸福生活，而这个幸福生活的长度是十二年。这十二年我感到过得很快，快到如白驹过隙。一天，我那躲在深山中的水井，没招谁没惹谁，那灭顶之灾还是降临到它的头上。

2005 年，当地政府官员在所辖地图上画了一个圈，在这个地图上的圈里，官员用他的手，写下两个大字——水库。善文村在地图上是个空心的小圆圈，细弱的圆圈被水库这两个用碳素笔写成的黑字粗大的笔画牢牢地压住了，瞬间在地图上消失了。水库这两个粗大的汉字的笔画一共压住了多少个村子，我不得而知，我只知道善文村在两个天降汉字下“遇难”了。最先得到消息的是我的丈夫，他把“噩耗”告诉我。我们救不了善文村，我们得到消息的时候，善文村已经死了。我们没有施救的权力和能力，我们只能赶去处理后事。

我们赶到善文村的时候，村子里一片狼藉。有的村民携带着补偿金已经搬走，房子已被推土机推倒，而那户人家和我们是有亲戚关系的，去年春节还去拜年；有的居民房子上还在升起炊烟。拆迁办的工作人员夹着文件夹，为村民核算补偿金：房子、菜地、果树、围墙、猪圈、厕所……都在补偿之列。因各家建筑用料的不同，补偿金也不同，这就导致工作进度缓慢，据说水井也在补偿之列。我不知道我的第二口水井补偿了多少钱？它在拆迁办工作组的眼里值多少钱？我不想知道那个会刺痛我的数字，我把它和老家的其他补偿款一起，交给了孩子的爷爷。我们拿走了补偿款，带着孩子的爷爷赶回了吉林市。据说我们的老屋当晚就被推土机推倒了，那口位于房门口的水井一定被轰然倒塌的房子压在了下面。那根铁杠杆抬不起来了，就算有再大的力气，那根铁杠杆再也抬不起来了。就在上个春节，我们辗转一天赶回老家过年。除夕我教十岁的儿子把身体压在铁杠杆上，成功地把地下水压了出来。明年春节，我们去哪里过年？明年春节，我儿子十一岁，他可能已经不需要体重，只用两臂就能把地下水压出来。力气有了，而压水的铁杠杆没有了。

我的第二口水井，就这样沉入一个巨大水库的底部，像一个溺水而没有得救的人。

失去水井的后果还不止这些，我不得不抛下一切寻找我的第三口水井。

那一年，我失去了第二口水井，我丈夫失去了他的故乡，我的丈夫变得更加一无所有。在他失去故乡、失去水井之后，他在继续失去。第二年，他又失去了我。在这一系列的失去中，失去我是最小的失去，因为可以弥补。他在失去我之后不久，又结婚了。虽然他的动作过快，但一个失去故乡又失去水井的男人，不这样快点把生活的漏洞补上，那死神也许就要钻空子了。因此，我在嘲笑他的同时，心里认为他可真是个求生存的能手啊！他会健康长寿的。

我丈夫吴连长在严酷的现实面前，表现得很有办法。他的快速再婚是办法之一，而苦练游泳技术是办法之二。

故乡将要沉没的消息刚一传来，他惶恐不安，如同一条洄游的大马哈鱼，突然遇到了一座巨大的水电站。但是很快他就镇定了下来，并且有了应对的办法。他和单位借了一辆吉普车，载上我和他的儿子，火速赶回善文村。他叮嘱我要带好相机。善文村进入我的相机镜头的时候，刚好是那年的早春。山坡上只有野山杏开花了，村子里农民家院子里的李子树开花了，其他植物连绿叶子还没长出来，但这两种花儿已经足够把我的图片装点得如诗如画。我丈夫吴连长对于我提供给他的故乡的绝版很满意。他回来后把故乡的最后影像冲洗打印，安放到一个缎面影集里，看到他释然的脸，感到他是个简单的人，他因此觉得自己没有失去故乡吗？我们这么简单就把一个古老村庄救下来了吗？

然而接下来他的怪异行为，让我感到，他也不那么简单。他把影集看了又看，最后合上放起来，就四处找他的泳衣和泳镜，他说我去游泳馆了，近来越来越胖了。他是个不爱运动的人，我是多么了解他，并且他也不算胖。一连几天，他都在下班后匆匆赶去游泳馆，两小时后才回来。到了周六、周日，他更是整天泡在游泳馆，而以前，休息日他是要和朋友打几圈牌的。

他的牌友找不到他，就向我打听他的下落，牌友听了后大笑，说请弟妹转告老吴，他再练，也对付不了那个大水库，好几十米深，除非他能变成一条鱼。

我听了大惊，他竟然想通过潜水回到家乡！

其实，我们赶回老家，除了拍那些开着花朵的村庄和房屋，还把他的爷爷、奶奶和孩子奶奶的坟茔从山脚下挪到了半山腰。当大水淹没一切，他的爷爷、奶奶，还有我孩子的奶奶，像漂在水面上一艘挣扎着不肯沉没的船，顽强地为子孙亮着微弱的灯光。此后，年年农历七月十五（中元节），吴连长带着儿子，驱车奔赴这艘水上的大船而去，驱车奔赴那朵微弱的光亮而去。

相较之下，我是多么幸运，我的老家没有变成水库，也没有被一座工厂覆盖，她还在原来的地方，意外地没有被打扰。我感到我的家乡是个幸存者。我仍然能走回我五十多年前出生的院子，那口水井还在那里。可是家里住着弟弟一家，那口水井也是弟弟的了。那里只是我的童年，老家的存在保住了我的童年。我已长大，回不到童年的井边了。我要继续寻找我的第三口水井。

在我的住所，水是不缺的。厨房里有一个水龙头，卫生间里甚至有三个，但是我没有水井。水和水井不是一回事。城市的水，依赖的是人工的供水系统；而乡下的水井，依赖的是地球的水循环系统。地球的水循环系统比人工的水循环系统更让我安心。

四十岁后，城市在我的眼里越来越可疑了。它给我提供便利的同时，伸出另一只手，剥夺了我很多。我没有地方栽一棵树，没有屋檐，听不到屋檐滴水的声音，温和的大狗没有地方生存，我儿子的身后没有一口水井支撑着他。我要找到我的第三口水井，因为，那将是我孙子唯一的水井。我要把给孙子的礼物准备好……

几株高大的灰菜几乎遮住了它。深秋的叶子和穗状籽粒朝阳的一面已成胭红色。那根倾斜的铁杠杆深陷其间，但还是被我看到了。这是我的第几口水井？如果把小时候父母家的算进来，这就是我的第三口水井。

院子里的蒿草实在是太高了，因此，我进院的第一眼还是落在了那个据说有一百年历史的老房子身上了。我围着房子转了一圈，把它的背面也查看了。然后，我目测院子的面积。眼前浮现出我把院子栽上花草树木后的样子，在这里我走神了有几十秒。然后是西南角的几棵高大的榆树，我问房主那树几岁了。我喜欢院子里有树，有老树我是不敢奢望的。我感到一个院子里有树，如同一个院子里有了根。那树帮这个院子把根扎了下去，院子里的树根就是这个院子的根。当我把院子里的这些都看完、想完，我打算进屋看看。就在我跟在房主的身后向房门走去时，我遇到了那口水井。

水井位于正对着房门约五米远的地方。井边有一个倒扣着的陶罐。陶罐上面的釉是朱红色的，而井身就是铁的颜色。

我的惊喜房主并不能领会。他甚至认为我发出的那声惊叹，有点城里人的大惊小怪。他怎么懂得，水井在我的生命里所扮演的重要角色。

我说这井出水吗？因为它身陷蒿草，以为废弃不用的。

他说怎么不出水？天天用的。

我抓住那个压水的铁杠杆，能压出水吗？

他说你压一下。我就抬起杠杆，压了一下，水就哗啦啦地淌出来，落到下面的一块水泥板上，然后流到旁边的草丛里了。这口水井和我小时候水井的唯一不同是水流出来后没有一个大肚子水缸接着，那个水瓢也就没有安身之处。

这口水井从外形、构造、原理和我小时候家里的水井是一样的。但家里的那口井，每次压水，都要先用一盆水，倒入水井，这样才能把水引上来。而乌喇街的这口水井，不用引就出水。这让我很疑惑。房主说这里离松花江很近，水位高，不用水引。

这是多么好的一口水井啊。水位再高点，不用压力就要自己往外冒水了，那不就是喷泉了吗？

我有个同学会算命，十年前她曾用六个铜钱演示我的命运。她的话大部分我忘记了，只记住了她盘腿坐在床上，我斜坐在床边。面对六枚黄色铜钱构成的图案，她使劲地吞咽唾液说：“你命里缺水。我现在渴得很。”我马上把一杯水递给她。她喝完又说了一句：“你命里缺水。”

我命里缺水，会使给我算命的人口渴。我看我都不是一般缺水，现在我还记得，十年前我让她口渴到了什么程度。

现在，我找到了一口好水井。这里水位高，压水都不用引了。我只要守住这口水井，我的命运里将渐渐有草有花有树木。我的孙子会有一个安心玩耍的草坪和花园。

房主和我同岁，未婚。我不是来嫁给房主人的，而是来买（其实是长期租）他的房子。我不光买他的房子，还买这所房子连带的院子，还买这个院子里的那口水井。因为这口水井的存在，我几乎没有还价就买下了宅院。房主很高兴，他说这里还没人能卖出这个价钱，他可以安心去城里打工了。这件事，双方都愿意，在价格上双方都没有异议，那么这件事基本就算定下来了。有点像男女婚事，一切说妥了。

在这种情况下，我觉得应该把这事通知我家的另一位家庭成员——我儿子。

我儿子 1995 年生人，属猪，双鱼座。网名先后叫过：血嫣然、魔剑、大叔等。今年他十九周岁，两个月前，通过高考，去了天津某院校。

买房子买地，这么大个事，虽然我做了主，但怎么也得告诉目前还和我使用一个户口本的儿子。我于是给他打电话，打电话前我不知道他对此事会怎么看。他一直贪玩，不太懂事，高考才给我打不点分。从他过往的表现，他对此事应该没有感觉，他似乎是一直陷在电脑游戏里没出来，也就是陷在童年里没出来。他也许会反对，毕竟小孩都喜欢城市。我现在花钱在乡下农村租那农民都不要了的旧房子，他也许会说我，你有钱没地方花啦？

当我通过电话，把买农民房子的事说完，我儿子的第一句话就让我大惊。他说："妈呀，这下咱俩都有地方埋了！"

他说完咱俩都有地方埋后，叮嘱我要快办手续，要快点买下来。我跟这儿子一直是合不来的。他太像他那该死的爹，吃东西挑三拣四，穿衣服更矫情，三次会有两次拒绝穿我给他买的衣服。他的衣柜里，现在还有好几件我给他买的新衣服，他一次都不穿。从衣服我想到儿媳妇，要是我给他娶，他百分之百会不要。衣服不要，扔衣柜里，损失不大；要是敲锣打鼓娶来的媳妇他不要，我可往哪儿搁呢？我现在想好了，衣服我不给他买了，给他钱，自己买去吧。娶媳妇的事我也不打算瞎操心了，自个儿娶去吧。

这些事都在说明，我和儿子之间的代沟，不但存在，而且不窄。我做的事，他不是冷嘲热讽，就是漠不关心，我完全没有想到，在买农民旧房子这件事情上，他忽然快步越过我们之间的壕沟，和我站在了一起。

此后多天，我的头脑里都盘旋着一个十九岁孩子的话。当得知他将拥有九百平方米的泥土面积，他怎么会最先想到自己有地方埋了？多年前失去善文村，已经让他感到脚下不稳了吗？

他生在城市，属于他的家，从来没有泥土。他的家先是二楼，然后是七楼，他一直被悬在半空中，从来没有一个双脚能踩在地球上的院子。他不能落地，这种焦虑已经深埋进他的意识。他自己并不知道，只是当他忽然知道，他将有一个几百平方米的地球面积，这个焦虑才升上来，变成那句让我震惊的话。

我吃惊是因为，我五十多岁了，买这个地方，并没想到把自己埋在这里。我甚至从来没想过自己埋在哪儿，这个事还没进入我的思维。我还没想这件事，我想着要在这里栽上什么树种，院子里做个巨大的花园，都种上什么花，要买个秋千放到院子的西南角，小狗小白就不用每天牵出去遛了，它就散养在院子里，九百平方米，够它玩了。我还想养一只羊驼，上网找哪里能买到，多少钱。结果羊驼很贵，一只上万。现在我决定不养羊驼了，就养只羊，和小狗做伴。小狗是白色的，这样羊就不养白色的了，我喜欢那种黑白花的羊。晚上把羊和狗圈一个圈里，它俩不会打架，羊吃草，狗吃肉，不会因为食物而大打出手。我也想养鸡，但是小白是猎犬，见着鸡就要咬死而后快。这些天我走在路上，眼睛贼溜溜地盯着路边的树看。我已经暗暗相中了几种树，有的我知道名字，有的我不知道。但不管知道不知道，明年春天，凡我喜欢的树，我都要想办法买到，并且栽到我的院子里。

6月，我栽种的各种蔬菜已经绿油油地覆盖了泥土，各种花卉也都在准备开放。我打电话告诉儿子，放暑假就可以到这里来住了，具体位置是吉林市乌喇街满族镇公拉玛村，位于吉林市北三十八公里处，到吉林市下火车，坐上去乌喇街的客车一直坐到终点下车步行十分钟就到了。

儿子问公拉玛是什么意思？

我说公拉玛是满语，野兔子多的地方。

2017年1月18日 吉林乌喇街旧街村

乌喇街大集

序

何为大集？以我的理解，不是天天有的叫集。天天有的，叫农贸市场，叫超市，叫早市，叫夜市……称为市的在城市；叫集的，在农村。大集因为不是天天有，攒好多天一次，人多、商品多，买卖交易的激情也因等待时间久而积蓄满了。大集就像一个魔术。平常的一条街，走车走人，在某一天，这条平常的街道，忽然就变成了集市。一大早各类物品变魔术一般在路边摆放出来，简单的交易平台在路边搭建起来。粮食、蔬菜、家禽家畜、手工制品被从四面八方运送到这条街上来。老人、妇女……所有的人，都在这一天，摇身变成一个商人——一个有商品出售的人。很多人，也在这一天，一边看街景热闹，一边采购到了需要的生活物品。这天大家的心情都很好，因为这一天大家的身份变了。农民昨天还在田地里种菜施肥，今天就可以把家里吃不完的菜、蛋、粮食，还有手工制品，拿到集市上出售。他由一个农民，忽然变成了一个有商品出售的商人。他要向陌生人介绍自己的物品，要给自己的商品定价，还要会算账找零钱，准备盛装商品的袋子……总之他做着和平日一点也不一样的事情。还有，他在集市上忽然见到了邻村的大表舅、老丈人、外甥女……因为活儿多，没时间串亲戚，在集市上见到亲戚的时候，就特别高兴。一边照顾生意，一边和好久不见的亲戚唠两句嗑，问问家里近况。很多赶集的人都在集市上碰到了自己家的亲戚，在大集的嘈杂和热闹里，一部分是商品交易，一部分是情感的并行交流。这就使大集的温度陡然升高了好几度。因此这个乡间的大集，承载的就不仅仅是商品的交易，还有人情冷暖和相互的关怀问候。大集也像是一个大规模的集体走亲戚活动，活动的魅力在于你能碰到谁，这很不确定，你会惊喜连连。

每周的周日是乌喇街的大集。七天一次。不知从什么时候开始的，也不知是谁规定的，方圆几十里的人，都在周日这天把自己家的货物带到乌喇街老街上来出售。

这应该是最古老的交易方式。想想古代，物资短缺，七天才能积攒下多余的生活物资。天天集市，哪有那么多东西可出售？还有，人大多要劳作耕田，生产力低下，顶多有头牛可以帮忙，其他一律人力亲为。天天大集，哪有那么多工夫？

这个大集，很有意思。它开始得早，结束得也早，只一上午时间。一般早上六七点钟就陆续有人来了，到中午十二点左右的时候，人就几乎走光了。这里没有人管理，没人要求什么时候收摊，但大家一到中午就纷纷收摊装车，回家，不再恋战。这让我感到很不解。为什么不多待一些时间呢？货物都没有卖完。那条街并不是主干道，不影响什么。但是，大家都到了中午就走，谁也不在这里把交易延长到下午。中午以后，这条上午熙熙攘攘的集市，忽然又恢复了平静。像个舞台，上午还恩怨情仇，到中午十二点，一切恩怨都迅速得到化解。大幕落下，然后一个空空的舞台。没有观众，也没有演员了。

我因为在城里养成晚睡晚起的坏习惯，多次赶集只赶上大集的收尾阶段。我急匆匆往集市赶，迎面都是赶完集回来的人。他们都拎着大包小裹，有的骑着摩托，有的开着农用电瓶车。车里早上拉来要出售的自家商品，回去时车厢里面装着他在集市上买的商品：农具、水果、点心……

因为在这里住了好几年了，知道了大集的运转习惯和规律，逢集的日子，也刻意早起。大都赶上了大集情绪最高涨的时段，因此也切身体会了什么叫赶集。赶，追赶。大集在前面，大集可长了脚，还有隐形的翅膀，你得快点、早点，不然大集一会儿就烟消云散、无影无踪，如同一个梦境。

春天的集市

3、4、5月是乌喇的春天。整个3月还是在冷风里，冷风给大集降温，使之无法沸腾。4月的大集在西南暖风的吹拂下，虽然达不到沸点，但一股热气在集市上空升腾。赶集的人热乎乎的，所出售的商品也热乎乎的。在乡村，大集的日子，就是小小的节日。

我看见一个骨节粗大的农民，面前摆着几只鸡笼。他的鸡笼有两种：一种是串笼（我妈这样叫）；一种盆状，像一只没梁的草筐。串笼是稻草编成的一个圆筒，中间粗，两头细。要下蛋的母鸡从两头的任意一头都可钻进去，在中间空间大的地方趴下，下蛋。因为两头细，正在下蛋的母鸡能看见外面，但外面几乎看不见它，它就能安心下蛋，不被打扰。这种串笼我很熟悉，我们家的母鸡也是在这种形状的串笼里下蛋，而且这串笼要挂起来，高度以母鸡能轻松跳上去为宜。

我们家在房子正面的窗户一侧挂了两个串笼，可见我家下蛋的母鸡很多，一个根本不够用。下蛋是个辛苦活儿，耗时费力。我记得下蛋最快也得一节课的时间吧。每天上午都有母鸡跳进去下蛋。等母鸡出去了，咯咯哒叫起来，你把手伸进串笼，就能摸到热乎乎的鸡蛋，有时是一个，有时是两三个。手摸到热乎乎的鸡蛋，那是童年的温暖之一。和串笼摆在一起的另一种鸡笼，也是稻草编的，像没梁的筐，底是平的。这个应该不是下蛋用的。那么平的底，能摆放二十到三十多个蛋，谁也压不到谁。这种鸡笼显然是母鸡孵蛋用的。现在还有人家用母鸡孵蛋这种古老的方式吗？不过既然有这种物品出售，就一定有需求。这个大集就够古老了，出现一些古老的商品，感觉很搭，很对劲。我喜欢那个中间圆大、两头收口的鸡笼，就买了一个，十五元。买完鸡笼才意识到家里没有鸡。没有鸡，也要买鸡笼，把它挂在窗子旁边的墙上，别人一看，以为我家有鸡。我自己一看，也以为我家有鸡。再过一个月，那卖鸡雏的就会来到大集，到时买了小鸡，就不是以为我家有鸡，而是我家真有鸡了。小鸡每天看着墙上悬着的鸡笼，它们的压力会很大吧。每吃一口我喂的米粒，它们都要抬头看看那个高悬的串笼，心里想着长大后要报答我的养育之恩。而如何报答，我用一个高悬的鸡笼已说得清清楚楚了。

手编的商品还有土篮。紧挨着鸡笼，就是一个老头儿在出售他的土篮。他坐在地上，也许有个小板凳。面前堆着七八个新编的土篮。土篮是用梢条编的。梢条手指粗细，光滑没有结节，像柳条一样。以前野地里有很多梢条，看到土篮，梢条应该还有，供梢条生长的野草甸子也应该还有。土篮是农家院子里的标配。谁家都有，谁家都离不开。土篮用处多，装土、装肥料、装蔬菜、装各种东西。从前谁家也没有车，运送东西，都是一根扁担，然后两个土篮。土篮去年就买了两个，还在用着。见到新编的土篮，还是想买，眼睛就盯着那新编的土篮看。土篮后的老头儿说，十五一个，二十五俩。但我手里拎着鸡笼，实在拿不下了。恋恋不舍地走开，回身对老头儿说，下次买。土篮比鸡笼的技术含量要高得多。首先材料硬，不好编，再说收口也难。有句话叫“编筐编篓，全在收口”。也就是你在编的时候，略有瑕疵没关系，只要收口的时候收得平整光滑，就能挽救整个筐。我妈能编鸡笼，却不能编土篮，就是因为稻草柔软，怎么编都没意见，力气小的人也能编。土篮后面坐着的老人，已经老了，干瘦的样子，似乎没什么力气，但是你错了，他一定年轻的时候就编筐，所有的力气都在手上。他的身体可能没有力气了，走路都轻飘飘的，但他编筐的手，里面埋藏着力量。他把身体里的所有力气，都集中在了双手上，致使那么硬的梢条，在他手里都柔软听话。

再往里走，是几家卖树苗的。树苗都一人多高，一捆一捆地立着放在车旁边。树苗种类很多：李子、杏、桃、海棠、123苹果、梨、樱桃……货主在把你选定的树苗递给你之前，会拿着大剪子，把树苗拦腰剪断。我看着很心疼，想想明白了——如果不剪断，树就会顺着这条主干一直往高里长，不开叉。果子会结在高处，甚至不结果，只把枝叶长得又大又高。我每年都栽树，几年下来，院子里现在有：桃树、大李子树、海棠树、梨树、123苹果树、樱桃树、杏树、葡萄。到今年大李子、桃、樱桃都开花了，葡萄也能结果了。这些树里面，种大李子、葡萄、樱桃，是为了吃果实；而种海棠、桃、苹果、杏，是为看花，如果看完花还有果，那就是意外之喜。

乌喇街大集春天最大宗的商品，是大蒜和毛葱。此时出售的大蒜和毛葱可不是给你吃的，而是珍贵的种子。现在是春天，把种子按进泥土里，就会一生二、二生三、三生一大片。大蒜种子看着和我们吃的大蒜是一样的，但是它们是越过了寒冬的大蒜。从7月大蒜收获，到来年4月栽种，九个月时间，大蒜经历秋天和冬天还有早春。大蒜的储存是个难题。热了就会发芽，冷了就会冻坏，空气干燥它会萎缩变成空壳。大蒜对环境太敏感，给储存带来难度。种子得保持九个月不发芽、不萎缩、不冻死，这就需要恒温恒湿，找到那个能使大蒜安眠不醒来的温度，并持久地控制在那个点上。温度高一点大蒜就忍不住要发芽，低一点大蒜就冷得打寒战。乌喇街大蒜是老品牌，从清朝就开始的。最可贵的是，乌喇街的农民掌握了储存大蒜种子度过东北寒冬的技术，并延续至今。乌喇街的大蒜和毛葱，是这里的农民自己留种。所有的种子，种植之后，到了收获的时候，每一粒大蒜每一粒毛葱，都可以再次成为种子。方圆几十里的人家种蒜、毛葱，都来这里买种子。这里有几家是专门做种子生意的。当然谁家都可以自己留种子，但大蒜过冬太需要技术了，各家各户那一点大蒜种子，不值得费那么大的事，因此保留种子集中在几家当产业来做。

我春天去种子商店买种子——玉米、豆类、蔬菜、瓜，在包装袋的后面都有一行字：该作物不能留作种子。还有一行字是 ×× 种子公司。老百姓都用这儿的种子，淘汰了原先自己能留种子的作物，大家完全依靠种子公司。如果哪天种子公司出了问题，种子上哪里去找？这有多可怕！乌喇街最可贵的是保有本地作物的种子，种子掌握在自己手里。但品种很少，只有大蒜、毛葱，还有地瓜，剩下的几乎全是各大种子公司提供。

大蒜和毛葱的种子，4 月就出现在大集上，它们是春天到了的信号。清明种蒜，蒜是最早播种的作物。到 5 月初，就是各种蔬菜苗、瓜苗的天下了。那些菜苗大都长到比一个大人的手掌还要高了，有的苗几乎都看见要开花了。每棵苗都长在一个软塑料碗里，根系完整地盘踞在里面。移栽的时候，去掉塑料皮，根系和泥土还是碗的形状，然后把它栽到土坑里，浇水、培土，整个过程伤不到一点根系，菜苗、瓜苗根本就不知道自己已经被移栽到千家万户的菜地里了。乌喇街大集出售的菜苗一般有西红柿（七八个品种）、辣椒（七八个品种）、茄子（也有四五个品种）、芹菜、包菜、秋葵等，瓜苗有黄瓜、苦瓜、丝瓜、南瓜、冬瓜、角瓜等。我院子里的菜园，每年只有南瓜我自己种，其他菜和瓜，都买苗来移栽。栽完苗，菜地瞬间就变绿了。为了我的菜地转眼变绿，育苗的农户要在春节的时候就开始育苗，育苗的大棚里要生炉子，保持温度。过年时外面还零下二十多摄氏度，而大棚里要零上二十多摄氏度。这样一直养育到五一，菜苗才出售，这个过程漫长而辛苦。菜苗一般五角钱一棵，各种瓜一元一棵。当我了解了菜农育苗的过程之后，买菜苗的时候，我就不和菜农讲价了。今年我买了苦瓜、丝瓜、黄瓜、冬瓜，每样五棵；茄子、辣椒、西红柿每样二十棵。这些菜苗已经移栽到我的菜园子里。我没用播种，没用期盼，没用浇灌，忽然就在几小时内把菜地变成绿油油的菜地了。

小鸡、鹅、鸭子从正月就开始下蛋，到四五月，下蛋达到一年的高峰阶段。春天不冷不热，正好下蛋。下蛋的家禽，天冷不下蛋，天热也不下蛋。到 7 月，小鸡们就不下蛋了，我妈说叫歇伏。小鸡的力气只够对付炎热，已经分不出力气来孕育一颗蛋。过了伏天，秋高气爽，小鸡又开始下蛋。到冬天下雪，太冷了，下的蛋会冻坏，小鸡也不傻，它就不下蛋了。养鸡场的鸡天天下蛋，因为养鸡场把温度控制在鸡喜欢下蛋的温度，不冷不热的。鸡以为这天永远这么好，就一直下蛋。其实，养鸡场里的鸡们，都被欺骗了。它们被一所房子与大自然的风雨冷暖隔绝，变成产蛋机器。如果有一只鸡，通过苦思冥想，发觉了这个骗局，它告诉别的鸡，我们被控制了，我们生活在一个巨大的谎言里，那么这只鸡就是鸡中的哲学家。如果被养鸡的人发现了，那么这只鸡一定会被判死刑的。

农民卖的蛋，有鸡蛋、鹅蛋、鸭蛋，都是装在土篮子里。尤其鹅蛋上面，黏着草梗、泥土，魂儿画儿的。这里农户出售的各种蛋，都是生活在蓝天白云下的家禽的产品。它们与人生活在一个院子里，没有一个谎言笼罩它们。可以说，它们的蛋，是大自然通过它们孕育的，这样的蛋，埋汰而可靠。

鸡蛋一元多一只，鹅蛋三元五角一只，鸭蛋一元一只。我一般爱买鹅蛋，买鸭蛋是为了腌成咸鸭蛋。我有一个大肚子花瓶，我用它腌五十个鸭蛋。鹅蛋煮一个差不多就吃饱了，鹅蛋的清煮熟是透明的。鸭蛋只有变成咸鸭蛋才能吃，不然很腥。鸭子生活在水里，吃小鱼等水生生物，鸭子是肉食动物，它的蛋就腥气大，而鹅是草食动物，它吃素，它的蛋不用盐，不用任何调味品就可食用，而能吃出香味来。在出售的蛋序列里，还有一种蛋，叫实蛋（未受精）。实蛋就是不能孵化的蛋。孵化一周，实蛋暴露，被挑拣出来，被拿到大集出售，价格非常低，比如鹅蛋，一元五角一个。这样的鸡蛋论盘，一盘十元钱。我买了几个鹅的实蛋，想给灰哈哈吃。我也吃了一个，也还不错，吃不出来是实蛋，但大部分还是给狗吃了。

5 月中旬，山菜就到了集市上。乌喇大集在这个时段也有远道而来出售山菜的：蕨菜、猫爪子、山芹菜、刺老芽、刺拐棒、山苞米，还有叫不上名的山菜。每年就这么几天才有，赶上就赶紧买点吃。山芹菜包饺子那是相当好吃了。我一般买几捆山芹菜，用开水烫一下，然后晾凉，团成一团一团的，放冰箱里冻上。冬天用它包饺子吃，过年也用它包饺子吃。我爱吃两种饺子：一种是酸菜馅；另一种就是山芹菜馅。

春天的大集，出售菜苗、瓜苗的很多，大部分瓜是爬藤的。大集不会只出售瓜苗，而对它日后的生长置之不理，大集还出售成捆的竹竿。这些竹竿可不是本地的，是从南方运来的，有商家固定经营这个。乌喇街是蔬菜产地，很多蔬菜生长离不开竹竿，比如豆角、豇豆、菜豌豆，还有各种瓜，都需要竹竿。因此，乌喇街以及周边村屯农户对竹竿的需求量是非常大的。竹制品有两种：一种是拇指粗的竹竿，五十根一捆，要价五十元或四十五元；再有一种是竹皮子，就是大竹子，胳膊那么粗的，劈开，劈成胳膊那么宽的竹皮子，用来搭架子。为了那些瓜搭架子用的，像冬瓜等大瓜，竹竿是支撑不住的，用宽竹弓子搭好架，大瓜也能撑得住。

在这个大集上，一种和季节无关的商品也经常出现，那就是旧书和旧物。我在这个旧书摊上买到了好几本书，包括鲁迅的《呐喊》《彷徨》，都是很老的版本，每本标价几角的那种版本，人文社出版的，非常薄。那时候很薄也能出一本书。现在哪有那么薄的书啊。书是越来越厚了。旧物里有时会有一对花瓶、一个玉枕、一个木头的算盘、毛主席像章……我家有个旧物，是个小炕桌，看样式就是民国以前的东西，接手乌喇这个老院子时，和房主要的，他就给我了。在我还没搬来住、他已搬走的那段时间，这个院子有小偷光顾。我检查了一下，那个炕桌竟然没丢，而放在炕桌上的电视机丢了。那是前房主的东西，还没来得及搬走，就被小偷给搬走了。小偷觉得那个旧电视机值点钱，而下面的旧炕桌一文不值。因此，我现在还拥有那个旧炕桌，我用它当茶桌，每天在上面喝茶，等有时间把它丢水里，要是沉了，那就是红木了。但我一直没有那么大的水盆，所以，旧炕桌是红木与否，我就不知道了。等有机会，到大集买两个花瓶，不算古董，但也是民国的，乌喇街民国时期的家具和花瓶还是有的。

夏天的集市

6、7、8月是乌喇街的夏天，夏天的大集和春天的大集是不同的。那条承载大集的街道没有变，赶集的人还是原来的那些，但大集上的货物变了。大集是有四季的，大集有春夏秋冬，和地球一起公转。现在是大集的夏天，那些在春天占据大集主导地位的各种菜苗、大蒜、毛葱种子、土豆种子、各种树苗都不见了。它们都去了哪里呢？它们都进了千家万户的田地里，现在都在努力生长、开花、结果，为培育它们的主人做贡献。树苗当年不能开花结果，但正在积极地储备力量，等到明年一展身手（果树得三年才能挂果）。茄子、辣椒、西红柿、豇豆、芸豆、芹菜、秋葵，这些蔬菜不像果树那么矜持，它们已经饱满、鲜艳地上了人们的餐桌。

现在我们来看看乌喇街大集夏季的主打商品，最大的一宗就是鸡雏、鸭雏、鹅雏，也叫鸡苗、鸭苗、鹅苗。鸡苗有很多品种，但我只能分清乌鸡和普通鸡。虽然它们也叫苗，却不是春天上市，而是夏天。春天还是冷，家禽苗受不了春寒，但为什么蔬菜的苗就不怕冷呢？一只小鸡和一株西红柿苗，谁更能适应环境？答案是西红柿。你别看小鸡又会跑又会叫，有心脏，有血液循环系统，有头脑，有小心眼，比一株菜苗高级很多，但在适应自然环境上却比不上一株草——越高级越娇气，生存的附加条件越多，时髦的说法叫熵增。

所以当夏季来临，气候温暖而稳定，弱不禁风的鸡苗、鸭苗、鹅苗，才款款来到乌喇街大集，等待走进千家万户的宅院。

小鸡苗是七八元一只，这样的鸡苗不是刚出壳的，而是养了一小段时间，这么大的、毛茸茸的、长出了花翅膀的更容易成活。乌鸡要贵一些，十五元一只，鸡苗越大卖的价钱越高。

在老街两侧，尤其丁字路口那段，卖家禽雏的商家有七八家，它们都是来自孵化厂。母鸡自己孵化的权利被剥夺，现在已经看不见一只咯咯叫的母鸡带着一群小鸡在土堆上刨食。小鸡雏被工厂生产出来，机器代替了母鸡。母鸡你只下蛋就可以了，再不要想着自己孵化自己的孩子了，那多耽误下蛋啊！我担心人类的小孩也快要被工厂生产出来了，那样的话，小孩子就管机器叫妈妈，管工厂叫姥姥，那可就不堪设想啦，建立的几千年的伦理大厦就会轰然倒塌了。

两年前，我在大集看见鸡雏，喜欢就买了二十只。到七八月，小鸡长很大了，却生病了。病象是小鸡嘴上、脸上、脚上长东西，兽医说这病叫鸡痘。买药、灌喂都来不及，大量死亡，最后剩下三只。两只公鸡、一只母鸡，这就是个不稳定的局面。如果是两只母鸡一只公鸡，则天下太平。果然，两只公鸡打架，一只把另一只啄得满脸流血，无奈，只得杀掉一只，于是世界恢复了平静。关于那个鸡痘的病，我从来不知道。小时候我家有很多鸡，都是我家上一代母鸡辛苦孵化出来的，从来没有什么病。现在的鸡，买到家，就要给吃各种药，然后才能长大。我不知道这些，以为世界还是原来的世界，还像我妈那样养鸡，不喂饲料不喂药，自然成长。但此鸡已非彼鸡。我感到不是母鸡孵化的鸡，没有妈妈的小鸡，没有免疫力，并且先天携带很多病菌。妈妈是不可取代的！妈妈就是抗生素！

夏天大集的第二大货物是乌喇街及周边农户生产的蔬菜上市了。乌喇街是重要的蔬菜产地，是吉林市区蔬菜的主要供应地。家里菜地多的，就整车往集市上拉。这样整车的菜基本不零售，也无须零售，谁家的菜都下来了，不用买。这些菜都是卖给往吉林市倒运蔬菜的人。这些人也是农民，只是在这个特殊的季节，临时扮演蔬菜贩子。最先下来的是豌豆和早豆角，然后是茄子、辣椒、西红柿、豇豆这些蔬菜。因为在这个季节蔬菜特别多，一周一次的大集满足不了菜农的交易要求，这种蔬菜交易就天天有。那些开着车收菜的人，把车停在老街路边，坐在树荫下，一边抽烟一边等。他们等什么？等那些刚把蔬菜从菜地里摘下来、推着车或开着农用车、往老街上来的菜农，走到半路，就被菜贩子截住了。菜贩子扒拉开上面盖着的菜叶，看见下面的黄瓜、柿子或豆角水灵灵，大小整齐。运菜的农民立住脚擦一把汗，价格似乎不用谈，大家都知道这两天的菜价。只是倒菜的人看好了，装到自己车上，过了秤，数好钱交给菜农。他们都是认识的，很熟悉的。交易得特别快，几乎不用讨价还价。收货，过秤，付钱。农民转头回家，贩子再等下一个。他的车很大，一次多运一些才赚钱。他们第二天运到市里的各大早市，把菜卖掉，或和某些蔬菜店联系好供给它们。这些菜到市民的菜篮子里，已经倒了两倒了，是第二天的早上或上午了。

这种收菜方式很有意思，他们不去家里收，而是等在你必经的路口，而那些往市场运菜的农民，他们也知道路上有劫道的。他们希望被截住。如果没有人截，他就慌了，连他车里的所有蔬菜都惊慌了起来。我家有个远房亲戚，他家的孩子夏天就开着个皮卡倒菜。有一天我在老街上走过，忽然从路边站起一个人来，管我叫老姑。我一看我那大侄子光着膀子，脸晒成黑色，身后一台卡车，车里已经收了些蔬菜。我经常看见乌喇菜农种的菜，基本大小一样，长得很整齐规范。他们是很有经验的菜农，把蔬菜种好是他们的本分，也是生存必须。

夏天的大集还有一样商品只在夏季才有——椴树叶饽饽，也叫玻璃叶饽饽，这是最具代表性的满族食品。玻璃叶是满语，树叶的意思。这个树叶不是所有的树叶，而是椴树的树叶。椴树树叶大而圆，心形，比大人手掌还大些。

我小的时候，可以说是吃玻璃叶饽饽长大的。我妈就年年都做，但不是天天做。这个食品是节日食品。每年的农历六月初六是虫王节，也是仲夏最热的时候。玻璃叶饽饽就在这几天制作，而且一次制作很多，然后放到阴凉的地方，三四天是不会坏的。玻璃叶饽饽不怕凉，越凉越好吃。里面的豆馅拌上了白糖，外面的糯米面筋道滑软。伏天凉吃，又禁饿又能补充因出汗而流失的糖分，在热天减少生火做饭。

我无数次看见我妈（我妈是乌喇街人）制作这种食品：先是把黏大米用水浸泡一天或两天，等米用手一捻就成粉了，就可去有磨的人家把米磨成米浆。我看见米浆从石磨上缓慢流淌下来，然后收集到盆子里。如果面稀了，怎么办？我妈的办法是用白布把面盆上面盖住，然后将草木灰放在白布上面。草木灰是干的，它快速把面里的水分吸了出来，面就正好了。这时小红豆也煮好了，用勺子压碎，放里面一些白糖，搅拌成豆沙馅，那边醒好的面也不干不稀正好包制，椴树叶子不可或缺。早在一两天前，从街上的小贩那儿买了树叶，这树叶得山里才有。方圆之内，六月六都做椴树叶饽饽，就产生了专门进山打叶子的人，然后走街串巷叫卖。我不知道我妈那时买一捆叶子多少钱，现在是五元一捆，大概二十片叶子。那时候，应该不超过一角钱一捆吧。我妈做完了豆馅，就着手处理叶子。首先叶子要清洗，虽然打叶子的人，在山里，就挑那又干净又大又圆的叶子打，脏的、破损的一概不要。还是要洗一下，然后晾干，在叶子的正面擦上一点豆油（防面粘叶子上），然后拿一小块面用手掌压平，放一块豆沙，包上，把这个豆包放到涂好油的叶子上，叶子顺着中间的叶脉像书一样一合，用手压一下，面就和叶子的形状一样了。这就包好了。蒸锅放好帘子，把包好的椴树叶饼一个挨一个码放好，一圈一圈像个旋涡。盖上锅盖，蒸半小时左右，就熟了。新鲜的叶子有一股清香，是大山里的气息，而糯米和红豆，是田野的气息。这两种气息混合在一起，就是大自然的气息，使我们感到安稳和放心。

长大之后，尤其是母亲去世之后，我就再也吃不到玻璃叶饽饽了，有时在城里的早市看到有卖的，买来吃一下，感觉和我妈做的味道相去甚远。面也不对劲儿，馅也不对劲儿，那叶子也不新鲜，没有树叶的清香。直到几年前来到乌喇街，看到当街蒸椴树叶饽饽，买两个一吃，竟然立刻和童年吃到的味道接通了！心里感动了起来，好像童年丢失的一件心爱之物，又忽然找到了；好像我妈这些年并没有死，而是藏了起来，现在我忽然就在这里把她找到了！

乌喇街大集上出售玻璃叶饽饽的有两家，都是夫妻一起上阵。街边放一个大铁桶，桶上一个烟囱。铁桶里或煤气罐或烧柴，上面是大蒸屉，一个在前面蒸，一个在后面包制。他们的制作程序，应该和我妈的大同小异。如果有不同，可能会出现在面上。也许不会像我妈那样用水面，而是用干面，但他们的面也很细发，和水面差不多的口感，其他环节应该都是一样的了。

这两家做得都很地道，但我可是内行，它们细微之处的差异，也只有我这样从小吃惯了的舌头才能品味出来。我认为那个两鬓有白发的制作者，其产品更正宗，和我妈做的口味几乎完全吻合。每次上街，我都买他家的。我怕另一家难堪，偶尔也去他家买几个。但我会和白发者多说几句话，我知道他是乌喇街杨屯的，姓常。我妈也姓常，乌喇街常姓应该都是一家子。乌喇地方历史学家尹郁山在一本书上说，乌喇地方常姓是明朝名将常遇春的后人。一次我买了几个他家刚出锅的玻璃叶饽饽，一边把热乎乎的饽饽放入手拎袋儿，一边问，您姓常，是哪个辈分上的？我妈是恕字辈。他抬起头，说我也是恕字辈的，我叫常恕清。我说那我得叫您舅舅啦。他说那对呗。

我赶集找到了一个舅舅，那么这个集市上，就应该还有我外甥、外甥女。怪不得我爱吃他家的玻璃叶饽饽，原来是我舅舅做的，自然和我妈做的味道是一样的啊。

玻璃叶饽饽能卖多长时间呢？这取决于那个树叶。树叶长大，一直到变老之前都可以做这种食品。应该是两个月，6 月、7 月。到 8 月还有卖的，但明显那叶子老了，颜色深，有破损，叶子柴，那股清香味变淡变薄了。另外，这个玻璃叶饽饽，叶子是不吃的。当叶子的清香，也就是叶子的魂儿，进入面饼里被吃掉，叶子只是这个食品的包装纸了。蒸熟后的叶子变成褐色的了，想那清香是和绿色在一块的，它们遇热惊慌地逃逸，锅里无处可逃，就一头钻进糯米面和豆沙馅里去了。

秋天的集市

秋天，瓜果成熟，粮食成熟。集市商品种类繁多，且秋天的商品大部分能吃，还大都带着香味。最香的就是八里香，八里香是这里的特产。八里香，意思是这瓜太香了，八里地之外都闻到了。集市上一车八里香，整个老街市场就都是香的了。每年秋天都要吃几个八里香香瓜，时间久了，摸索出挑瓜的经验：首先看瓜顶，那里越绿越熟；然后看瓜蒂，是自然脱落瓜熟蒂落为好，别是那种生拉硬拽的断口；再就是闻，有香味即熟瓜；最后掂分量，略轻的是熟瓜。一般正常季节成熟的瓜，是四元左右一斤。瓜很重，一个就一斤多。我不知道一亩产量多少，因此，估算不出瓜农的收入，应该比种玉米高很多。种瓜是技术活儿也是辛苦活儿，从把苗栽到地里，就一刻离不开人，晚上也要住在瓜棚里。种瓜的钱十足是辛苦钱。

第二香甜的是大李子，本地最有口碑的是杏梅李子，紫红色，外面一层白霜，桃形。这种李子是干核李子，何谓干核，就是李子用手一捻，就能利利索索地打开成两半，里面的李子核，干干净净躺在里面，和果肉能决绝地分开，不藕断丝连，而水分都锁在果肉里，并不四溢。杏梅李子刚下来六元一斤，买的时候一般不能自己下手挑，一挑一碰，那上面的白霜就掉了。白霜掉了，李子的身价立刻大跌，因此那卖李子的人都小心呵护着李子身上的那层白霜。白霜能阻断空气的氧化，保持李子新鲜，原来人家大李子是自带防腐剂啊。还有很多李子品种，记不住名字，说是新品种，看着又大又圆又红，但吃来吃去，还是本地古老的杏梅李子价格最贵，也最好吃。我童年家里房后有好几棵杏梅李子，那是我小时候最主要的水果。果熟季节，人站在树下，看哪个红吃哪个。摘之前要用手捏一下，软的才摘。到乌喇街后，发现这里几乎家家种杏梅李子，吃一个，和小时候的味道一样。我还以为童年的许多都失去了，想不到在乌喇街找回好几样了。看来，我有希望在这个地方，把我已经消散的童年再重新聚拢召集组合起来。

秋天的集市，还有一种本地特产，这种商品不是香味，而是腥味，只有煮熟了，香味才肯飘出来。归根到底，这特产松花江鱼，也还是香的。我买到过鲥花、鳊花、岛子、葫芦籽、马口鱼、川丁子等，只是没有看到鳌花，那可是松花江“三花一岛”中的一花。最经常看到的是岛子，有人已经能人工养殖岛子鱼。光靠江里打鱼，货源就非常少。这些鱼一般是十五元或十八元一斤。鱼都不是很大，我一般就是买回来收拾干净，用盐腌一下，用平底锅油煎，非常好吃。小时候，家里还有渔网，有时能打到马口鱼。我妈也是这样煎一下，这是我记忆里最好吃的鱼。

卖鱼的位置，一般在老街到新街的路口那儿。不光大集时有鱼，平日里也天天有。只是一些小鱼和养殖的鲤鱼等，而“三花一岛”可不是天天有，得碰运气。

清明就栽进地里的本地紫皮蒜、鬼子葱，现在可是长到时候，起出来了。这里叫起蒜，一个起字，足见对大蒜的重视。从地里起出的蒜都被编成了辫子，蒜头大的被编在一起，略小的编在一起。两辫系在一起，叫一挂。然后推着车把编好的蒜拿到大集上卖。这时候的蒜，就是供给大家吃的了。这里蒜不论斤卖，论挂，一挂多少钱，一挂应该有一百多头吧。我记得去年的蒜，大的一挂是五十元，略小的一挂二十五或三十元。我会买好几挂，送给朋友。这种紫皮蒜在超市里，七八头一盒，标价十多元钱。这里的蒜还是便宜好多，又地道。我自己也种过蒜，长得还行，因为没施肥，头不是很大，还长出好些独头蒜。独头蒜是怎么形成的，不知道，反正独头蒜价钱要贵一些，因为独头蒜谁也不能专门培育，只能随机产生，是个可遇不可求的东西。独头蒜辣，味更浓郁，就像独生子，惯得脾气大。因此好多人好这一口儿。我也喜爱独头蒜，因为好剥皮，一头蒜就一瓣。

鬼子葱在乌喇也是特产，别处没有，是当年“满洲国”的时候，日本人带来的种子，一直到现在。当年日本人撤退，鬼子葱没有撤退，它永远留在了乌喇街，成为这里最具特色的农产品。现在每年出口日本、东南亚。据说这鬼子葱对心血管的健康能起到非常好的保护作用。

鬼子葱因为大量出口，农户专门栽种，大片大片的。这种作物还高产，收入应该也不错。我在城里看到超市里卖的，三至五元一斤。这种葱和圆葱差不多，但个头小，只有蒜头那么大。大圆葱生吃不辣，而鬼子葱生吃很辣，辣到眼泪流出来的程度。可能就是因为它的辣素多，血管里那些斑块、淤堵的东西也被辣得四处跑，跑着跑着，就跑散了，淤堵和斑块就消失不见了。

乌喇街是蔬菜产地，每个季节都有相应的蔬菜上市。秋天就是大白菜、大萝卜上市的时候。这些大白菜是可以越冬的，它们在秋天生长的时候，就在做着过冬的准备。蔬菜叶子一般都是张开的、舒展的，而东北大白菜不敢舒展、不敢张开，它们知道冬天冷，要收拢自己，一片叶子抱着另一片叶子，一层层包着，最后长成襁褓的样子。腌酸菜、做辣白菜，都大量用大白菜。大部分大白菜，都是以酸菜、辣白菜的形式度过冬天，并成为东北冬天最具特色的菜品，也是吃火锅不可或缺的配料。

酸菜我也是会腌的，从小看我妈腌酸菜，也不用学。当自己要腌酸菜的时候，那些腌酸菜的画面就出现了。整棵白菜洗一下，在开水锅里滚一下，然后码放在腌酸菜的大缸里。码一层菜撒一层盐。一直码到满缸，然后往里面倒水，水没过菜就行了。然后用一块大石头，把菜压住，最后封缸。等一个多月差不多就能吃了，这时也快到元旦了，杀鸡杀猪，那些肉食都需要和酸菜一起炖才好吃。东北的杀猪菜，要是没有酸菜，简直不可想象会是个啥局面。

秋天的东西实在太多了，黏玉米、土豆、南瓜、地瓜都是一车一车出现在集市上的。我在自己的院子里，每年都种黏玉米、土豆、南瓜。我在收获的季节收获了我的果实。只是地瓜没种过。地瓜不是哪里都可以种，地瓜对土有特殊要求，得是沙土才行。在乌喇街，只有弓通那个村能种地瓜。那里是沙土，种出的地瓜又甜又面又起沙。秋天我会买一箱或两箱地瓜，一箱红瓤，一箱白瓤，都好吃。但我吃不完，我吃不完没关系，灰哈哈特别爱吃地瓜，它每年负责帮我把买来的地瓜吃完。地瓜能抑制癌细胞，每天吃地瓜的时候，就觉得是在把癌细胞的对手运送到了阵地上。

2017 年夏天，我家灰哈哈一胎产下九个小狗。我们精心喂养，到两个月的时候，就是初秋了。九个小狗我们养不过来。送人又不知送谁。也不能白送人，说没花钱来的，会不被珍惜。就像不要彩礼的女儿到了婆家反倒被看不起，被说一句便宜没好货。我思量再三，决定周日去乌喇街大集卖掉我的九个小狗。价钱定在三百到五百一只。我的灰哈哈及小狗都是纯种十字脸红毛阿拉斯加，宠物店卖上千一只的。

我选了两只健壮淘气的，用土篮装好，拎到集上。我的左边是卖兔子的，右边是卖南瓜的。我在他俩中间坐下，面前放着装小狗的篮子。卖兔子的用的是铁笼子，兔子乖乖在里面吃草，而我的土篮没有盖，两只小狗又特别淘气，不肯在篮子里待着，一个劲儿往外跑，我抓了这个跑了那个。卖兔子的大哥把他的两个笼子里的兔子放到了一起，腾出一个笼子借我用。我把小狗关进去，我的卖小狗行动才能进行下去。我的小狗吸引了一些小孩的注意，他们围过来，把手指从铁网伸进去摸小狗。快到中午的时候，一个中年男人在我的小狗面前蹲了下来。我打开笼子，他抓出一只，看了半天，他对这只小狗很满意，在交钱之前，我问了几个问题。你家住哪儿？他说弓通。我说养着看家啊？他说对。老狗前些天死了。那你打算怎么养？他说拴在院里。我说那每天能松开绳子让狗跑一跑吗？他说，我们养狗从小拴到大，从来不放开。我一听就心疼了，我不想卖给他了。在他和我谈价的时候我就暗暗加了一倍的价钱，我知道这儿的农民不会花高价买小狗。他说太贵了，于是我们的交易没有做成。卖兔子的大哥的小兔子倒是卖出去好几只，他说我要价太高了，不然刚才就卖出去了。我把小狗装篮子里，站起身抱着篮子回家了。

一边走一边想，这些小狗还得卖到城里，做个宠物狗，每天早晚有人牵着散步，在乡下做个看家狗太痛苦了，一辈子被一根绳子拴住，我不能把我辛苦养大的狗放到那样的命运里去。我太心疼了。

冬天的集市

乌喇街的冬天，是北纬四十四度的冬天。最低温度在零下三十多摄氏度。11 月底，白雪基本完成了对乌喇地方的覆盖。乌喇街的大集，也被白雪兜头覆盖了。虽然那条作为集市的街道，雪被清扫了出去，但街边的房子上、树上，都是白色的。还有，雪很大的时候，一堆一堆的雪堆在街边，几天都清理不完。远山虽海拔很低，但也成为雪山。在这样天寒地冻的背景下，乌喇街大集，都有什么样的商品出售呢?

下雪之后，气温降到零下二十多摄氏度之后，几乎一切生命都停止了生长。植物结束得更早，在 10 月就纷纷枯黄了叶子，把还有一丝生命的根深藏泥土，准备度过寒冬期待春风。粮食早已收割，已经以光滑的颗粒的形态，隐藏于粮库、米仓等空间。然后是家畜，已经养了一年，到下雪的时候，它们的生命，经历了春夏秋之后，走到了终点。终点是白雪和北风。它们走不过去了，到这里止步了。

在冬季的乌喇街大集上，最大宗的商品是肉食，以羊肉居多，然后是杀好的本地土鸡。小鸡被收拾干净，摆在地上或小推车上，已经冻成白条鸡，个个举着挣扎的脚。羊排、羊腿、羊肝等摆在案板上，在案板下，是几只死不瞑目的羊头。我曾看见一只羊头，它的角，弧度特别完美。这只羊活着时，得多好看呢！但农民杀羊可不管羊是否好看，那好看的羊的肉，也不会比一般的羊肉贵。羊肉淡红，被冻上后，颜色会略深。偶尔也会碰到有人在卖一头杀好的牛。牛头在地上，肉在案板上，颜色深红。这些肉品都是本地农家所产，没有大规模养殖场。所有肉是没有检疫蓝章的，但这样的肉很地道、很好吃，比那带蓝印的好很多。

羊肉是三十元一斤，牛肉是三十八元一斤，而且不论什么位置都是一个价。城里的超市，把牛、羊、猪身上的肉，细分成若干区域，不同区域有不同价格。这里一切都是粗放的，哪有闲工夫分那么细。小笨鸡则整个出售，十元或十五元一斤，每只鸡五六斤的样子。

不论羊肉、牛肉、鸡肉，都是涮火锅的好材料。大家忙了一年了，冬天猫冬在家，外面白雪纷飞，坐在家里火炕上，把从老王家买的牛肉切一盘，把从老高家买的羊肉切两盘，再把自家杀的小鸡切成块，铜火锅点上无烟炭，腌好的酸菜切一棵，粉条榛蘑黄花菜，麻酱红方韭菜花，摆满小炕桌，大家坐在一起，涮一涮火锅，一年的辛苦都在这火锅的热气里，变成了香味。

冬天的乌喇街大集，除了各种肉，还有水果。这种水果历史悠久，这种水果身手不凡。它能从秋天一路挺进寒冬，并在寒冷的东北露天集市里成为英雄。这种水果就是花盖梨。花盖梨一点也不好吃，但一旦把它放入零下二十多摄氏度的寒冬，所有的水果都玩完了，只有花盖梨，蜕变成为酸甜可口的冻梨。花盖梨被冻成黑色的铁球。我们小时候，冬天哪有水果啊，就是到过年了，买些铁球一样的冻梨吃。你可千万不要小看这冻梨，它太神奇了。冻梨怎么吃知道吗？要用冷水缓，冻梨周身结出一层冰壳，敲掉冰壳，坚硬的冻梨变成软乎的冻梨了，这时候就可以吃了，甜、酸、凉，好吃得不得了。冻梨是我童年冬季唯一的水果，唯一的甘甜。

能和冻梨一道走进寒冬的水果还有冻柿子。柿子是关里的产品，东北没有，冬季从山海关运来的。可能在关里的时候人家还是红彤彤的柿子，过了山海关，遇到冰雪，柿子纷纷变成了冻柿子。我们吃冻柿子和吃冻梨的方法一样，也用冷水缓。冻柿子缓好后，甜，特别甜，凉哇哇的，有的轻微涩口，可能是没有熟透。冻柿子从外观到口味，都有异域风情。只有冻梨，朴素实惠，深入人心。

冬天的大集，也不全是涮火锅的材料，还有衣服。衣食住行，衣在首位，因此大集不能没有衣服，不但有衣服，还都是好看的衣服。临近春节，要买新衣服过年，大家都要买新衣服，大人的，小孩的。因此，那卖衣服的摊位有好几家。乌喇街似乎什么都有，自给自足的状态，但乌喇街没有纺织印染等，服装鞋帽还是从城里来的，是专为乌喇街大集准备的货源。农村人的衣服和城里还是略有不同，尤其过年，衣服讲究鲜艳和喜庆。因此，那在街边挂出来的衣服就是花红柳绿的一片，在白色的冬天背景下，让人感到有了春天的意思。花没红呢，人先红艳起来。树没绿呢，人先……临近过年，卖衣服的商家会在大集的日子，从城里来赶这个大集。花红柳绿的新衣服，毛衣、羽绒衣、童装花花绿绿挂了一大街。

旁边卖春联的不甘示弱，春联不往高处挂，风一吹，哗啦啦响不说，也容易刮坏。卖春联的把红色春联铺了一地，把“福”字铺了一地。当人们围着挑选时，那些好看好听的吉祥话，那些又大又圆的“福”字，都抬头迎向人们的脸，好像它们是从地里长出来的。因为有风，年画也铺在地上。画上是连年有余、夫妻恩爱、绿柳红花，这些都铺在地上。那连年有余、幸福美满、福禄寿喜，都好像是从地上长出来的。赶集的农民买完了衣服要买年画、春联，他们久久地低着头，挑选喜欢的，选好了就会躬身把看中的年画和春联从地上小心翼翼地拿起来，卷好放入自己的口袋里，这和他们春天在田地里辛苦耕作的姿势是一样的啊！

2020 年 5 月 22 日 吉林乌喇街旧街村

第二章

人物

他家的秋千到底挂上没挂上？如果挂上了，那么小畅家就是继我家之后，旧街村的第二家院子里有秋千的人家。

小畅挂秋千

从5月到6月，我一直在劳动。我种很多种蔬菜：豌豆、辣椒、柿子、茄子、南瓜、丝瓜、黄瓜；在房后，我还种了黏玉米、爬藤的紫花油豆角……这些菜种下来，就使我每天都有活儿干。不仅这些，我还种花，很多种：月季、美人蕉、凤仙花、小丽花、虞美人、茑萝、大馒头花、金盏菊、地瓜花……这些花种下来，又使我的6月每天都有活儿干。

我不读书、不写字，每天沉浸在种子、泥土、气温、阴晴里不能自拔。到6月结束的时候，种什么都来不及了。这时候就算你想干活儿，也不能干了。7月再把什么种子埋在泥土里，接近一种理想主义。就算苗会长出来，花也会开出来，细小的果实也会在花朵之后闪现，但未及果实长成少年，蔬菜的终结者寒霜已经如期而至，蔬菜的生命随即戛然而止。想到这样的结果，我只好选择休息了。

农民把这一时段命名为“挂锄”，锄头好长时间用不上了，放地上碍事，就把锄头挂在墙上，是谓挂锄。7月，天很热了。农民纷纷挂锄，节气上也入伏了。从字面上看，伏天应该怎样过，已经写清楚了，但我不想天天像狗那样趴在屋子里。谁说伏着一定得在屋子里？难道院子里就不能伏吗？没有人说不行。我于是着手搭建一个在户外伏的地方。我在院子里转了一圈，最后在院子西南角的榆树下面停住了。树荫是帮我度过苦夏的好朋友，在伏天，我是多么需要一片树荫，而这片树荫是我奋力保住的。

院子西南角那几棵大榆树，它们长得并不横平竖直，有一条树枝向院子里斜伸了出来，它斜伸进这几棵树共同搭建的树荫里。它很粗壮，几乎和主干一样粗。这条粗壮的横枝在这里已经生长了七八年了，它一定是愿意成为一条承载重负的树枝，不然为什么别的树枝都向上长，只有它向东南积聚力量？我站在树下，仰望了它几次之后，我们之间的合作就开始了。我感到那段树枝是有意志的，它的生长是有目的的。如果我看不见它，那么它的愿望就得不到落实。如果没有这样一条树枝，我的伏天只能伏在树荫下的一个摇椅里。那样也很好，但相对于极致的好就差了一寸。

当我仰望了几次树枝后，我的伏天怎样度过已经确定了下来。在树荫下放一把躺椅——一个漂亮的藤编躺椅，加上六棵榆树组成的巨大树荫，可以把酷夏推远三四米。这个树荫就像暴雨中屹立的一座风雨亭，它是多么珍贵。躺椅可以摇晃，但幅度太小，带不起凉风。如果树下挂一架秋千？一想到秋千，我就可以在没有风的盛夏，自己制造出两级凉风。

我把想法和樱儿说了，他去看了看那条树枝——因为他并不知道有这样一条堪当重任的树枝的存在——认为我的想法可以落实，那树枝确实像是有意的。他就去找小畅，小畅是后街的邻居，已经帮助我们做了一些院子里的活儿，比如搭瓜架、上房补上漏雨地方的瓦。小畅也来看了那条被我选中的树枝，就和樱儿上街去买绳子和木板。绳子白色，是做缆绳的，可以捆在集装箱上，被吊车拎起来。木板是在一家寿材店买的。看来没有人给你准备好挂秋千的用品，只能从生活必需品中提炼，比如棺材铺、缆绳。如果这块木板不被我们买来，它将被做成一口棺材的一部分，被埋在土里或在火里化成灰。现在，它想不到的是，它的命运忽然转向掉头，它可以为活人服务，这辈子可以成为秋千的坐板，在几棵大树的浓荫下，风吹不着、雨淋不着，在微风里悠荡。偶有人会坐在上面，看看书或看看白云夕阳……一段树枝和一块木板、一条绳子，这三样互不搭界的物品，竟然组合成了一首诗。

小畅爬上了大树，他不用梯子就爬上去了。现在的农民还是很矫健的，只有城里人退化了，农民还可以徒手上树。

秋千很快就挂好了，我坐上去试荡。我和秋千斜着驶入夏日午后停滞不前的空气中，就像一只汤勺缓慢坠入一碗已经融化的冰糕之中，我的耳边刮起了细小的凉风……

我把注意力都集中在秋千、树枝，还有爬上树的小畅身上了，我担心他会不小心掉下来。其实，那天在挂秋千现场的还有一个人，被我忽略了。这个被我忽略的人是小畅的媳妇，其实小畅的媳妇不应该被忽略，我现在意识到她的出现意味深长。

小畅可不是第一次进这个院子，有一些我们不会干的活儿都找小畅来。每次都是小畅来，手脚麻利地干完活儿，说几句话就走了，有时收下了我给的工钱，有时不收。小畅给我的印象很好。这次干活儿，小畅的媳妇一起来了。她爱人可能干过许多活儿，但还是第一次被叫去挂一架秋千。我感到即将被挂起的秋千吸引了她，要挂一架秋千的人家引起了她的好奇。

小畅的媳妇略胖，但是比较白，在农村妇女中已经是很白的了。小畅几乎什么活儿都会干，又手脚勤快。大概是不太让媳妇去大田干活儿，皮肤没受到烈日、风雨的袭击，白嫩才得以幸存了下来。小畅可能是宁愿自己多干活儿，也要保住媳妇的白。

小畅的媳妇坐在树下的几根木头上，对爬上树的小畅提供帮助，她说往左一点、往右一点。在悬挂秋千的过程中，小畅媳妇指出了一个关于朝向上的错误，我意识到小畅媳妇智商很高。

在我对秋千试荡后，她也坐上去荡了几个来回。她穿着一条黑色紧身裤，上面是一件西瓜红的短袖。

我已经准备好了二百块钱，上次上房补瓦小畅没收钱，这次一起给。小畅媳妇却没有急于离开，而是又坐回树下的木头上了，她忽然沉默下来。这时候我不能把钱拿出来，那有撵人走之嫌。得等人家起身要走，在挽留之后仍要走的情况下，才能把工钱塞给人家。

小畅挂完了秋千，刚从树上下来，站在媳妇身边一时没什么事可干。小畅一没活儿干就有点发木，我忽然想到现在应该给人家喝茶，就飞跑进屋抓了两瓶矿泉水，又快速跑回来。从我去取水到回来，不会超过三十秒。就在这三十秒里，秋千下发生了变化。我走的时候，还是一片沉默，三十秒后，小畅和他媳妇已经把一个话题进行到达成共识的阶段。因为我听小畅说，咱家真有地方。小畅媳妇还是坐在木头上，头仰着和小畅商量事。她的脸白而饱满，水红色衣服在树荫下颜色变深了。我站在旁边拎着两瓶水，不忍打断他俩的讨论。两个人说话都和颜悦色，针对讨论的事情没有发生分歧。我站在旁边没办法插话。听了几句之后，我才明白，原来是他俩也要在家里挂一架秋千。当我听见他俩就秋千的位置已经达成共识，才把水递给他们。临走，小畅说他媳妇爱看书，想跟我借一本书。我不知小畅媳妇的阅读爱好，不敢给她拿文学名著，就给她拿了《阅微草堂笔记》（这也是名著啊）。工钱他们说什么也没要。

我一直惦记着小畅家的秋千，我没有时间前去看一看，他家的秋千到底挂上没挂上？如果挂上了，那么小畅家就是继我家之后，旧街村的第二家院子里有秋千的人家。会不会有小畅家的邻居，看见了小畅家的秋千，觉得好，也在自己家院子里挂上秋千？

2016 年夏 吉林乌喇街旧街村

花袭人

金枝家东侧是道路，西侧是我家。道路不能成为邻居，我是金枝家唯一的邻居。我这边东侧是金枝家，西侧是玉米地。玉米地不能成为邻居，金枝家是我唯一的邻居。

当院子里落满了雪花，当那些姹紫嫣红被积雪覆盖，当我的眼前一片绿叶都没有了的时候，我才渐渐醒悟，我在刚刚过去的夏天伤害了金枝。

春天，金枝在院子里种菜。春天，我也在院子里种菜。我和金枝之间，金枝的菜地和我的菜地之间，只隔着一段原木垒成的围墙。原木与原木之间有很大的缝隙，这个缝隙小狗能伸出去嘴，但不能伸出去头。透过墙缝，我看见金枝只种早豆角，并且垄上覆盖着塑料薄膜。那层塑料可以为脆弱的种子挡住春天的寒风，并有效挽留泥土的热量，金枝的早豆角会成熟得很早。金枝就那么急于吃到早豆角吗？我种豌豆、辣椒、西红柿、土豆、蒜、鬼子葱……我没有使用塑料薄膜，我不喜欢那东西。面对蔬菜的成长，我有耐心等候，我不着急。果然，金枝的早豆角都破土而出（还要破塑料），我的菜地还一片沉寂，所有的种子都很沉得住气，一点动静都没有，这让我想起了童年那个隐藏与寻找的游戏。后来我沉不住气了，悄悄扒开泥土查看，还好种子已经发芽，但那芽细小、胆怯，陷在泥土里像个井底之蛙。待它从泥土中爬上来，我原来准备的那些耐心显然不够用。我盖上泥土，知道自己着急也不能帮助它。一个月后，金枝的菜地已经长成绿叶的海洋，绿叶间隐约可见白色的花儿——人家的菜都开花啦！仅有的几只菜粉蝶，也在金枝菜地的上空盘旋，样子像喝醉了。有诗人说菜粉蝶像白色的药片，就那么几朵小白花，就高兴成这样了吗？那几只菜粉蝶也忒没见过世面了。我的菜地菜苗还盖不住泥土，菜粉蝶一只也没有。金枝家的菜苗长得都一样，并且没有一棵草，整齐干净得像一个军营。我的菜地没有秩序可言，菜苗高矮不等，野草见缝插针。有的阔叶，势力向四周蔓延；有的爬藤，致力于站得高看得远。热闹得像一个露天集市。我对金枝在菜地里只种一种蔬菜很迷惑，她就那么爱吃旱豆角吗？

面对一块菜地，我和金枝的做法相去甚远。我无法理解，在众多蔬菜中，她为什么对旱豆角情有独钟？并能把所有注意力都倾注在这一种蔬菜上而不分心？她对男人是否也能持有一样的心念，认准一个从此心无旁骛，任喧哗人间在身前身后云卷云舒？相比之下，我的心念杂草丛生，我无法把所有的注意力集中到一种蔬菜上——我种了十几种蔬菜。若不是气候和菜地面积所限，我会把南方的蔬菜也种到我的菜地里。这样一看，我比金枝贪婪！我甚至不能把精神集中在蔬菜上，我在那些蔬菜的基础上又分出了一部分精力种了花卉，其实我还想种竹子。北方的榆树、柳树很好，但在院子一侧若有一片竹林，墙角有两棵芭蕉，那我就不缺什么了。现在，我的院子里有柳树、榆树，没有竹子和芭蕉，我的生活有很大的缺憾。蔬菜怎么能安慰我呢？十几种蔬菜也不能安慰我。精神之我是个饕餮兽，这么多年我一直被它左右和折磨，它使我的人生苦不堪言。我喂养它，蔬菜是不够的，还要鲜花；柳树、榆树是不够的，还要竹子和芭蕉。

我第一次得到一块土地，并拥有播种的权利。我想知道我种什么就能长什么吗？我种多少就能收获多少吗？因此，我在播种的时候心里并没有多少底。我离那种理智的播种还有很大的距离。其实，我并不会种菜，很多常识都不懂。我站在我的菜地里，就如同一个贪玩的孩童面对考卷，我能独立完成的考题很有限。好在这考试是开卷的，在我遇到难题的时候，我就看见了我的邻居金枝。她是菜农，种菜是她的专业。就蔬菜的栽培、株距、灌溉等问题，隔着木头墙我向金枝请教。金枝果然什么都知道，并且很高兴我在种菜方面如此无知。她愿意帮我，诲人不倦。同时，她也知道了我都栽种了哪些蔬菜。我没有种早豆角，这让我在面对她的时候，感到很对不起她。我们两个住得如此之近，但在种菜上竟没有重合的部分。她对我没有种她喜欢的早豆角，没有多说一句话。在种花的时候，我没有向金枝请教，因为我看见金枝家的院子里没有一株花。我猜她不喜欢种花，因此也就不会种花。就有女人天性不喜欢花啊朵啊的，比如书上的薛宝钗。因此，我在种了蔬菜之外又种了花卉金枝不知道，我都种了什么花她更不知道。

当我院子里的花朵次第开放的时候，金枝的早豆角已经长到筷子那么长。原来金枝家院子里的蝴蝶，现在都越过木头围墙，飞到我的菜园里来了。它们旋转盘旋，特别高兴，其姿态不是喝醉了，而是在跳舞。当它们玩累了，每只找到一朵喜爱的花儿落下来休息，毛茸茸的腹部剧烈起伏。我没想到我菜地的土质这么优良，种下的种子都能发芽，并快速长大，然后开出花来。我担心一部分种子会不发芽，花种子就撒多了。等开花的时候，花朵拥挤不堪。连盲人从此路过，都会感到一片红光。我的菜园子，在那些花儿都长大之后，菜园子已经不是菜园了，叫花园也行的。我把菜地种跑题了。

金枝不计较那些蝴蝶的去留：蝴蝶在的时候，看不见她高兴；蝴蝶走了，看不出她扫兴。我则不然，蝴蝶来了，我认为是一件大事。没有蝴蝶，花园就像睡着了，蝴蝶是花园跳动的心脏。金枝也不受这边花朵的打扰，她细心地把豆角摘下来，整齐地码放在柳筐里，还要在上面盖上湿毛巾，然后一筐一筐地运到集市上卖掉了。原来金枝并不爱吃早豆角，原来金枝并不急于吃到早豆角，原来金枝是为了不认识的人早点吃上早豆角而忙了一个春天。

我种了那么多蔬菜，没有想到要把一种蔬菜拿到集市上出卖。当然我不好意思拿出去卖，我的蔬菜品相不好。单说西红柿，找不到两个一样大的，它们谁也不像谁。每个都是自己，个性体现在形状上。我种了那么多花，也差不多只我一个人看了。金枝是可以看的，那木头墙有巨大的缝隙，但是金枝不爱看，她沉浸在她的早豆角里，似乎看不见其他。她从未停下脚步，多看我的花儿一眼，更没有就某一花朵发表言论。对此，我除了疑惑外，还很失落。我种的花儿没有谁不是用力开放的。它们小心翼翼把颜色包裹住，然后突然展开，这时候花儿想听到一声惊呼，然而却只有风声。我是不吝惜惊呼的，但我的花儿实在是太多了，我打个盹，就开出一大片新的花朵，我忘了惊呼，只能呆看。让我感到一丝安慰的是那几只兴奋的蝴蝶，它们是我睡着时，继续欣赏花儿的眼睛。

我也是太过分了，几乎把院子弄成了一个大花园。我的这种作为，在旧街村可能很出格。和金枝家的菜地一对比，才发现我把菜地种得已经跑了题。金枝对于我的跑题一直保持矜持的沉默，但是来她家串门的村民看见了我的花园后没有沉默，尤其是女性村民，不但看见了，还给予了评论：是和别人家不一样啊，在菜地中间种花！木头墙外，金枝家院子里，三两妇女在窃窃私语。我能听见，是因为我正在花丛中薅草。我低头干活儿，假装没听见。有一次，围墙的外面，有人大声问那个爬藤的红花是什么花？从说话的声音，我感到这个问题是需要我给予回答的，我立刻从花丛中抬起笑脸，说是茑萝。那女子又说真好看啊，等秋天要点花籽。我说花籽有的是啊。接下来我想说，就怕你没地方种啊。其实这种藤蔓花卉不占地方，我是种在竹篱笆下的。但我看见金枝家的木篱笆下种的都是晚豆角，街对面那家铁栅栏下种的是苦瓜。

金枝似乎是把所有注意力都用在了早豆角上，似乎对木头墙西边的事情不感兴趣。多轰轰烈烈的开放她都好像没看见，多么色彩纷呈、云霞落地她都无动于衷。但是西风携带着花粉和花香，每天穿越过木头围墙的缝隙，在她的院子里沉浮、旋转。不喜欢种花、看花的人，也应该不喜欢花的气味。花香持续地刺激着她的神经，并且这个刺激挥之不去、躲避不及、无处不在。我不知道她是怎么忍受的。

金枝卖完了早豆角，我以为她要休息几天，会有闲工夫看看一墙之隔的花园了——我是多么希望她停下来看看我的花儿。我种的花儿太多了，而看花的人太少了。接下来金枝是休息了几天，但除了到院子里拿东西，其余时间她都待在屋子里，可惜那么一院子花就我和小白欣赏。小白作为一条猎犬，只对快速移动的东西感兴趣。植物不会横向移动，只能枝叶向上，根须向下。这也是移动，但因速度太慢，它也提不起兴致。还有，我忽然想到，狗都是色盲，那么小白等于看不见花儿。几天后，金枝终于出现在院子的菜地里，她又开始播种了。她拔掉了豆角秧，然后平整土地，又勾上垄，种上了大白菜。她种大白菜我并不知道，当她的大白菜又长得像做课间操的学生一样横平竖直时，我才知道那些天她都忙的啥。头伏萝卜、二伏菜，金枝在头伏就种上了大白菜。这次我知道金枝不是因为爱吃大白菜，也不是急于吃到大白菜，她可能还是在为陌生人忙碌。

金枝家的院子里，春天是早豆角，夏秋是大白菜，没有一株花草。在菜地的边上，是可以种几株花的，并不影响蔬菜的成长和在集市上的价钱，但是金枝没有种。当我的院子里大片的美人蕉、金盏菊、薰衣草、凤仙花、虞美人、小丽花、草本牡丹、寒根月季、牵牛、金丝荷叶次第开放的时候，金枝一定是看到了。木栅栏的缝隙是那么大，她每天也会被那些西风带给她的花香环绕，但她没有对那些鲜艳的花朵说过一句好话或坏话，她采取视而不见的态度：在院墙外针对花朵窃窃私语的不是她，询问茑萝的名字的不是她，索要花籽的也不是她。金枝是那种不喜欢花卉的女人。

我对金枝好奇起来，听到关于她的闲话我就伸长了耳朵。从旧街村民口中获得的信息有这些：金枝家的房子，是政府给盖的；金枝家只有三亩地。知道了她家有三亩地后，我给金枝算了一笔账：一亩地亩产两千五百斤玉米，玉米一斤八角钱，三亩地年收入是六千块钱。

三亩地和六千块钱似乎有能力让我把疑问解开一大部分。计算的结果出来了后，我就明白了金枝家的菜地里为什么不种一株花，菜苗为什么长得那么整齐，不长整齐不行啊。那些蔬菜——早豆角和大白菜，是她把年收入从六千块钱往上增加的关键所在，而这件事又太重要了，她投入了所有的精力和体力，还有智力。种花使院子看上去好看、有诗意，是我这种不需要把蔬菜码放到基本收入之上的人才干的事情。所以种花，不是院子里有没有地方种的问题，而是心里有没有地方的问题。因此，不是金枝家的菜地没地方种花，而是她的心里没地方种花。如果我是金枝，也会在院子里先种早豆角，然后在头伏就种上大白菜。我可能嫌白菜、豆角卖不出钱来，会在院子里砌上猪圈、羊圈、鸡圈，直到把院子变成养殖场，直到院子里臭气熏天。我每天穿着靴子，喂猪、喂鸡、喂羊、除粪。花朵，我不是没地方种，而是想不起来世界上还有花朵！

那么，一墙之隔的花朵，让金枝想起来世间的花朵，但她和花朵似乎已经远离，就算挨近，也永远隔着一道围墙。当院子被冬天的大雪覆盖的时候，当我的院子里所有的花朵都凋谢的时候，我才意识到，我的肆意种花的行为，对邻居金枝构成了伤害。我还不知道对这个心里已经没地方种花的女人伤害有多深。

当我的院子飘舞着雪花，当一切被大雪覆盖了以后，我才渐渐看懂了金枝对待花朵的态度。那些花朵伤害了她，她不看、不说，试图用这种冷漠的态度把花朵推远，就像推远一把逼向她的利器。

2016年 吉林乌喇街旧街村

礼尚往来

院子的西墙是铁栅栏，南墙也是铁栅栏。现在要说的是西墙，说一下西墙在与邻居的外交方面做出的贡献。

墙体高约一米三，我一米五多，站在院里，不用踮脚，目光可顺利越过西墙，看出去老远。其实，目光并不需要越过西墙，西墙是可以用目光穿透的，上面铁丝编成的网格，一只肥猫可以轻松而过。

我的目光在西墙外降落的时候多，这不仅仅是西边有落日晚霞，有明朝古城的一段残墙，还因为西墙外是一片别人家的田地。晚霞和城墙一成不变，墙外的大田可是个舞台。这个舞台上的角儿不是人，也不是动物，而是植物——植物中被人类选中的部分，主角是玉米，配角是白菜，偶有大蒜、大葱等助演。我家西墙外植物演的戏，每年大体相同，缺乏新曲目。这片田地望出去有两百多米，地那头是河流——松花江的一段支流。

刚来居住的时候，西墙外一片玉米，遮住了我的视线。那些玉米，大多是用作饲料的，因此我的目光也很少停留在这样的玉米上面。现在种玉米很省事：春天用机器打好垄，然后用点种机把玉米种子种进去，很大一片地，一个人一上午就种完了，不用挖坑，不用埋土，就是打药——封闭药。这种药很神奇，除了玉米，什么草都不让长出来。因此，种上之后，不用除草。等玉米长到膝盖那么高，就开始打杀虫剂。再过一段时间，就开始打叶面肥。然后差不多就不用管，只等着秋天就可以了。秋天，一台收割机，突突突地就把玉米收完了，几乎看不见人在劳动，也就不知那是谁家的玉米。

现在要说一下那除草剂。等玉米苗长大，还是要再打一遍除草剂。这个除草剂很厉害，除了玉米，见到绿的一律杀死。也就是说，这种药好像有眼睛，只认识玉米，其他一律杀死。这不是比核武器更智能吗？核武器是一律杀死，谁也不认识，而这种药，有记忆、有智力、肯听话，让它杀谁就杀谁，这太可怕了。那药是液体，喷洒出来，几乎就是雾状。因为药液颗粒小，就会被风吹动，药液在风里四处飘散。如果周围都是玉米地还好，如果周围有蔬菜、树木，那蔬菜、树木就要遭殃了。虽不至于被杀死，但叶子会打卷，停止生长。要过好多天，被药物惊吓伤害的叶子才会小心地继续生长，但怎么努力，也是落后了。我的院子和西墙外的玉米地就一墙之隔，那墙还是铁网的。我的院子里种着各种蔬菜，还有几棵果树。西墙外给玉米打的药，随风飘过来，我的黄瓜最敏感，好好地就突然死了。榆树的叶子刚刚伸开小手掌，药液飘过来，伸开的手掌又握成了小拳头。农民说这叫受药害，我院子里的蔬菜年年都受药害。

每年5月，我都很紧张，警惕着来自西面的、带着药液的风。院子里的蔬菜是否受到药害，取决于西面玉米地主人打药的时间。如果他刚打完药，就刮了西风，那我的蔬菜就无处可逃；如果不刮风，还好一些。今年情况突然好转，因为西墙外的地里，种的不是玉米。

今年西墙外的田地发生了重大变化，农民忽然不爱种玉米了（连续几年玉米的收购价太低了，去年好像低于六角钱每斤）。靠近城墙这一溜，我看见种的是大蒜，挨着的是土豆，然后是香瓜，还有一条栽的是果树，看叶子是海棠。除了那几垄海棠，其他作物都很矮，都能使我向西望出去的目光一直抵达我看不见的河流（河流低）。我的心情舒畅起来。

香瓜好吃，却也得小心侍弄，那对夫妻天天都要在香瓜地里干活儿。我也年年种南瓜、冬瓜、黄瓜等，但香瓜没种过。知道香瓜不是谁都可以种得好的，那是要技术的。我猜他们要给香瓜打杈、授粉等，这都是最基本的。我就是跟后面给南瓜打杈，开花了还要每天早上给南瓜授粉。我才种几棵呀，都弄得我天天有活儿干，他们可是种了好几亩地的香瓜，那有干不完的活儿。旁边的土豆倒是不用太侍弄。靠近城墙的蒜长势喜人。见主人来除过一次草——人力用锄头除草，这场面好久都看不见了，因为还没有针对大蒜地的除草剂。那些树则是没妈的孩儿，没人来打理，枝也不剪，草也不除，草和树苗一般高，像一片荒地。主人大概是种树后悔了，不愿意来看。前两年这里要动迁来着。

土豆、香瓜和大蒜，都不用到秋天，7 月就收获了。头伏刚过，一日听西墙外有多人说笑，出来看见四五个人在起土豆——我终于看见了众人劳动的场面啦。其中一人的声音很熟悉，应该是帮我挂秋千的小畅。他们是土豆的主人雇来起土豆的。土豆主人要付给他们工钱的。

中午，我站在西墙里，查看我栽的南瓜。一墙之隔，看见墙外土豆地的主人，拎着四五个塑料袋，里面装的好像是冷面。他在地头，正准备喊地里的人过来吃饭。我看他手里的东西都没处放，就说我给你拿几个塑料凳子吧，回屋拿了三个塑料凳子给他们吃饭用。我说用完放我这边墙下就行。我问他土豆一亩能产多少斤？他说四千多斤。又问这土豆有多少亩地？他说有两亩多地。我进屋就开始为这户农民计算收入：一斤土豆大的能卖八毛钱、小的五毛钱，平均下来算一斤七毛钱，四七两千八百元。两亩是两个两千八，相加是五千六百元。雇工一人一天一百，四个人干两天，得八百元。加上中午吃饭两百，这样雇工加午饭去掉一千，还剩四千六百元。春天的土豆种子，需要多少钱我不知道，但至少得六百吧。还有春天栽土豆也要雇工，还得四五百，那么最后还剩不到四千元。

下午我在屋子里写文章，外面酷热，阳光刺目，我一直没出去，而他们就在这酷热下起土豆。我最怕热，坐在阴凉的屋子里，想到西墙外干活儿的人，我就难受。看见我家灰哈哈，穿着皮大衣，趴在榆树下面伸着舌头快速喘气，我也难受。在这酷热的夏天，我周围的人、我的灰哈哈、邻居金枝家的鸡都在被酷热折磨，而唯独我，躲在阴凉的屋子里，喝绿豆汤。好不容易太阳落山了，开门出来，还是一股热气扑来。来到西墙下，要把我的凳子拿进屋，发现在墙上挂着个塑料袋，里面是香瓜。我摘下香瓜拿进屋，洗了一个，一拳打开裂纹，然后掰开。见瓜瓤成熟，瓜肉起沙，是自然熟的。我咬一口，不是那种特别甜，这恰说明瓜好。若太甜，都是被人为用了什么药的。今年我还没有买过香瓜，虽然街上早有卖的，但我不愿吃大棚里的瓜，我想等大地自然熟的瓜下来再吃。这瓜是我今年第一次吃，还是人家送的。要说吃香瓜，我们乌喇街这儿的讲究是不能用刀切，要用手掰开，瓜不能沾铁腥味。还有一个讲究是不能用水洗，摘下来不洗，直接吃。我还是没忍住，给洗了一下。但不用刀切，我觉得应该遵守。做菜，只要能用手撕的，我不爱用刀。看看里面有七八个瓜，有四五斤吧，五元一斤，也二十多元。农民种点啥很辛苦，尤其香瓜，特别需要技术和耐心。他们起土豆，如果送我点土豆，我知道因为啥。他家大片土豆，也不值钱，但送我香瓜我就迷惑了。首先香瓜很贵，他特意买的香瓜送我的吗？我只是为他们地头上的午餐提供了几只凳子，我是不需要感谢的。

第二天中午，我又把凳子从墙上递过去，同时在我的屋子里寻找可以送给人家的礼物。昨天的香瓜非常好吃，都是在藤上成熟，并且刚刚摘下来的，是我今年吃到的最好吃的香瓜。我就想着也送给人家些东西作为还礼。找了一圈，只有矿泉水他们是用得到的。我抱着六瓶矿泉水，从铁栅栏上递过去。主人不在，说是上街买午饭去了。我把水递给在地头歇气的几个雇工，并请他们转告，昨天的香瓜非常好吃，谢谢主人。我小声问小畅，土豆主人怎么有香瓜，是为了感谢我买的吗？小畅指着那片香瓜地说，那些香瓜也是土豆主人的。

晚上我去取回椅子，发现和我的几只塑料椅子在一块的还有一个铁皮水桶。走近一看，里面满满一桶土豆，有大的，有小的。因这几天晴天，土豆上没有泥土，一个一个很干净。土豆皮很白，上面带着麻麻点。麻土豆说明它很面。我爱吃土豆，灰哈哈也爱吃土豆。我费了好大劲把土豆拎进屋里，倒入一只纸箱子，然后把水桶放到墙外土豆地家的地头，他们要用到的。

回来我就犯愁了，我环顾四周，没有什么可以给人家的。想到离得最近的中秋节，到时回吉林买福源馆的月饼送给土豆主人吧。这样想好了，我就开始心平气和地吃土豆了。我用土豆炖茄子，土豆炖豆角排骨，土豆切片炒青椒，土豆切丝炒芹菜。青椒、芹菜、豆角、茄子，我的院子里都有，唯独没有土豆，这一箱子土豆够我们吃一个夏天的。灰哈哈吃得头都不抬。土豆真是个好东西，人畜皆爱。

又过了一些天，靠近城墙的那片大蒜地里，忽然人声鼎沸。出门一看，原来是在起蒜。隔着墙和蒜的主人说了几句话，我说想买他家一些蒜，我要腌糖醋蒜。他家刚好种的白皮蒜（我们这儿只有白皮蒜可以做糖醋蒜，并且在蒜还很嫩的时候）是专门用来腌蒜的。这样近，一墙之隔，省得我跑街里去买。买完还得带回来，那东西很沉。白皮蒜主人抱起一大抱蒜，从墙那面就扔过来，也不称，说送给我。我说不行，你们种点啥很辛苦，我是有工资的人，一定要给钱。但是给了两次钱，都被从墙那面扔过来，说啥不收钱。我一边把蒜的叶子剪掉，一边想，等到中秋节，也给白皮蒜主人买福源馆月饼吧。我把那些蒜收拾好，用醋和糖，腌在了一只大陶瓷花瓶里了，有二十多斤吧。这些糖醋蒜，可以吃一个秋天、一个冬天。接下来的每个早餐，都会有一碟糖醋蒜了。糖醋蒜活血化瘀、消炎杀菌，从此不用吃消炎药，不用吃阿司匹林肠溶片。

又过了一些天，到了二伏。头伏萝卜，二伏菜。西墙外开始种白菜了。土豆、蒜起出来以后，西面的田地不会闲着，会被种上萝卜、白菜。

8月下旬开始，连续三次台风登陆吉林。大片的玉米被刮倒了，而我家西墙外的白菜，绿油油一片，一棵都没有倒。如果今年他们种了玉米，那就完了，至少减产百分之五十了。三次台风之后，白菜会涨价的。土豆的主人、白皮蒜的主人今年选择的作物，让他们在2020庚子年，稀里糊涂地躲过了灾难。

中秋节快到了，我这几天就回一趟吉林市，去河南街福源馆买月饼。

2020年9月16日 吉林乌喇街旧街村

赠送树荫

在夏天，也有不喜欢树荫的人，也有因为我给了他树荫而找我吵架的人。这样的人，我来到旧街村的头一年就遇到了。

我并不是一个多爱赠送树荫的人，在酷热的夏天，多少树荫我都不嫌多的。

院子里的几棵榆树，长在了墙角，长在了和别人家的田地的交界处。树干都在我的院子里，但上面的树枝，长着长着，就长到别人家的领空里去了。多亏农民对领空没有占有意识，农民关注土地。农民除了看天气、看时间，一般不爱抬头。我的树枝侵入人家领空这件事，该农民可能没发现，但事情就败露在了夏天。夏天，我的榆树，相距很近的六棵榆树，形成了方圆五十多平方米的圆形树荫。五十平方米的树荫并不很大，我一个人还不够用呢！但是，这五十平方米的一半，落在了墙外人家的玉米地里。有一小片幸运的玉米被树荫笼罩着，别的玉米苗都被烈日暴晒着，树荫里的玉米苗，风吹不着、雨淋不着、太阳晒不着，像是前世修来的福。

我异常珍惜落在院子里的这一半树荫，尤其到了伏天，屋子里很热，我把生活的场地从室内移往室外。还有小白，那个全身除了舌头没有汗腺的家伙，它更是相中了树荫。在那二十多平方米的树荫里，我布置了一个吊床、一把躺椅。那个吊床我很喜欢，除了做必须做的事情，其余时间我差不多都在吊床上躺着。有时看看书，大部分时间看头顶纵横的树枝，透过树枝的缝隙看看天空，也常有看着看着睡着的时候。我这样看了几天树枝之后，树荫里的装备就又多了一架秋千。在我的视线之内，几乎所有的树枝都是向上生长的，只有一根树枝向东横着生长。向东生长意义非凡，东是院子里的方向。它要是向西生长，那对我没有意义。

这根向东横长的树枝要是很细弱也就罢了，可它偏偏生得粗壮，和那棵树上的主干几乎一般粗。这根斜生的树枝就那么长在我的头顶，它和别的树枝的不同是那么明显。我意识到这是一条优秀的树枝，是一条可堪重负的树枝。它出现在我眼前不是漫不经心的,它有想法。我看到它,也有了想法。两个想法是不是一个想法，我和那条树枝是不是想到了一块去，等挂好秋千，则一目了然。

现在，在旧街村的第一个夏天，我就有了一大片树荫，在树荫下有了秋千。有了秋千后，我更是不爱离开树荫了。如果不是害怕蚊子，晚上我也不想回屋子里去了。

在旧街村，我总是被迫和人发生冲突。我本不想和谁发生冲突，可我总是躲闪不及，我不知道什么事会侵犯别人。即将和我发生争吵的农民，就是西墙榆树外玉米地的主人。他将因为树荫和我吵架，这个我连做梦也想不到，如何做好准备？

当他站在铁栅栏墙外，我正低头看一本书，因此我没有看见他，也不知他打哪边过来的。他可能是在那儿站了几分钟了，看我也没有抬头的意思，就主动和我说话了。

他说我菜地里的菜长得好，我一听就是假话。其实，我的菜长得不好，农民都是种菜专家。我种的菜在他们眼里，那是漏洞百出，贻笑大方。

我说我也不会种菜，种得不好，自己吃，不用长得漂亮。

他抬了抬左手，我看见他的左手拎着一把和他的腿差不多长的锯子。锯子的木柄是橘黄色的。

面对他的锯子，我呆愣着，不知说什么。他见我不说话，就又说，我来锯树。

他应该是来过多次了，到手里拎着一把锯子出现，是他做完了一个决定之后。这个决定是他一个人做的。在对待长在我的院子里的树这个问题上，他认为不需要和我商量。他只和那把锯子商量好了，并做出了决定。

他说出他来锯树，就像说出他没事来逛逛，用了一样的语气，脸上还带着笑容。

我看四周，方圆之内只有我的院子里有树。他是要锯我的树？我大惊，说你为什么来锯树？这是我的树！你为什么来锯树？

我显然已经失控，不能把自己的语气语调很好地控制起来。说话时满脸惊恐，那笑容早躲藏了起来。

他脸上的笑容还牢牢地挂在上面，我激动的语调使那个笑容稍微荡漾了几下，他说你的树罩了我的地。

他的语气还是那么平稳，这个平稳说明他认为他有理。有理不用着急，也不用提高音量。我愣了片刻才明白他说的罩，应该是笼罩的罩。他是说我的树荫罩了他的玉米苗。

我说那树荫有什么危害吗？

他说玉米苗见不到阳光，不爱长，会让地减产。

也许他说得有道理，可因此就不能种树吗？我看见在村外大片的玉米田的边上，都是成行的大树，并没有被砍掉啊。

我说我喜欢树，我要看风景。这房子要是没有这几棵树，我还不买呢。这树是我的私有财产，你不能动。

他的脸色已经变了，说你看风景，可树罩了我的地。我意识到看风景这个词刺激了他，不然他的笑容还能保持住。

他把他的道理讲了三遍之后，举起手里的锯子，就要锯树。他已经把锯子横在一棵树的树干上了，我一看，那正是我挂秋千的那棵树。如果这棵树被锯掉了，我的秋千挂在哪里呢？他这已经不是锯树，而是拆毁我的房屋。我冲过去，大喊住手。然后我平静了几秒，尽力克制，压低声音说，你数一数，总共罩了多少棵玉米，它们到秋天能产多少斤玉米，一斤玉米多少钱，我赔你，别动我的树。

他见我急眼了，也不敢硬来，但嘴里还是那句话，你要看风景，不能罩我的地，一边不停地说，一边向北面走了。

他走后我回想这件事，感到他似乎特别想锯掉我的树，因为在我说出赔偿他之后，并没有太高兴。他锯掉我的树是目的，而罩了他的地，是他找到的理由。因为我听见他反复地说，罩了我的地，罩了我的地。我发现这里，在院子里栽树的人家很少。我的院子里有这么多树，他是不是看不惯我，找这么个理由，破坏我的树。我也只能把他往坏处想。

虽然他持锯的手垂了下来，但没有马上离开，而是嘴里反复说着他的理由。我站在我的树边，一只胳臂抱住挂秋千的那棵大树，在说完了赔偿他之后，再不说话，而是站在那里，瞪视着他。后来他走了。他住在后街，后街的房子我能看见，一排十几家，院子里都干干净净，没有谁家有一棵树。

好多天后，我出差回来，坐在我的秋千上，好多天没坐秋千了，我都想念它了。我缓缓地悠荡着，看着墙外的玉米苗又长高了。当我把目光收回来，落在我身边的几棵大树上时，我感到了异样，我感到我的榆树哪里有点不对。

可树荫还是树荫，秋千还好好地挂着，我就是感到这里出了事情，但我找不到原因。又过了几天，我忽然数了一下我的榆树，榆树剩下了五棵，另一棵不翼而飞。

有一棵榆树的主干往西倾斜，它的大部分枝叶形成的树荫，都落在了那家的玉米地上了。这棵树的主干，从围墙以上的位置被锯掉了。

2016 年 6 月 吉林乌喇街旧街村

一个乡下光棍儿的形而上生活

在乌喇街，遇到一个农民已经是秋天。整个夏天我忙着采访和写相关的文章。我被乌喇上空缥缈的神灵和神话迷住了，我打算在乌喇街常住下来，这就需要租一处房子。我遇到的房主，就是农民。

当我和他谈好了价钱，办手续还得等很长时间。在等待的这些时间里，我经常去那里——我未来的安身之所。而房主，已经外出打工去了。

院子里都是杂草，有些地方因为一个春天加一个夏天没人打理，草已经长得气势汹汹，人都走不过去了。我从集市上买了一把镰刀，要把院子里疯狂的草，简单收拾一下。我正干活儿的时候，房主骑着摩托车回来了。

这个房主，我已见过多次。从他堂哥那里，获得了他的一些私人信息。

这个院子，现在还没过户到我名下，还是他的。我在这里割草，他不但不伸手帮忙，他还有理似的和我聊闲天。他穿着皮鞋，倚在他的摩托车上和我闲话。好像这一切都是命运安排的，他站在旁边看，而我弯腰干活儿。

他的房子，有一百年历史了，全镇也找不到这么破的房子。他堂哥和我说，去年镇里给了他五千块钱的修缮费，他也没修房子，那钱不知都花哪儿了。

他堂哥还说他完蛋，这院子要搁别人手里，哪是这样，他啥也不干。冬天就知道滚鸟，夏天就钓鱼。

听他堂哥对他弟弟简单概括完，我再去那房子，打开闲置的西屋，才看见炕上零乱的杂物里，有六七个鸟笼子，渔具倒是没看见。至此，我对这个老房子和这房子的主人，都有了一些了解。这房子是全镇最破的，快要被他住倒了。而这个房主，在全镇也难找出第二个和他采取一样的生活态度的。

这个农民，他不爱种田，但是他爱别的。我不能从他住的破房子和满院子的蒿草就全盘否定他，他不是懒惰那么简单就可以概括。捕捉天上的飞鸟和割掉院子里的杂草，哪个更容易？大部分人都会选择割草而放弃捉飞鸟，而他恰恰选择了难度最大的。这不是会不会过日子的问题，而是人生观的问题。我认为他骨子里不是农民，而接近一个诗人，他生错了地方。这样的人，被迫做一个农民的时候，最简单的事他都做不好，不愿意做。他被放错了地方，在这里，在旧街村，他破绽百出。

他的重要方面都和一个农民拉开了距离。他五十岁了，还不娶媳妇。他的光棍儿身份的形成，他堂哥没说，我虽然好奇，但也没问。从外观上，他比一般的农民要好得多，简单收拾收拾，穿一套工作装，就能像某企业的长期野外工作的工程师。他那房子虽然破，不也有吗？他不比其他农民少什么，要娶个媳妇也不难。我看他就是不想娶，或他想娶的那个被别人娶走了，一来气，还就不娶了。

介绍了这些情况之后，这个人的脉络就清晰起来了：他总是丢下容易的事，比如找个女人过日子、割掉院子里的草，而致力于那难度极大的，比如捕捉天上的飞鸟和水里的游鱼。

捕捉飞鸟和游鱼，都是需要智力和耐心的工作。他一定是多次成功地捕捉到了飞鸟，也曾把水里鬼精的游鱼钓上来过。这些过程滋养了他，鼓舞了他，使他不管别人怎么看他、怎么说他完蛋。他找到了自己的世界，并在自己的世界里得到自由。他依靠这个自己的世界，对抗面前的这个反对他的世界。他找到了对抗的着力点。他一定是看不上那些把日子过得板板正正的农民的，他认为那一点意思都没有。

也许他对飞鸟和游鱼的过度追求，消耗了他所有的精力和体力。当他转身面对房屋和女人时，已经没有了一丝力气。他被那些有翅膀能飞和在水里不用出来换气就能活的鱼，弄得筋疲力尽，以至于他走回宅院，已经没有了铲除一株草的力气。

2016 年 吉林乌喇街旧街村

乡村爱情故事

从乌喇街十字街的酒水店，买一大桶矿泉水，桶上标注的产地是舒兰。舒兰我去过多次，处在小兴安岭余脉上，那里有山、有林。有了这些，说有山泉水，理由就很充分。十元一桶，够我用一周，主要喝茶用。家里有水井，而且两个。一个用电，一个手动。院子里井多，可水不好，不好喝。居民说多年前这里开过造纸厂，把水污染了，原来水很好喝来着。

我把水桶放到出租车后座上，司机问送哪儿？

我向他描述住址，旧街村与乌喇街衔接点附近，走老街，一进城墙第一趟房就是。

司机问道东道西？

我说道西。

司机踩油门，说知道啦，小蘑菇家里面那家。

我住处只有一个邻居，就是金枝家。她家临街，我在她家里面，我们中间隔一道木头栅栏。我家再往西，就没有人家了，都是菜地。

金枝家男的叫小杨，他说的小蘑菇，应该是小杨的外号。蘑菇，一般形容一个人慢性子，干活儿慢，性格温和。一般农民尤其男的，脾气急，有时骂人，打老婆啥的，都不算缺点。但住大半年了，没听小杨大声和谁说过话，和金枝不打架，就是吵架也没听到过。倒是金枝脾气急，因为地边地垄和人家吵吵。

他们院子里，养一只小狗，没看见孩子。他们俩比我们小几岁，60年代末出生的，快五十岁了。两人都和那只叫大黄的小狗说话，他们对狗很好。在农民里，算是对狗最好的了。

小杨每天给大黄收拾大便，说你真埋汰呀。明天不给你吃饭，看你还拉不拉了。

金枝从外面回来进院，大黄热烈欢迎她，不停地站立起来，想往她身上扑，因脖子上拴着绳子，够不到。金枝说，跳那么高干啥呀大黄？没钱给你买好吃的，等妈给你煮俩鸡蛋吃吧。

要是她家院里来个人，大黄会激烈地大叫，还不停地跑动。金枝就骂小狗得定（满语或方言，咋呼的意思），再得定看不削你！

不久，小杨联系到了活儿，打工去了，说是上福建泉州了。有活儿干，就会有钱挣。小杨很高兴，金枝也很高兴。对于面临几个月的分居，同赚钱比起来，似乎不值一提。如果没有钱，两个人天天在一起也是个愁，不如出去干几个月，挣钱回来，两人再团聚好。虽然挣钱占去了他们在一起的时间，但有钱了，一天可顶两天三天。

金枝一个人把菜地打理得井井有条。转眼到了 7 月，挂锄农闲了。镇政府那边，天天晚上响起锣鼓和音乐声。有一次我路过，看见那里有很多人在跳舞，就是那种两人合作的交谊舞。这些在风里雨里耕种的农民，在仲夏傍晚的微风里，过上了有音乐伴奏的幸福生活。

一天黄昏，我看见金枝穿着一件杏黄色的衣裙，头发新烫过，脚上穿一双黑色带跟皮鞋，从院子里出来，往镇政府方向去了，看样子她是跳舞去了。

金枝肤色白，属于晒不黑那种类型。收拾一下，穿件新衣，脸上抹点粉，涂点口红，还挺好看。

我看着她的背影，心里紧张起来。小杨远在南方，挥汗如雨挣钱，金枝却擦胭脂抹粉出去跳舞。镇政府广场啥人都有，来跳舞的大都耐不住寂寞。这时候，碰到个什么人，一勾引，出事的可能性极大。我替小杨担心，金枝会不会趁小杨不在家跟别人好？你看她穿着新衣服，擦着粉，出去跳舞去了。

在农村，私密性很不好，每家的院子都是半开放的。农民哪有钱把自己家弄成深宅大院？院子里进个人，邻居都能看到。我和金枝家中间的墙是木头的，这个木头墙有很大的空隙，无法承担为谁保密的责任。除了我，还有一双眼睛监视着金枝的院子——我的小狗灰哈哈。它不但看自己的家，连邻居的家也帮着看。有陌生人来，灰哈哈会大叫，大黄也大叫。两只狗，把所有的事吵得四邻都知道了。天黑了，我看不见，可是灰哈哈能看见。

转眼就到了秋天，我担心的事似乎没有发生。秋收开始了，镇政府广场上的音乐停息了，那些夏天在广场上跳舞的人，都脱掉光亮的皮鞋，戴上劳保手套，手持镰刀奔赴自家的田地。玉米、水稻、萝卜、白菜……所有的都要收回来。等收割完还要售卖，这一忙就差不多冬天了。冬天天黑得早，又冻手冻脚，在冷风里跳舞也不暖和，因此，那广场上的音乐就一直没有再度响起来。一年到头，农民就夏天挂锄的那些天，生活被一股暖流注入。

大部分打工的人都回来秋收，小杨也回来了。小杨和金枝，都精神抖擞的。他们面临的是两个收获：首先打工几个月，挣到了一笔钱，地里的玉米、水稻、蔬菜也丰收，又能卖一笔钱。虽然农产品价格低，但有打工的钱作为补充，也是个丰收年了。两个人出双入对，每天早早就下地收割，天黑了才回来。从来听不见两个人吵架，小杨说话温和，没听他口里出过一句骂人话，这对于农民很难得。就因为小杨不骂人，不打老婆，大家就叫他小蘑菇吗？

我们在乌喇街获得消息和故事的渠道主要靠诊所。樱儿不定期犯痛风，需要去诊所打碳酸氢钠。樱儿意外地获得了我们邻居金枝家的故事，讲故事的人是个中年妇女，就坐在樱儿的旁边，手上扎着针，药水不停地滴下来，这些都不影响她把故事讲得有声有色。樱儿虽然一声不吭，但却听个一字不漏。他压着心里的兴奋，拔完针就往家赶。他急于告诉我，怕走慢了，会在路上丢掉一些情节。

说小杨家很穷，穷到娶不上媳妇。爹妈就给他留下两间小草房，眼瞅着就要倒了。小杨只能挣够不让自己饿死的钱，娶媳妇、修房子都不敢想。这样的条件上哪儿找媳妇去？就只能打光棍儿。一打就打到了三十多岁，年轻时都找不到女人，现在又老了，唯一的优势也丧失了，就更找不到了。再过几年，四五十岁，就成老光棍儿了。其实不怕老，就怕又老又没钱。这两样占全，此生开枝散叶无望。

小杨这么穷，也没有穷则思变，也没有狗急了跳墙，也没偷没抢，没做过犯法的事。他守着他的小房子，几亩薄田，有衣穿有饭吃，从不和人比，也就没有气急败坏，反而心平气和地过日子。我妈曾说，老天饿不死瞎家雀儿，小杨比瞎家雀儿强多了，小杨大眼睛双眼暴皮的。

小杨家的两亩地在江边，平时都是种玉米，有一年小杨突然不种玉米了，他种了香瓜。从这点也看出小杨并不安于贫困，他也做了小幅度的挣扎。香瓜的收入比玉米高好几倍，但付出的辛苦也多好几倍。他是不是想娶媳妇？那可不是种两亩香瓜就能搞定的。

香瓜可不是谁都能种的，技术要求很高，还有香瓜是个十分娇气的物种，说要是脸上擦着脂粉的人进了瓜田，那香瓜就会被熏死。从小苗一出来开始就得守着，基本离不开人，尤其到了结瓜的时候，晚上也得守着。小杨就用几根木头，加上稻草帘子，给自己做了个简易瓜棚，晚上也住在里面。

白天很好，蓝天白云，小溪瓜田……但到了晚上，还是一样的天地事物，天一黑，仿佛进入另外的世界。不远处的玉米，白天看着像一片甘蔗，晚上风一吹，沙沙作响，所有可怕的东西都藏在了里面。这时小杨又看见了小畅家白菜地里的坟——小畅他奶奶刚死不久。那江水，白天是听不到的，现在，小杨躺在瓜棚里，江水的流动声像是有人在远处说话，咕咚咕咚的。小杨有点害怕，越害怕越能听见很多声音。

有一天半夜，小杨突然惊醒，他恍惚听见不远处有女子的哭声。这大半夜的，荒郊野外，哪里会是人呢，都说鬼哭狼嚎，尤其女鬼，特别爱哭。乡下有很多女人都是自杀的，喝农药、上吊，她们不堪生活的重压，一气之下一死了之。结果，发现死了也没好到哪里去，也没能摆脱痛苦。哪也不留她们，只能四处游荡。活着难过，死了还难过，女鬼越想越憋屈，她就不停地哭。小杨一听，吓得全身汗毛唰地立了起来。

小杨不敢出去，他把草棚子扒开一条缝，心惊胆战往外看：月光下，江边石头上坐着一个人，背对着小杨，面朝着江水，正在那儿哭。那块石头，小杨早晚洗脸洗脚都用。石头很平整，小杨也在傍晚坐在石头上看过夕阳。天刚黑之时仰望过星空，忧伤地看过月亮。现在，女鬼坐在他的石头上，不洗脸、不洗脚，也不看月亮，只是低头冲着一条江哭泣。

随着眼睛适应了外面的光线，小杨看见女鬼穿着西瓜红的半袖衣裳，头发在脑后扎了个马尾辫，看上去很年轻。看着看着，小杨发觉这女鬼有点不像女鬼。在装扮上，没有按照女鬼的常规进行。女鬼一般穿大白袍子，披头散发，有的还垂出一条舌头来。现在，衣服穿得不对，发型也不对，舌头呢，因为背对着无法看到。小杨发现了这女鬼的破绽后，稍微稳住了心神。吓跑的三魂七魄，大部分都回来归了位。

再看看下身，好像是一条牛仔裤，小杨不那么害怕了，这个大概不是鬼，哪有鬼还穿牛仔裤的。

小杨现在等待女鬼能转过头来，如果脸上垂出舌头，那就是女鬼。女鬼一直对着江水哭，不曾回头，哭得很专注。大概过了二十分钟，女子终于站了起来。小杨屏息，哭了这半天了，这回该转身了吧。身后就是瓜田，瓜已熟，哭也耗力，吃个瓜补充体力。谁知那女子虽然站起来了，但还是不转身，对身后散发香气的瓜田毫无感觉。她只认准了那条哗哗流淌的江水，对着江水哭还觉得不够，现在她迈步往江水里走，一步一步往江心走。这段江是很深的，能淹死人。也许她迷瞪了，在往亮的地方走，而在夜间的水是最亮的，或者她的路是直的，这条江横在她的路上，她是不能转弯的，只能向前走。

小杨惊呆了，等女子走到水到了胸口，猛地反应过来。这哪里是鬼，分明是个人。鬼有再自杀的吗？鬼死一次还能再死一次吗？用不着看脸，小杨也确定这女子是人而不是鬼。

小杨飞速跑出去，一把抓住女子的马尾辫，把她拽回岸边。女子并不愿意上岸，还是往江心使劲，但她没有小杨有劲，最后被小杨拉到瓜棚里。瓜棚里没有电，只有蜡烛。女子的脸很白，但毕竟没有舌头垂到外面来。女子一直闭着眼睛，继续哭。现在，江水没有了，她对着瓜棚和瓜棚里的小杨哭。

原来女子是不远处高屯的，家里男人酗酒，还每醉必打她，打还不小心打，不分头还是屁股。她实在觉得活着没意思了，才想一死了之。女子变成女鬼刚刚就差那么一点，是小杨出手破坏了这个程序。

小杨陪女子说了一夜话，小杨说话慢条斯理，又文明又和气。女子只求男人不打，脾气温和在她心中就是最好的男人。第二天早上，天蒙蒙亮，小杨就带着女子回家了。女子不嫌弃小杨穷，只要两个人和和气气过日子，比啥都强。

这个被小杨十年前救下的女子，就是金枝。此刻，金枝坐在院子里的一块石头上，正给她下的一缸黄豆酱打缸（搅拌）。

我妈也会做酱，小时候我也常帮我妈搅拌那一缸黄豆酱，把下面的翻动到上面来，让每一滴酱都晒到阳光，酱得晒太阳才能变好吃。这可是个慢活儿，每天都得搅动，每天轮班晒太阳。

金枝一下一下搅动她的黄豆酱，她要让每一滴酱都晒到太阳，让每一滴豆酱都晒得热乎乎、香喷喷，她要让酱香每天都在家里飘荡，日子的苦就被酱香冲淡了。

2020 年 5 月 15 日 吉林乌喇街旧街村

棺材刘

乌喇街的民俗，多唢呐报丧。我清早躬耕地头，偶然听到村头喇叭响，先是刺刺啦啦不太清晰，继而音调周正起来。这时我就直起腰来，耳郭里分明有另一个声音在响：乌喇的伙伴，你也来啦。这时我通常摇摇头，抠抠耳朵，我听见玉米摇曳，榆树摆动着枝条。母亲在冥冥中，向这个世界打招呼哩。我笑了一下，又弯下腰劳作。这是我的秘密，来自地下，由秧苗刹那间摆动完成。

开始逗留乌喇街，是所谓的体验生活，事实上我也写出并且发表了有关乌喇的一些文章，这不算什么，关键我内心力图完成一种陪伴，这种虚拟又实实在在的陪伴，折磨我、噬咬我，让我扒弄并且驾驭乌喇的黑土，开出各式各样的花朵。我敏感得有些神经质了，只能用下意识的别人无法察觉的表情面对生活。

我喜欢乌喇街的集市。了解一地的风物，非这种带有民间乡土味的集会不可。挎篮提筐，摩肩接踵，各色人物活动着，仿佛《清明上河图》。我喜欢这种回到古代的生活画面，熙熙攘攘的烟火气，多好啊！人缝里，地上蹲着一个人，面前摆着十几捆水芹菜。不稀奇，春天了，卖点野菜，现在的人，嘴里吃不出滋味了，需要山里的粗粝杀杀舌头。我正要买一捆，包几个小包子，尝尝鲜。蹲着的人并不招呼，他带搭不理地从烟包往外挖烟丝呢。我看看他，他的长相吓了我一跳！脖子上生着窝头般大小的肉瘤，面赛红枣，眼睛眯缝，犹如关老爷重生。

他身边一个女子看出我的意思，忙搭讪，姐买山菜，刚下山的，新鲜着咧！看她身量，我以为是个孩子，称呼我姐，一瞧，大辫子，辫梢扫着青布鞋，原来是个侏儒。生得干净漂亮！我打量她的鞋，素净，上面没绣花。她递过来几捆水芹菜。“关老爷”点着烟锅，烟草一红，许久，肉瘤紧了紧，烟雾从鼻孔袅出来。

我没怎么在意，几天后完全忘记了这件事。一个下午，天骤然转阴，雷鸣电闪，狂风大作。来雨了，我慌忙关闭窗户，房山榆树的枝条抽打着南窗的玻璃，暴雨倾盆而至。小时我就怕这种大雨，没来由。起初我听见屋顶的瓦片一阵乱响，接着这响声就消失了。我像一个聋哑人，看见屋檐扯下雨帘。要是雨就这样下着，我还不会那样害怕，关键还闪电，你要屏住气息等，闪电稍后还有雷声。惊雷！雷公在天顶一敲，耳朵嗡嗡响。

又一个炸雷，就落在我的房山！我听见我的耳膜脱落的声音，接着我看见一棵榆树拦腰断了，树头没了，半截树訇然倾倒，枝条戳着我的南窗，树身新鲜的断茬狰狞，触目惊心。

入夜雨歇，皓月东升。我步入庭院，一片狼藉，见围栏外城墙，站一女子，白衣长发。我揉眼细瞧，白衣上似有泪渍泥浆，那不是母亲吗？我推开院门，泥泞的城墙空无一物。

早晨我蒸了一锅水芹菜的包子，端了一盘供在供桌上，是给母亲。点上香后，我看见烧出了小莲花，这是瑞兆。我说："妈，昨天大雨，院子西南角的一棵一抱粗的榆树，竟然从中间断了。不知是雷劈的，还是风刮的，这是不祥之兆吧？"我坐在香案前，又隐隐听到外面喇叭响起来，这是谁家的老人解脱了。

晚上做一梦：我妈说，院子西南角不宜有树，那是个坤位，本就阴，再有树荫，不好。树被雷劈断，那里就能照进阳光，吉兆。你将摆脱困厄，有了一线生机，上天助你！

有一天我从集市回来，由于人多，就走了另一条路。那条路挺僻静，长着两排大榆树，每棵都有两抱粗。走着走着树就没有了，却闻到一股浓烈的木香——是红松木头散发的气味。路旁一扇大门敞开，一口殷红的棺材卧在那里。我没怎么害怕，尤其现在是白天。这时大门里边走出一个人，青布鞋子，她端着一盆水，长长的头发散在身前。她正要倒水，看见我，一笑，水盆在腰间倚着。

“你家住这儿呀。”我打了招呼。她的身后是那个大船一样的红棺材。

“写字的姐啊。”不知听谁说的，我以写字为生，这里人把写作叫写字。

她身后的棺材更吸引我的目光。

她见我总往里面看，就说：“进来坐会儿。”

我脸上笑着，脚却往里挪动。那棺材好像有引力，我也有几分忌讳，因此我的脚步迟疑。

棺材头闪出一张脸，脖子上挂着肉瘤，嘴衔烟管，坐在小木凳上。我后来知道男人绰号“棺材刘”，在乌喇街以打棺材为生。这地界以此做行当的颇有几家，但是别人还兼做其他殡葬服务，比如卖花圈、卖纸人纸马、卖冥钱烧纸、卖墓碑，专门提供棺材的，据说现在仅此一家了。

我不禁心生疑惑，棺材做得再好，到火葬场不也是付之一炬吗？棺材刘的妻子偷偷告诉我：“一般是不烧的，鸟儿悄儿埋在自家地里。”有一回我溜进他的院子，想看看他怎么工作。他画线、下料，在尖啸的电锯声里埋头锯木头。他发现了我，拉开电闸，用手摸了摸那个肉瘤，开始卷烟。他问：“谁老了？”我一愣，并不知道他的行话。他换了口气，又问：“给谁搭屋？”我答：“看看。”他斜睨了我一眼，推上电闸，再不理我。

也是，有去棺材铺看热闹的吗？难怪他冷淡我。

现在，所有事情都简化了，头天咽气，第二天早上就出殡了，所谓仪式感，沦落为书本上的子虚乌有。清早日头未出，喇叭呜呜咽咽，一队人物交头接耳，跟着缓缓行进的汽车，向墓地进发。草草结束后钻进饭店，一顿胡吃乱喝，拔腿走人。

听说尸首已没有了灵魂，无非一堆骨头，一捧灰。灵魂（如果有）在四维空间里。庄子击盆而歌，爱因斯坦乘着弯曲的光线逃逸，死亡原是极其美丽的。

这个劫后余生的夏天，棺材刘终于道出了他的秘密。他对我说："我这院子里做的是船——渡船，有福的人才能坐上。"

现在是傍晚六点，昨天喇叭呜咽的那家，在歌曲《我的老父亲》中断的空隙，出现了一位组织者的声音："六点半，啊，六点半准时辞灵！"声音听上去像大队长在说，六点半开会！六点半开会，请各家派代表参加。

这句话说完，《我的老父亲》又声情并茂地演唱起来。死者该是一位老头儿。这一天，唢呐、喇叭演奏了好几首歌曲，但每一首都能演奏出哀乐的氛围。

扩音器再次传来组织者的声音，我一看表，六点半了："咱们孝子啊，马上把孝都穿戴好啊，辞灵马上开始了。"这几句话说完，喇叭里传出歌声，一个男歌手，在唱一首很悲切、很慢的歌。地方戏曲的曲调，还有念白，是一段戏文，应是专为葬礼上唱的歌。这歌唱到一半，组织者的声音又响了起来：“凡是戴孝的马上到前边来。男左女右。男的在西边，女的在东边。”

这些话说完，歌声又起：“爸爸你是拉车的牛。”歌声催人泪下。

这时辞灵正式开始了，由本社社长致悼词：“尊敬的来宾，父老乡亲们，×× 于 2020 年 7 月 22 日因病去世，享年七十七岁。×× 的去世是旧街 13 社的一大损失。他曾担任过社长、人大代表，带领大家与天斗与地斗，与自然灾害斗争……祝 ×× 永垂不朽！”

悼词致完，逝者的生平也被概括完，代东（喇叭里频频出现的组织者。代东，代替东家之意）大声宣布：“现在辞灵开始！下面由高产先生为老先生点酒送行！高香一炷，敬酒三杯！孝子还礼：一叩首！二叩首！三叩首……”

有很多人点酒送行，辞灵持续了有一个半小时才结束。代东最后一句话是：“明天早上五点各就各位。再说一遍，明早五点各就各位。”

然后安静了下来，不再有哀乐。明天早上，太阳没出来，逝者就要入土为安了。

我并没到现场，这一切都是我坐在家里听到的。从传递过来的声音判断，这个辞灵现场，离我的院子应该不到一百米。那口大红棺材一定是存在的，虽然棺材不能发出声音，但它是逝者离去的渡船。我估计这只渡船，应该出自棺材刘的精致手工。逝者有福，临走有个宽敞的渡船，胳膊腿都能舒舒服服地伸展着。

2020 年 7 月 吉林乌喇街旧街村

花开庭院暖

一

小白突然吠叫起来，从叫的激烈程度上看，不是谁从门口路过，而是有人在门口停了下来。小白已经来了几个月，早已把这个院子划为自己的势力范围。它的领土神圣不可侵犯，陌生人进院子不行，在门口停下来也不行。

这个时候我就要从屋里出来看看，是不是有朋友来了，小白就是我的门铃。

那天上午 8 点多的样子，我正在院子里栽花。我的院子不光种菜，我还得栽花。我栽花可不是仅仅为了好看，美化庭院，而是另有目的，花卉在我的院子里有着特殊的使命。种菜解决了我的一部分食物问题，但我的问题很多，并不是有了吃的就行了，那些不能吃的花朵对我的帮助可能更大。花卉在我的院子里不是锦上添花，而是救我于水火。

院子地势低，雨天积水。西侧一排高大的榆树，让我失去了西面的光线；南侧是古城墙，虽然不高，但上面被邻居种了玉米，玉米长起来一人多高，再加上城墙的高度，整个南面的光线就又失去了；北面是老房子，颤巍巍地坐在那里，像个垂暮的老人，不但不发光，还要把院子里有限的光线吸收一部分用来温暖自己；就剩东面，围墙是木头的，连着木头大门。东面的光很强，但倏忽而过，然后就转到南面的玉米后面去了。只有到了正午，太阳足够高，阳光避开我家所有的障碍从上面洒下来，院子和我才感到温暖和愉快。但时间还是太短了，院子和我都太冷了，我们需要更长时间的照耀，不然很难驱走院子里和我身体里的阴寒之气。

西面的榆树，虽然在我的院子里，但我却无权处理。树是国家的，就像孩子，虽然是我生的，但我无权决定孩子的很多事情；南面的城墙，是国家级文物保护单位，什么想法也不要有。上面的玉米可以不让邻居种，政府明文规定城墙上不能种庄稼，我和邻居说过但他们还种，我又不能去政府告状，我就这一个邻居，我不能和她家交恶。我宁可失去南面的阳光也不能失去邻居的和睦，这涉及身家性命；北面的房子也不能动，里面住着很多生灵，再说拆房子不是小事，还得惊动政府。因此，我的恶劣的生存环境就一直这样存在而得不到改善。

我终于想出一个办法，就是在院里多种花。花朵一般红色、粉色、黄色，大多是这些暖色。如果院子里花多了，这里一片，那里一片，红火火、暖洋洋，院子里的阳气就被鼓舞升腾，阴寒之气就被压抑下降。我还栽了一些果树，果树开花那是一树一树的，非常壮观。如果说草本小花是步兵，那么开花的树木就是骑兵。但我的果树刚刚栽下，得三年才能开花。也就是我的院子里，对抗阴寒的力量，目前只有一些没什么战斗力的步兵，那骑兵得奔跑三年才能赶到这里。多远的距离需要跑三年啊！我们离花的距离是多么遥远啊！除了等待，没有别的办法，等待就是办法。

我手里的花苗大多是金盏菊、凤仙花、小丽花、十艳景（石竹）这些脆弱的、细小的花卉，它们加在一起也没有一朵牡丹的热量大。但是我没有大型的花卉，连一株芍药也没有。街上卖的就是这些小草本花，这些小花虽然都在用力开放，为我吐出香气和热气，但它们的力量太微弱了，而院子里的湿寒太强大了，小花们不是对手，我和院子的问题都没有得到解决。我关节疼痛，里面有积水，舌体光白，两侧有齿痕，身体里的寒气排不出去。

就算小花草无力改变院子里的气场，但我还是年年都要栽种，多少还是有些作用的。没有电灯给你一支蜡烛你也会把它点着的。就在我栽花苗的时候，我的门铃小白大叫起来，我忙站起来打开木头大门。见一长者站在大门外，瘦高，戴着礼帽。不认识，正不知怎么说话，那老者先开口了。他说我看看这门柱牌匾上的字（我的大门外悬挂的牌匾，上面是本地书法家许义的作品）。我看出老人不仅仅是对门外牌匾感兴趣，就说您到院里坐一会儿吧？我对于村民是愿意认识的，尤其老者，他们的皱纹里埋藏着故事，而我，口袋是空的。

我看到的这个旧街村，是我的视网膜上的倒影，而这个乡村的另一个倒影，在语言文字里，在老人的记忆里。

他走路轻盈，几乎没有声音。他进院走一圈，四处看看，然后说，院子收拾得不错。

我问他是这旧街村的人吗？他说是但住城外。

一个村子怎么还有城外城里？事情是这样的：这旧街村，可不是个一般的村庄。它是乌喇古城明朝古城的旧址，废弃后农民住进来，种庄稼种菜种儿女，于是把一座古城种成了村庄。

好好的城为啥废弃呢？原来，乌喇古城处在松花江边上，古城地势低，一到汛期，江水经常倒灌进城。到清朝康熙年间，地方实在坚持不住了，于是奏请朝廷迁城。打牲乌喇衙门选了位于城西地势较高的弓通村作为新城址，时任皇上的康熙不同意，他的理由是，新城要往南迁。我猜康熙是这么想的：往西是日落的方向，新城会衰落；往南，就是进步，就是文明。清廷就是由北而南而天下的。

一个小小乌喇街，迁址用惊动圣上吗？答案是用。在清朝，乌喇是打牲乌喇衙门所在地，打牲乌喇衙门总管是四品官员。打牲乌喇负责皇宫食物的朝贡，江南织造负责衣服纺织品的朝贡。清朝皇宫里的皇上及家眷，穿的是南方的绫罗绸缎，而吃的还是白山黑水出产的小米、江鱼、獐狍野鹿……这就是说，他们入关后，衣服变了，其表变了，而内心、胃肠仍然没有离开家乡。乌喇关联皇上皇后的厨房，乌喇迁址涉及皇上能不能吃上家乡的饭，皇上要审批。于是在旧城东南，紧挨着老城，按照康熙的指示建了新城，是为清古城，现在是乌喇街满族镇政府所在地。老城降级成了旧街村，隶属于乌喇街镇。旧街村与乌喇镇即清古城有两条道路相连，我住所门口的这条道，是老街，古称尚义街，贯穿明古城和清古城，是清朝乌喇地方的商业中心，曾非常繁荣。老先生就是从这条老道走来的，他从旧街村走到乌喇街镇（我的位置在乌喇街镇与旧街村的衔接点上）等于从明朝走到了清朝。

明古城的夯土城墙，断断续续的还在，上面的榆树有百年树龄的。老者说他住城外，就是住在这旧街村北城墙外，我的住所是南城墙里。他家离我这可不近，有一公里远吧。

老先生低头看了看我栽的小花苗，说你抽空到我家去一趟，我那啥花都有，给你一些。

我太高兴了，我是想什么来什么，这老先生是不是送花的仙女变的？

我说你家有扁珠莲吗？

他说啥花都有。

老先生走时，我送了他一包茶叶，他很喜欢。喜欢花的人一般都喝茶，而在乡村，喝茶的农民太少了。

二

大概是一周之后，下了小雨，空气湿润，泥土潮湿，这是移栽花苗的好时节，于是骑上自行车，顺着门口的大路往北去。我是从乌喇街往旧街村走，是从南往北走，按照乌喇街的历史时间，我这是从清朝往明朝走。

一边走一边看两侧的农家，民房都分布在道路的两侧，房子外就是广大的菜地了。每家门口的树，是村里统一栽的垂丝海棠，此时花还没开，但花蕾一团团已经有了。大门外有的人家也种了花草，主要是金盏菊、凤仙花、鸡冠花、波斯菊、马蛇菜花……这些花也都没开呢，小小细细的花苗。

也不到五分钟，我就来到了北城门。说城门其实就是土城墙的断口，道路从这里通过，土城墙在这里被挖开。那断口狰狞，像伤口没有得到包扎。出了这道城墙，就是城外了。城外和城里在古代区别很大，现在几乎是一样的景致。穿城而出的道路两侧，仍然是房舍，房舍后还是大片的菜地和庄稼地。

出城路右侧我数到第二家，但见三间砖瓦房子，铁栅栏的围墙。围墙里是横平竖直的菜地，黄瓜苗才长出两片叶子，黄瓜架已经搭好了。靠墙的几垄蒜已经绿油油的了。栅栏外有一片空地，上面一片绿色，细看都是马蛇菜花。这应该是老人的花园吧，再没别的地了，可老先生说他家啥花都有啊。

没人迎接，我只得自己进屋了。进门一个小厅，东边一个房门，西边一个房门。老人八十多了，按照乌喇地方风俗，长者居西。于是我推开西侧房门，见老人躺在炕上，看样子是生病了。他说不是啥大病，就是头晕，感冒了，在家附近诊所打针呢，又说打针的钱是儿媳妇给的。儿媳妇是学校老师，儿子下地干活儿去了，家里只他自己。我问他自己能去打针吗？他说能去，不远，病不严重，过两天就好了。

我把带来的一盒点心递给他，他说买饽饽干啥，别花钱。

这种情况我就不能提花的事了，可老先生还记得说过的话，他下地穿上鞋，说我带你去看看花。

我说不用看了，我都看见了，您还是躺着吧。

他说你哪能看到。他在前面走，我在后面跟着，从西房山绕过去，来到了房后。原来房后还有一块地方，这里才是老人的花园，老人的后花园！

房后是和房子等长的一块狭长地带，因为房子挡着，日照少，地上还有青苔呢。虽然地方不小，可我也没看到啥花。只有一大簇带刺的玫瑰，叶子还没展开呢。老先生提醒我蹲下细看，有些嫩芽刚刚从土里拱出来。他指着一堆红色的嫩芽说这是芍药，指着旁边一堆绿色的嫩芽说这是百合，指着另一堆红色的嫩芽说这是荷包花……

老先生要给我一堆芍药、一堆百合、一堆荷包牡丹。这些花都是一堆一堆长在一块的，因此这些花的单位就不是棵，而是堆。我按捺住喜悦说都给我了，您不是没有了？他用手一指说那边都是。

老先生说这三种花都是多年生的，头一年开完花，第二年你不用管，春天自己就长出来了，能越冬，会串根，一年比一年规模大。

我是多么需要这种能不断壮大的花啊！它们高大、壮硕、气焰嚣张。百合能长一人多高，花朵金红色，花瓣后卷，像一个个灯笼，能把它的周围照亮；芍药花朵硕大，往往是二十几朵为一个单位，气场强大，像从大地涌上来的一团粉色火焰，周围都被它们烤热了。还有荷包牡丹，花一串串的，像从植株中穿出的一条条火舌。不久我将拥有这些热烈的花朵，今年我的院子的阴湿终于遇到了克星，它们将被这些花朵打败、打散、落荒而逃。一股明阳之气将在院子里升腾并弥漫开来，成为这里的主宰，还我一片清明的天地。那么我作为院子里的一员，我身体的阴阳也会平衡，然后我的身体的运化活动就会重启，所有的病痛也会消失。

老先生家的房后，这样的花芽一堆一堆，一直到那头。芍药有粉色、红色、白色，有单瓣的，重瓣的；百合有花瓣后卷的、花瓣伸直的，相同点是都有雀斑，颜色有金黄色和粉色；荷包牡丹没变出什么花样，花是一串串的，像悬挂着一串串粉色的小荷包；玫瑰有单瓣的和重瓣的，单瓣的是野玫瑰。

老先生说他这几天身体不好，挖不动，让我过几天来取。

回去也没空手，我薅了一大把马蛇菜花。他说这花好活，太阳一晒就开花，我这也不是种的，是自己长出来的。他又给了我一小包蝴蝶梅（虞美人）的种子和几棵扁珠莲的花豆，又说这蝴蝶梅得自己种，栽不活。

我满载而归，心里充满喜悦。

三

4 月下旬，我院子里的活儿正多。翻土、修篱笆、收拾地里的残叶树枝，然后栽上各种菜苗。我每天都往街里跑，买菜苗，回来坐水栽上，栽完一看还缺两棵，就又去买。这一忙，不觉就过了十多天，一日忽然想起荷包牡丹和芍药花，急忙往老人家赶去。走着走着，我看见路边有人家门口的荷包牡丹已经开花了，我的心唰一下凉了。心里暗暗期望老人家的荷包牡丹先别急着开花——开花就不能移栽了。他家的花长在房后，日照少，日照少就等于没人催促，花就不那么着急开。

进院是看不见房后的花园的，因此那荷包花开没开还不确定，我心里还存着一丝希望。

进屋见老头儿正吃饭，见我来了，说哎呀，你怎么才来呀？

我惊问是不是花开了？

他说可不是开了！

我们到房后见三簇荷包牡丹开得正好。一串一串，从花叶中伸出来。叶子浅绿色，是牡丹花的叶子。老头儿指着一簇略小的说，这个原定给你的，现在怕栽不活了。我嘴上说着不急，心里惋惜得不行。这簇花要是开在我的院子里多好啊！他说那就秋天吧。往里走了两步，我看到了一簇芍药，此时芍药没开花，但花骨朵已经在叶子上面准备好了，有膝盖那么高了，也是不能移栽了，他说这堆芍药是要给我的。最高处的一个骨朵有一片花瓣翘了起来，露出了粉色，像个守不住秘密的小姑娘。那芍药好在没开花，对我的刺激还小。想着我的院子，如果有这两种花卉怒放，红红火火多么暖和啊！现实就是我们还要耐心地等上一年，看着眼前的花朵，觉得一年太漫长了，觉得今年从春天开始就被我荒废了。院子里我栽了多少菜多少花都只是个零头，我把整数错过了。

本来今年我是富有的，但是现在，我一贫如洗了。今天，我得空手而归了。

看完花园进屋，唠起了家常。我说了院子里的寒湿之气，以及我感到的种种不适，老先生说你不用害怕，不用心里老想着，多种花草，花一开，红的、粉的、黄的，运气就好了，邪祟就走了。

其实老先生会看风水，我和他说了我的院子别人说有个老狐仙的事，我对于看不见的精怪是有些害怕的。他说我的住宅没什么大问题，不要总放在心上。至于别人说的老狐仙，不要害怕，心里别老想着这事，不想，就没有。你要态度强硬，让那些东西怕你，就好了。其实狐狸是有灵性的动物，和我们人的关系还是很好的，谁对它好，它是知恩图报的。之后他说，我和你说一个狐狸的故事。

说有个老妇人有大肚子病（以前农村有病没钱看病，就挺着。大肚子病就是肚子变大，里面长了啥东西不知道。也不去医院检查），一天在野地里搂草准备拿回家做饭当烧柴，她搂了一大堆，这时一只狐狸惊慌地跑过来，一下就钻进那草堆里了。不一会儿，一个打猎的人拎着猎枪赶过来，问看见一只狐狸没有？老妇人说没看见，那人转一圈儿没找到，就走了。

看看猎人走远，没危险了，老妇人就说，快出来吧，没事了。狐狸钻出来，坐在那里看着救命恩人。老妇人说你快走吧，我得回家做饭去了，她抱起那堆柴草就往家走了。

老妇人就用这堆柴煮好了饭，家人吃完饭，各自忙去了。老妇人吃完饭感到很累，就躺炕上歇一会儿。忽然渴了，不爱动弹，就让老头儿给烧点水喝。老头儿就烧了一锅热水，然后把热水倒进碗里端给老太太喝。这时，屋里全是中药味，不知哪来的中药味，满屋子都是。老妇人喝了水后，就想上厕所，上完厕所又渴了，就又喝了一碗水，这时屋子里的中药味就更浓了。

喝完第二碗水，又上厕所，结果发现肚子小了许多。几天之后，大肚子病就好了。

老两口甚是惊奇，开始查找原因。老妇人说了中午救了个狐狸的事，老头儿说怪不得我闻到中药味。老妇人说我也闻到了，原来是狐狸来报答救命之恩哪。

我问那狐狸是怎么把药放到热水锅里的?

老先生说人家那可不是个普通的狐狸啊，身上有修行。

这个狐狸的故事，多少弥补了一些我没拿到荷包花、芍药花的遗憾，也冲淡了我对于乡野的恐惧，对狐狸的好感油然而生。上古时期，狐狸可是著名的瑞兽。在汉代石刻上，狐狸、玉兔、蟾蜍、三足鸟都是西王母身边的瑞兽宠儿。它们的出现，预示着天下太平，五谷丰登，安乐祥和。

这次去老先生家，花没拿到，却拿到了一个狐狸报恩的故事，我算没空手。回来我就想，是不是老人看我失望，就给我虚构个故事?因为我每次去老人家，都带着礼物，从来没空手去过，他没啥给我拿的，就顺手给了我一个故事。而他 84 岁了，衣袋里满满的，都是故事。他要是不讲，那故事就要自己溢出来了。

这老先生有花、有故事。我猛然意识到，认识他是最大的幸运，我没有什么遗憾了。

2020 年 6 月 30 日　吉林乌喇街旧街村

全科村医傅大夫

一

一个有慢性病的人，并不需要三甲、二甲等大医院，一个社区医院、村镇医院，甚至一个小诊所就够用了。慢性病人，像一台旧车，需要日常维修，而这件事，一个诊所即可胜任。打什么针、吃什么药，医生知道，患者更知道。

诗人樱儿就是这样的人，他就像一台破车，有一种疾病在十几年前就悄悄上了他的车。开始时他浑然不觉，直到这疾病让他疼痛难忍，才在医生的帮助下发现了疾病的存在。发现了也没有办法，病都得找到宿主，不能独立生存。

樱儿的病赖着不肯下去，医生也束手无策。他就只能携带着这种病，在人生的道路上，缓慢、踉跄地行走着。如果疾病是个大包袱的话，那么很多人都是背着各种各样的包袱，负重前行。有些疾病，十分凶险，几乎等于背着个定时炸弹。炸弹到了一定时候就会爆炸，人灰飞烟灭。为了拖延爆炸时间，有病的人，就要定期检查，天天吃药。病人延长自己的生命，也是延长病的生命。樱儿的病也是个定时炸弹，只是这个炸弹并不急于爆炸，因此，他需要日常维护，承担这一维护任务的机构，一个诊所即可，顶多隔几个月去医院化验一下尿酸、血糖。他每到一个地方，先找到住处，然后在住处附近找诊所，等把诊所找到了，就可放心在这里住下去了。一万不怕，万一也不怕了，生活可以继续下去了。

大概有十几年，他就是这么度过的。情况一直正常，在住所附近都顺利地找到了诊所，在他犯病的时候，他需要的药水都快速流进了他的血管。

这些年他一直在城市，城市和城市都差不多少，内容和布局都大同小异，但城市和乡村的差别可就大了。2015 年他来到乌喇街旧街村，就遇到了意外。在乌喇街，他不是靠诊所，竟然靠一家药店生存了下来。

那个跟住樱儿不肯离开的慢性病是痛风，尿酸最高值达到七百多，一般在五百左右。后来找到一种日本进口药，尿酸降到三百多。他不光是尿酸高的问题，他还形成了严重的痛风性关节炎，也就是在很多关节处有痛风石，稍冷一点、劳累一点，吃点肉，立刻犯病，犯病的关节红肿、不能动。有时是胳膊上的关节，有时是腿上的关节。最怕腿上关节出问题，走不了路，下不了床。

这时候他就要找到一家附近诊所，打碳酸氢钠和地塞米松。碳酸氢钠中和血液中的酸，地塞米松消炎消肿止疼。一般打上这些药，第二天就能拄着拐自己走了，第三天就能不拄拐走了。

到乌喇街旧街村居住，是我们回故乡的行为艺术。房子是头一年就租好的，一个农家院子里，有房子，有菜地，还有几棵大榆树。我们准备再栽些果树，种花草和玉米、蔬菜，在工业化的滚滚洪流中转身过田园生活，并期望这种环境能极大地促进我们的写作激情并激发灵感频繁地闪现，然后最好对他的痛风的好转起到积极的促进作用。

我们面对一块土地，关上大门是自己的领地。院子里的一草一木、一砖一瓦，都是我们的。我们想种啥就种啥，想栽什么树就栽什么树，想盖个房子也行。多年来，我们一直是拥有白纸，在上面想写啥就写啥，一直是纸上谈兵，被我们写满字的纸到底有多少，没法统计。现在，我们忽然拥有了一块黑色的三维的空间，不光用手，也要用脚，把身体弯成弓形，在上面创作，这可是全新体验。我们讨论争论，都种啥菜、栽啥瓜、栽啥树、花园怎样做等，十几天很快就过去了，我们仿佛一下子当上了国王，着手建设自己的家园。

等我们兴高采烈把院子里的菜地都种上了各种瓜菜，我们忘记了一个至关重要的事——在附近找到诊所。我们产生了错觉，以为生活只有花草树木，独立自主，选择性遗忘了我们的疾病。当樱儿突然犯病的时候，我们才清醒过来，我们不知道应该往哪里走去打针。

我们只好往乌喇街里去，那里有饭店、农机店、种子店、服装店等。在这些店的附近，就应该有诊所。诊所是一个社区、一个村庄必须有的，何况乌喇街是个镇子。乌喇街人也是人，虽然他们都在忙着干活儿、种菜、做生意，忙得没时间病，但也会偶尔出现生病的，那么在林立的种子商店、农机商店里，布置一个小诊所还是必需的。

樱儿这次犯病在右腿关节处，拄着拐杖吃力地走着。这种情况就不能四处寻找，而是快速找到诊所，直接走过去。可是满眼没有诊所的牌子，见身边一家药店，我赶紧进去，想打听一下诊所的位置。身边还有家农机店，但我感到诊所和药店比和农机店关系更近一些，更应该互相知道，结果证明我的思维方向是非常正确的。

临街药店的门打开着，但还有一层塑料门帘子。我撩开帘子进去，见一个四方的空间：右侧是玻璃柜子，里面摆放着药品；左侧靠墙一排椅子，椅子上坐着三四个人，他们的头顶都悬着一个玻璃药瓶，这个药瓶与下面的人的手连接，是一根透明的塑料软管；正对着门的那面，一个书桌，后面坐一个穿白大褂的男人，三十多岁，头发浓密打卷，盘踞在他的头顶。身材厚实壮硕，坐在那里让人感到他坐得很稳固，也不会轻易站起来，他正看一本书。

我刚想问，这附近哪有诊所？可出口的话却是，你这儿也能打针啊？同时我的眼睛一定是睁大了。我特别吃惊，因为我从来没见过在药店里打针。药店除了卖药，顶多会多一个坐堂的退休老医生。我也从来没看到过坐堂医生被人请教，他们大都落寂地在那里坐着，无所事事，形同虚设。店主抬起头，说能打。我急问有碳酸氢钠和地塞米松吗？他说有。我立刻反身出来，向站在路边的樱儿招手。他抬头看了看药店的牌子，一脸狐疑往我这边挪过来。

二

二十多天后，樱儿再次犯病，这次是在右侧手腕关节处，看来身体的右侧是他的薄弱环节。因不涉及走路的腿，只是胳膊上的关节犯病，我们都松了一口气。他可以自己走过去，距离十分钟的路。

我因要把西红柿长出的旁枝打掉，还有茄子的旁枝，这些与主枝争资源的旁枝相当嚣张，如不及时清理它们几天即可喧宾夺主。我像个上帝，用我的手，维护着蔬菜的秩序，还有辣椒苗周围的草比苗还高了，得薅除。这样我就不陪着他去了，我只是在他的腿走路困难的时候，对他的行走起到一个辅助作用。现在他的腿不需要辅助，他的胳膊并不影响行走，因此我和他一起去诊所的意义不大。再说，就一个十字街，那家能打针的药店位置他记住了，上次回来说那大夫打针一点也不疼，比市里诊所的护士打得还好，他通过打针对这个乡村没有执照的医生印象良好。

大概两小时之后，樱儿回来了，他给我带回了在药店里的见闻。首先他告诉我，那大夫姓傅，然后说他家药房搬家了，搬到十字街往北不到两百米的地方，两层小楼，可气派了。时珍大药房的牌子，蒙着红布，不日将剪彩开业，傅大夫要鸟枪换炮。

药房在南面那间，对面是傅大夫的诊室。这两个房间是一楼的门面，落地玻璃窗。在诊室的后面一间是打针的地方，在前面还看不见，很隐蔽。但这一个屋子就比原来整个药店都大了，打针的人再也不用靠墙坐着了，屋里放了五六张床，病人可以躺着打针，可以一边打针一边睡觉。傅大夫还雇了一个护士，一切布置都是按照诊所的制式安排的。护士二十多岁，长得干净利索，可是打针有点疼。樱儿说，今天她扎两下子才找到我手上的静脉，可疼了。原来这护士只受过简单培训，也没有取得护士的资质。护士的工资每月一千五百块钱，有资质的护士是不肯在这里干的，或者有资质的护士傅大夫是雇不起的。一个没有执照的诊所，配备一个没有资质的护士，似乎正合适。

然后樱儿说，这小大夫可真厉害，啥病都能治。今天来了个老头儿，腰疼。傅大夫拿着那么长的一个针，就往老头儿腰上扎。我从来没见过那么长的针，他可真敢扎啊，那要是扎到里面内脏不完了吗？我说他要是没准儿哪敢扎，一定是用这个方法治好过，大夫哪个不是练就了心狠手辣，不然怎么混？

樱儿接着告诉我这个傅大夫信佛，看病的间歇还接待了一批来和他切磋佛学的教友，他们喝工夫茶。这傅大夫还挺讲究。

我说这个家伙成分很复杂啊！一个村镇，有这样的人，也很扎眼。樱儿说这个人有故事。他是70后，却独身，听说有个女儿在市里读中学，住校。

我一听，感到这个傅大夫是有些经历。这人有过婚姻，然后又失去了，会中医也会西医，而信佛教的大部分人是因为一次严重的精神打击或创伤，他有些意思啊。

三

樱儿打了三天针，过了有二十天好日子，一个不小心，左胳膊手腕又肿了，原因是院子里的榆树太多，有的影响了墙外别人的玉米成长，就锯掉了两棵。榆树有我的腰粗了，他用锯把树干锯成一段一段的。锯的时候手脖子也没疼，睡了一觉第二天早上，手脖子才肿了，还疼。他轻车熟路去时珍大药房打针，急匆匆到了门口，见只有药店在营业，而医生和护士都不在。一问说傅大夫和教友去五台山朝佛了。问啥时候回来？说还不得五六天？樱儿的手腕等不得，只好在街上四处打听哪里能打针，有人告诉他往南快到公拉玛村了，道边有个诊所。

樱儿找到了那个诊所，打上了救命的药水。这是一家有许可证的诊所，因为门口的牌子写的是 ×× 诊所而不是 ×× 大药房，里面的大夫是个中年男人，瘦高。没雇护士，他亲手打针。樱儿说这个大夫打针也不疼，他在那诊所打针，听到了别人的谈话。一起打针的有好几个人，有男有女。大家的手被针管控制着，坐着无聊，只有嘴还可以随便动。其间有人提起了傅大夫，原来傅大夫的妻子是上吊自杀的，好像是傅大夫出轨被她发现。我说怪不得他信佛了，原来是经历了生活的重大变故。我说你哪次出去打针，都有收获回来，你这针没白打啊。打一次针，等于到民间采了一次风。看来要想获得更多的民间故事，光打针还不行，得深入他们的牌局中去，那里的故事一定更多、更有意思。打针的人多多少少都有病，处在人生的低谷期，说话的情绪大受影响。而牌局中的人，被金钱刺激，兴奋异常，他们不但说故事，甚至还能给你表演故事。

四

大概一周后，樱儿安然无恙，我却突然出了故障。我的问题是上午就困倦异常，明明刚刚睡了八小时，吃完早饭怎么就又困了呢？这是不对的。这时候应该精神才对。吃饱了也睡足了，控制不住要工作干活儿才对。这就不是困了，而是病了。我的头部应该供应的血液，没有供应上去。这就是我为什么要躺下，因为躺平使供血更容易。应该是往头部输送血液的管道出现了淤堵，我得用点疏通血管的药，不然越堵越严重，最后一点血都过不去，我就不是困了，而是昏迷了。

我决定去时珍大药房打针，傅大夫虽然没有执照，但我感觉他智商很高，又是学医的，打针不疼，中医、西医都会，处理我的血管淤堵问题，小菜一碟。樱儿建议我去公拉玛诊所打针，那里毕竟是专业诊所。我说打针只是我去时珍大药房的目的之一，我还有目的之二。我想一举两得，一箭双雕。有没有资质不影响我的目的，尤其不影响我的目的之二。我自己知道用啥药，只要他们药房有药就行了。樱儿说，目的之二是啥？你可别问人家上吊的事啊。我翻了他一眼，我不会问任何问题，我只用我的眼睛，我看到了什么，不会伤害谁吧。

关于时珍大药房，樱儿提供给我的都是轮廓和事件，他忽略了大量细节。他并不是忽略细节的人，只是事件和轮廓已经够他震惊的，还来不及探究细节。再说，我获得的信息都是他回来转述，算二手资料。我今天要收获我的一手资料。我背了一个大包，包里现在是空的，回来的时候，就应该是满的了。

时珍大药房的大牌匾，上面的红布还在，被风吹得只遮住了一个字。看来傅大夫忙得很，剪彩的事还没排上日程。他去五台山文殊菩萨的道场朝佛，是不是应该回来了？两个大玻璃窗子里都有人影在晃动，看来他回来了，在坐诊。另一侧的药店也生意兴隆，后面的诊所应该也坐满了打针输液的人。在他坐诊的北侧窗台上，几盆佛顶珠，正在花期。红色、白色、介于红色白色两色之间的水粉色花，开得正好看。一个大大的花被擎天柱一样的花茎举得老高，下面一个花骨朵，也火箭一样在往上蹿。

傅大夫穿一件玄色对襟布褂子，坐在比厅长的桌子还大的桌子后面，正侧身给一个中年妇女诊脉。桌子的一角一个崖柏的笔架，上面吊着几支毛笔，见墙上挂着几幅书法和画，估计是他自己的作品。看着坐在那里屏息诊脉的傅大夫，眼前出现樱儿描述的手持大针向老头儿腰上扎去的景象，感觉一个是文人，一个是武夫。现在他还鼓捣字画，他把自己分成这么多份，难怪牌匾上的红布还在风里无奈地抖动着。靠窗下，一个大茶几，上面杯盘罗列，几个人正在那儿喝茶。

轮到我看病，我说我不该困的时候困了。他说那就给你用点能让你精神的药呗。我说对喽。然后我们在是用血塞通还是碟脉灵上，意见发生分歧。我以前用过血塞通，我倾向于用我用过的药，但他说碟脉灵效果更好。他说碟脉灵是纯中药，是苦碟子提炼而成。苦碟子是一种草药，你家菜地里也许就有呢。我最后采纳了他的建议，用了苦碟子。结果苦碟子真是好药，一针我就清醒了，不困了，想干活儿了。他说这针得打十到十五天。我最后提了一个不合理要求，我说用什么药我听你的，但谁打针我可以选择一下吗？他看看我，苦笑了。他打静脉确实快、准、轻，因此也就不疼。那个护士忙着给别的患者拔针，我没看出来她的尴尬。但十多天的针，好几次遇到傅大夫不在，我只能落到那个护士的手里，她扎得确实疼。

我的药还没输完，其他的人已经都打完走了，差不多就剩我一个人。也快中午了，我看见那护士从里面拖出一个电饭锅，开始做午饭。在做啥菜的问题上，她还大声征求傅大夫的意见。傅大夫吃素，连鸡蛋都不吃，这个菜很难做，他们中午的菜好像是土豆和茄子。

五

整个冬天，我们搬回有暖气的城市居住。第二年春天，也到五一了，我回来了。我想写一篇文章，写写村医傅大夫。去年也和他说过要和他找个时间好好谈谈他的故事，他答应了。但他忙，我也忙，终于没有找到一个时间坐下来谈谈。转眼冬天，我们收拾收拾回城。整个冬天，大地被雪封印住，故事也被冰封了。等到来年春天，冰雪融化，我想起来傅大夫，我得找到他，他的故事我还一直惦记着呢。

我来到时珍大药房的楼下，发现那上面的牌子不是药房了，而是得利超市。见一矮个儿男人正吃力地往屋里搬运一箱啤酒。我走进去，一个穿红衣服的女子在忙着理货，把火腿肠往架子上摆放。我说那个傅大夫呢？她没抬头，说早搬走了。我说搬哪儿去了？她说不知道。

我只得转身出来，对面是一家肉铺，店主正在熟练地剔骨。我说那个傅大夫搬哪儿去了？他说早就走了。他嘴里叼着一支烟，手上几下子就把哈拉巴骨剔出来了。他显然知道一些信息，没等我追问，就说听说去天津了，但无法说得更具体，他也就知道这些。我又往前走，是一家小超市，我们经常在这里买东西。老板还是原来的老板，我又问他，他说和他媳妇上市里（吉林市）了。我说他媳妇不是不在了吗？和谁结婚了？老板说就是他家的那个护士。

现在，一个说去天津了，一个说在吉林市，不知哪个对。还有就算知道具体城市，那么没有地址，也找不到。他到底和那个扎针很疼的护士结婚了，两个人还是可以合伙开诊所。那次听他俩讨论午餐做什么菜，就觉得关系暧昧，还真按照这个方向发展了。

我推着自行车往回走。车筐里装着街里老太太篮子里卖的韭菜、菠菜。

看来要写傅大夫的故事，只能用原来见闻的点滴来组织。那个期待的完整的故事，已经被带走。原来的时珍大药房里，已经被啤酒、香肠、方便面等商品挤满。傅大夫的故事没有了藏身之地，只能盘旋在傅大夫的头顶，跟着他一起亡命天涯。

2020 年 5 月 吉林乌喇街旧街村

农业户口

我的户口，是农业户口，农业户口意味着我有土地。在我老家那个地方，我的名下是应该有两亩地的。两亩地有多大呢？我不知道。我作为一个一生下来就拥有两亩地的人，不知道两亩地有多大，这就等于说一个人不知道自己兜里有多少钱。从十七岁到现在，至少三十多年过去了，我已经忘记了自己曾经有两亩地来着，我甚至不曾意识到我有土地。那时我很幼小，还没有直接跟土地发生关系，我就已经失去了它，这种遗忘应该很彻底。但是，这两年我忽然想了起来，这引起了我的警觉。我的某一部分隐藏得很深，一直不被我认识。就在这几天，我不光想起来了，还进一步请教了一位朋友，我想知道两亩地是多大面积，我忽然强烈地想知道，在我十七岁的时候，我失去了什么。

朋友说，地分大亩小亩。大亩是每亩一千平方米，小亩是六百六十平方米。南方用小亩，北方用大亩。我一算，我应该有两千平方米的土地。我心里就是一惊，那是好大一块地啊！然后我继续想：如果我不出来上学、上班，而是初中毕业就嫁给一个本屯的农民（也许是小学同学），那么我就有两个两千平方米，完了再生个儿子，就是六千平方米。六千平方米是多大？我的脑子里已经铺展不开了，那应该是一眼望不到边了吧。

我只知道一百平方米是多大，我居住的单元楼房面积是一百平方米。由两个卧室、两个厅堂外加厨房、卫生间、阳台组成。我站在七楼的高度，推开南面的窗子，以我熟悉的一百平方米为尺度，从落地阳台向外铺展。南面的所有建筑都不高，都挡不住我的视线，让我的铺展很顺畅。一百平方米在我的驱使下出了窗子，在我眼前的空间跳跃。第一个跳跃就越过了楼下的小街青年路，到了对面十三中的操场。有两个班在上体育课，孩子们在绕着操场奔跑。我的一百平方米像一块毯子，从他们的头上飞过去了。然后是一片居民区，一百平方米折叠跳跃了三次就来到了松花江边。江面我目测是三百米宽，这样三十个跳跃就过去了。在这个过程中，我的一百平方米可能已经被江水打湿了。过了江，就是山坡了，几下子就铺到了山顶。从我的阳台出发，还不到四十个跳跃，就到了山顶，而剩下二十多个一百平方米已经没有地方铺了。如果继续往前铺就铺到云彩上了。可是不能往云彩上铺，土地不能上天，这是万物秩序的基本规定。可是铺到山顶我还没有铺完，就无处可铺了，往山的背后铺我又看不见。如果转弯，那就更乱了，我就更不知道六千平方米是多大一块地了。看来六千平方米是个巨大的存在，在我的目力所及，我没能把它安放下。

把农业户口注销，换成城市户口的时候，是1981年，我十七岁。那时我除了上学、考试、吃饭之外，就再不知道别的事物，甚至两只狗在那里转圈、纠缠不清，我都不知道那是在干什么，会导致什么后果。我的注意力都在背诵课文和解方程上面。我的肉体似乎不存在或还没有到来，总之我被字词句章和方程式构成的世界羁绊住了，双脚还没能迈入现实生活的领域。因此，我的两亩地，我似乎压根儿就不知道。我是在毫无知觉的状态下失去我的土地的，就像一个人被打了麻药，然后失去了一个肾。而我的失去，在当时是个巨大的喜讯，那意味着我拥有城市户口和干部身份，那是多少人的梦想。在永吉二十三中，四个班，两百多人，只有两个人做到了。难度之大，不知尚幼小的我是如何做到的。那是多么荣耀！如果我是男孩儿，那么这一事件就得用一个词——光宗耀祖——加以概括，用祖坟冒青烟进行比喻。这一切都说明，那是土地最灰暗的日子。土地像是一件脏衣服，谁能把这件脏衣服脱下去，谁就是英雄。在1981年，我似乎没费什么力气，就把那件脏衣服脱下去了，换上了城市这件干净、体面并且还香喷喷的衣裳。

谁都可以把土地看成脏衣服，唯独我妈不应该。那天，我妈带着我去镇派出所迁出户口。我们走在水稻田中间的道路上，脚步是轻快的。两边的稻子正在抽穗扬花，浓郁的香气让我一连打了好几个喷嚏。我妈带着我走过弥漫着稻子花香的道路，并且为我将来不走这样的道路而高兴。我还不懂土地，严格说我还什么都不懂，我还没有机会和土地建立感情。可我妈已经五十多岁了，尤其她作为地主的女儿，在民国时期拥有大面积土地的地主的女儿，对于自己的女儿失去土地，连一点惋惜的表情都没有，在为女儿迁出户口的时候，没有一丝的犹豫。土地对我来说并不具体，仅仅是个词语，我不知道爱，也说不上恨。可我妈作为地主的女儿，对土地怎么是这样的态度呢？在我妈的眼里，土地是什么时候变成脏衣服的呢？

1945 年或者是 1946 年，我妈十八岁，我舅舅十六岁。我的地主姥爷和姥姥，忽然在一个月内死亡。那年不光死了我的姥爷姥姥，还死了很多别人的姥爷姥姥、爷爷奶奶。后来听说那不知名的病叫鼠疫，我妈说叫窝子病，窝子病就是一死一家子。一时间父母双亡，我妈和我舅舅显然处理不了这么大的事情。我妈家是个大家族，族人就都来帮忙了。由家族里的长者做主，卖了很多土地，安葬了我的姥爷姥姥。我妈说办完丧事，家里的土地几乎就卖光了，只剩下了房子。我不明白安葬两个老人，何以要用那么多的钱。我妈说她当时也被传染，也几乎昏迷不醒，后来到底因为年轻，挺过来了。我舅舅虽然没被传染，但他还是个顽童。在我妈生病、舅舅贪玩不谙世事的时候，那些族人是怎么处理我妈家的那些土地的？总之，当我的姥爷姥姥下葬之后，我妈和我舅舅就已经不是地主了，似乎活下去没有问题，怎么也会给两个孩子留下点口粮田，我妈没说那之后没有吃的。那座宽敞的大宅院也留下了。就是这件当时的灭顶之灾，在一年后我妈家却因祸得福。接下来的土改划成分，我妈家因为没有土地而被划为中农，中农在开批斗地主的会议上就不用上台挨批斗了。我不知道在那年是谁买了我妈家的土地，是谁站在台上替我妈挨批斗。总之我妈和我舅舅，在那个年代，意外地安然无恙，没有被风吹着，没有被雨淋着。

我妈对土地的态度，并不是她原来的态度，而是经过了一系列政治运动后，形成的新态度。而她对土地的真实态度埋伏在她的基因里，而她的基因被完整地输入我的身体里了。当一切对土地的叙述回归原位以后，我身体里埋伏的地主基因开始慢慢苏醒。我感到来自基因里的东西不可遏制，我几乎能被那看不见摸不着的东西控制，我对土地的喜爱如一只冬眠的狗熊渐渐苏醒过来了。

如果不是有一个契机，我的苏醒只是认识上的，不会贯彻到行动上。2014 年，我在吉林市北三十八公里处的乌喇街镇蹲点深入生活。在城市是没有土地的，建筑物、马路、广场、草坪……这些把土地掩埋了起来。而到了乡村，土地才以她原始的样貌呈现在你的眼前。农民的力量弱小，他们遮不住土地。

白天，我出去采访，或者在住处写文章。到了傍晚，我出去遛狗。我遛狗并不清闲，我留心看路边的电线杆子，因为上面贴着白字条，有的卖蒙煤，有的卖房子。我的狗也关注路边的电线杆子，它要在每一个路过的电线杆子上撒尿，不肯漏掉一个。我看电线杆子的上半部分，狗的注意力集中在电线杆子的下半部分。

我不是一开始就看电线杆子，一开始也是带着小白在乌喇街的街道上散步。那时只有小白对电线杆子感兴趣，我的注意力被路边居民的宅院吸引着。一般是三间正房，再有一个厢房，砖砌的院墙，房脊上是小鸟或龙凤的造型，上面的瓦大多是枣红色的。那种上面有一层釉的瓦，一排排铺在那里，使房子看上去镇定、自信。雨打在上面，应该是叮当作响，然后顺着瓦的凹槽流下来，流到院子里的红砖地上。院子里还有菜地，黄瓜爬在竹竿上，南瓜的秧子已经从围墙的里面爬了出来，开着碗盏状的大黄花。院子里不光种着瓜菜，也没忘种花。窗前有几株芍药、凤仙花；院门到户门的路两边，是亭亭玉立的虞美人或低矮的金盏菊；在大门口、院墙的外面，有高大的百合或玫瑰。在看似和谁家也不相干的路边，我会突然遇到一片盛开着的马蛇菜花。有的人家有狗，都拴着，在院子的一角。在房子的后面还有大片的菜地，一般种着毛葱、蒜、玉米等。我目测了一下，院子都有七八百平方米，有的人家在院子里搭着很大的葡萄架，下面放些桌子、椅子，可吃饭、坐一会儿，看着好极了。我也喜欢葡萄架，想种很多花，可是我没有地方种。我想在葡萄架下挂个秋千或吊床，多热的天都不怕了。几天之后，我的心开始痒痒，这样的院子，为什么我就不能有一个呢？在狗和一根电线杆子纠缠的时候，也是无意间一抬头，我看见了贴在上面的白字条。字条的高度刚好和我的视线持平，我在读那字条上的文字的时候，不用大幅度仰着头。我不用费力就读到了：出售房屋，旧街村，房子三间，院子一千平方米，然后是电话号码。我把那个电话号码记下来，第二天才打那个电话。好像那宅院是一只鸟，不小心就会被惊飞，我要等它落稳了。

房主男性，与我同龄。他光棍儿一人，要到城里去打工。他的母亲病了，已送到妹妹家。老房子他想卖掉，一身轻松地去城里打工。为母亲治病也欠了一些钱，急需还上，老房子是他唯一可以换钱的财产了，因此，他卖房子的态度是坚决的，而我买房子的态度也很坚决。他需要钱来还债，我亟需一块泥土播种我的花朵、栽上我的树苗。我也需要有小鸟的房脊和雨天能滴水的屋檐，我急于为窝藏在心底的家园的蓝图寻找着陆的土地。

我几乎每天都到那所房子去看一看，我越看越喜欢，感到一直惶惑的一颗心找到了安放之地，像一只怀揣十二只幼鼠的母老鼠找到了一个暂时安全、可以放心下崽的老鼠洞。我怕失去它，怕那房主变卦，就在他回来的时候，给了他定金，买房的手续因故得一个月后才能办理（其实不是买，而是长期租）。

交了定金之后，我觉得这个院子基本就是我的了。其实要卖房子的不止他一家，我看中的是他家的院子大。虽然房子破旧，但是我觉得没关系，院子面积大才是最重要的。我其实是通过买一处房屋，悄悄地买了一块地。我给这个宅院取名“栖园”，栖园离我的住处走路需要八分钟。每天做完该做的工作，我都去栖园看一看，在那院子里站一站，进屋在炕沿上坐一会儿。因为最后的手续还没办，屋子里还是原房主的东西。所以，我还得住在租的那所房子里，但我控制不住自己，我天天去。

我每天背着包来到“栖园”，在站一会儿、看一会儿、坐一会儿之外，我还热情高涨地干另一件事：每天用步伐测量一下这个院子的面积。房主给出的面积是 900 平方米，第一次我量出的是长 34 米、宽 22.5 米，相乘得出的是 777.5 平方米。777 和 900，差很多呀。误差竟然是 100 多平方米！看房主面相，不是奸猾之人，他不会撒这么大的谎。我只能质疑我的测量工具，我的左脚右脚打开相加是 150 厘米，我就是这样测量的。这个院子杂草肆虐，在西南角那个位置，生长着茂密的刺刺秧，这样的地方走不过去，我就目测。因为误差太大，导致我不断地测量。

第二次去，我步测出的数字是：长 35.5 米、宽 23.5 米，相乘的面积是 834.25 平方米。第三次我量出的结果是 864 平方米。864 和 900 已经算很接近了。此后我又量过多次，每一次都不是 900。后来我想可能是房主通过四舍五入得出的结果，他把 864 四舍五入了 900，是个近似值。好记好听，我觉得也行，农民对土地已经麻木了，对于多点少点已经不在乎，只有我这个失去了土地 30 年的城里人，才斤斤计较 30 多平方米的误差，还认为这是老大的一个事儿。

许多天后，我才克服了一到地方就迈步丈量它的恶习，我渐渐接受了 900 这个数字。我不再量了，因为有更重要的事等着我去做，这件事比丈量院子更有意义。

这么大的院子，怎么建设它？房子旧了，怎样维修？院子没有围墙，用什么材质？砖砌还是铁艺？院子里是种花还是种菜？还是前院种花后院种菜？在什么位置栽树？都栽什么树种？养鱼池建在哪里？……这些都等着我去想。我真不应该在核实面积上花那么多时间。面对这么大的一个院子，我原来心里的蓝图还是画小了。

这些问题一出现在我脑子里，我就不再去丈量，背包里除了一瓶茶水，还多了一个大的笔记本和一支中性笔。我带笔和本子，是要画图。我来到院子里，坐在窗下的一堆旧砖上，看着眼前被房主姐姐种满萝卜的菜地，开始一笔一画地画栖园未来的蓝图：

首先，正对窗前的那片约两百平方米的面积，就是被房主姐姐种满萝卜的菜地，不种菜，做一个大花园。这样坐在屋子里的南炕上，透过玻璃窗往外一看，会是满眼的花朵和绿草，让我觉得住在这里，有点诗情画意。我要把我喜欢的那些花都种在里面，从小到大我喜欢过蝴蝶梅、芍药、细粉莲、草本牡丹、马蛇菜花、姜诗喇（满语，可能也叫八月菊）、扁珠莲、凤仙花，还有荷包牡丹……

再把楼上盆栽的那些花——米兰、君子兰、滴水观音、剑兰、橡皮树——放在花园外围，它们在屋里长得不好，还爱生虫子。

院子的西南角，房主在几年前栽有六棵榆树。榆树已经长大到三层楼高，树干直径有三十厘米。在树下建一个草盖的，像蓑衣一样的凉亭。亭中备木或竹桌椅、茶具，备炭炉、炭，明火烧茶，茶具用紫砂或青瓷。朋友来了或自己一个人，坐在亭子里，外面可以风和日丽也可烟雨迷蒙。如果面向东，则看自己家的花园，看芍药、牡丹、细粉莲和马蛇菜。如果面向西，则越过铁栅栏（院子的西面没有人家，是一望无际的农田，这样的风景很奢侈，哪能用围墙遮挡，因此，围墙用铁艺）看不知是谁家的庄稼地。现在尚不知人家会种什么。总之是人家种玉米则看玉米，种白菜、萝卜就看白菜、萝卜。如果面向南则更可看，你知道南面是什么吗？我都不敢相信我会拥有这样的财富！南面距我的铁栅栏不到一米，就是乌喇部故都的古城墙内罗城的残墙，上面是百年榆树！那榆树是清朝就有的，而榆树下的古城墙，是明朝中叶的。如果你闲坐亭中，如果面向南，目光向上，那些清朝的榆树，经历了清朝鼎盛与衰落和倏忽而过的民国的榆树，那数不尽的枝条和无数的叶片，上面都被时间写满了故事。风一吹，那些故事就会纷纷飘落。在你眼里，那树已经不是树，那树已经是史书；这个时候你垂下目光，而接住你目光的是榆树下面的土城墙，那些明朝夯实的泥土，如今仍凝聚着没有被时间的波涛冲毁。如果面向北，就是那座摇摇欲坠的民宅。房主说这房子有一百岁了，原来是土木结构，后来有住户把土墙的外面砌上了砖，房子上面的草苫上，又盖了石棉瓦——不伦不类的一个笨家伙。山墙上的大柁，是整棵红松的，就那么裸露着，像一个老人张嘴笑着，露出残破的牙齿。政府曾给过房主钱要他维修房子，但房主把钱花在了别的、他认为更需要的地方去了。我跟房主讲价，因为房子太旧。我说我来就得修房子，这么多年你都没修，房子眼瞅让你住倒了。房主被我说得有点害羞，很痛快地给我让出了够修房子的价钱。我第一次进入这座房子时，打开东屋，南面窗下一铺火炕，北窗下是条炕，中间是屋地。炕上有被子、衣服、烟、打火机、感冒胶囊……他住在东屋；西屋没人住，里面是地炕，也就是这个屋子里都是火炕，但比通常的火炕矮。炕上堆满杂物，在杂物的里面，最醒目的是七八个鸟笼子，看来给的修房子的钱他都买了鸟笼子。

另外，我喜欢秋千和葡萄架，这些年我对秋千和葡萄架的喜欢一直深藏不露，现在我有了“栖园”，虽然不大，但把我喜欢的都放进去还有余。我得把一直深藏于内心的秋千架和葡萄架移出来，放到这片泥土上。葡萄架上的葡萄得有泥土才能生长、结葡萄，这么多年我的心里因为没有泥土，心里的葡萄架还是葡萄架，没能结出葡萄。秋千在我的童年，生活在父母的家里一直是有的。它悬挂在堂屋的屋梁上，秋千从北窗荡出去，再荡回来，想想那是什么景象！如果从窗外看，就是一架坐着小孩（我们家的秋千一般要坐两个小孩：我和我弟弟）的秋千突然从北窗荡了出来。在一个屯子里，这样荡秋千的不只我们家，别人家也这样，很多人家的北窗都有坐着小孩的秋千荡出去又荡回来。那房子从远处看，就应该是摇摇晃晃，听起来就是嘎吱嘎吱响个不停。而北窗外是菜地，菜地的上方有飞舞的菜粉蝶和秋千……离开父母的家我就失去了秋千，或者是我的秋千已经没有地方可以荡。我把秋千放在腹腔，那里的空间比胸腔要大些，再说了，胸腔里已经放上了葡萄架，再放不进别的东西了。这些年秋千一直在我的腹腔小心翼翼地悠荡，一次也没能从腹腔荡出去过。我坐在我腹腔里的秋千上，小心翼翼地悠荡，因为空间太小，带不起一丝风。

在这个院子里，水塘一定要有，没有天然的，就人为修一个。我属龙，没有水，活不了或活不好。这些年我一直活得不滋润，就是因为水太少。在住所，水都在水管子里。去年，卫生间的一个水管子坏了，自己往外滴水，我用大浴盆接着，每天都有一大盆的水在那里，我觉得这样心里踏实。我迟迟没有找人修理水管，直到半年后，水流加大，不修已经不行了。

要在院子里修一个水塘，不仅是我一个人的需要，不仅是一个属龙人的需要，还是六条锦鲤的需要。那六条锦鲤已经养了两年了，都不肯长大，它们每天吃下食物却不肯长身体。后来我弄清是因为鱼缸小，鱼是那样的，它要依据它拥有的空间的大小来决定自己长多大。如果有一个大的水塘，把它们放进去，它们会快速长大。锦鲤，尤其是龙凤锦鲤，长大后是很好看的，说是锦鲤可以长到小猪那么大的。

这个水塘怎么做呢？也得好好想想。首先不能砌成水泥的，那样的水塘不叫水塘，是水池子。我要的是水塘，不要水池子。我认为水塘要有水，要有水草，水里要有水生动物，水草间要有蜻蜓、蛙。有了这些，才能成为水塘。因此，我的水塘不能用水泥砌，要让泥土在那里，垒上些石头，水草会从石头空隙里长出来。塘底铺上一些鹅卵石，既可美化池塘、净化水，又不阻挡水草的生长。水草里我喜欢菖蒲，如果不能自己长出来，就移栽几株。栽菖蒲是为了夏天，我童年玩的水塘边就长着大片的菖蒲，它们夏天就长出金黄色的蒲棒，像一穗穗小玉米，每个蒲棒上都坐着一只蜻蜓。蜻蜓有的把尾巴朝天，有的朝地。朝天的是刚刚落下，心还没安静下来，而尾巴朝地的则已经落下多时，不但心安了下来，并且已经在强烈的阳光直射下睡着了。睡着的蜻蜓很好捉，我通常是捏它们朝地的尾巴，我在把它们从蒲棒上拉下来的过程中并不是一蹴而就。它们那些黑色精细的小爪子，会用力抱住蒲棒尖，不肯离开，就像熟睡的幼儿怎么摇晃都不肯起床。

除了菖蒲，我还喜欢芦苇。移栽芦苇主要是为了秋天，秋天花园里的花都凋谢了，剩下残叶只能听雨，只有芦苇到了秋天才来了精神。那些在秋天长出的白色絮穗，在花朵都衰败的时候，在秋风中摇曳生姿，使秋天看上去风韵犹存，“栖园”的秋天需要像芦苇这样的植物来支撑住。

房子后面还有三百多平方米，可培植一个小树林。树种首选松树，我看上了产自长白山区的美人松、红松、樟子松，还有银杏，我也喜欢。已经和一个朋友说好了，他家有银杏树苗，答应给我两棵。柞树也很好，秋天柞树叶子比枫树好看。有了树林，鸟就会来。鸟来了后，就有可能在这里做窝住下。到时候，树林里就有很多鸟。它们早上会叽叽喳喳，这样住在这个院子里的人，早上就会在鸟鸣中醒来。在还没完全清醒的情况下，以为置身桃花源，或者已经死了，到了天堂。

现在还剩下房子的西面有一大块地方，应该种菜了。花、鱼、芦苇、菖蒲，还有树木，都是看的，它们已经占据了这个院子的百分之七十的面积，剩下百分之三十，怎么都得种点菜了，我还是需要吃饭吃菜的。菜地要用栅栏围起来，种香菜、芹菜、韭菜、葱、蒜、白菜、萝卜……

还剩下最后一件事：小白两岁了，一直生活在城市的地板上。小白是猎犬，奔跑速度比汽车快，小鸟落地被它发现，起飞速度慢一点，就会被小白按住。我曾多次从小白的爪子下救起小鸟，最大的鸟是喜鹊。有一次在一个小树林里，小白扑住了一只喜鹊。我听见大鸟的惨叫，快速跑过去拉住小白。十几秒不见地上的喜鹊飞走，我以为喜鹊死了，我凑近查看：只见该喜鹊仰面朝天，举着自己所有的腿做投降状，圆眼睛大睁着。原来它没死，是吓成这样的。我伸出手，把喜鹊翻过来，喜鹊这才一溜烟逃走了，它仍然不是飞走的，而是用两条腿跑走的。因为惊吓，它已经忘了自己会飞。这样的狗，它对楼房的地板能满意吗？它不满意就会发泄。它在我不在家的时候，撕碎我的几乎所有东西，皮鞋、棉被、沙发垫、衣服……它有时还大叫，邻居因此报警。

在乌喇街租房子住下时，和我的行李一同带来的还有小白，小白很喜欢乌喇街。邻居上菜地被它看见，它也追着吠叫。我提心吊胆，生怕人家不高兴甚至报警，小心翼翼过了几天，竟然平安无事。邻居甚至表扬小白，说这狗好，管闲事儿，管闲事儿在这里是有用的意思。通过这件事，我深刻地认识到，乌喇街和吉林市的区别，乌喇街人和吉林市人的不同，至少是看待狗的眼光是如此不同。在这里狗叫不是错误，狗可以想叫就叫。没有人认为狗叫需要报警，没有人说你扰民。大家的神经都比较劲道，不会因为狗叫几声就濒临崩溃，不会因为狗叫几声，生活就被扰乱，就好像活不下去了。

我还想养一只羊，羊好养，吃草，干净、安静。有羊在身边，会让人产生这个世界和平安逸的错觉。小羊可以和小白做伴，晚上把羊和狗圈一个圈里。估计它俩不会打架，羊吃草、狗吃肉，各吃各的，食谱不重合，就不会发生冲突。

至此，我想要的一切，动物、植物，都在这个院子里安放好了，只等明年春天来了，把植物的种子埋进解冻的泥土，把树苗的根须埋进泥土，把小白带来，把小羊买来，把小鸡买来……要不了多久，这个凋败的院子就会鲜花盛开、鸡鸣狗吠、欣欣向荣。而我坐在葡萄架下，看书、看风景、喝一口凉茶，脚踩在红砖地上……

2017年7月 吉林乌喇街旧街村

第三章

万物

城墙西头有松花江支流路过，这些形成了一个类似山野的小环境，这才引来了野鸡。

乌临

“高、高”

盼了很久的一场透雨之后，我就没啥愁事了。心里没事，就像白纸上没字。看见一张白纸上没字，和勤劳的农民看见一片撂荒的地一样。农民看不得田里有空白，我看不了纸上有空白：纸上有空白就是我的皮肤上长了癣，田里有空白那是地球的衣服没系好扣子。

我的书桌，在南窗下，这里有持续的阳光。我把字写到纸上；我把菜苗移栽到田垄上。菜苗需要阳光，进行光合作用，然后长大、开花、结果；我写在纸上的字，也需要阳光，也进行光合作用，也开花也结果。我看见我在阳光里写下的字，如同插秧机把秧苗栽进水田，一行行都成活了。阴天我也写字，但一个一个都不精神，先天不壮，很容易夭折。

南窗是落地窗，窗外是阳光凉棚，再往外是铁艺围墙。围墙的外面，是乌喇古城明古城的一段残墙，夯土结构。建围墙的时候，我也想把这段古城墙圈到我的院子里来，把它据为己有。思量再三，终觉不妥。土城墙是国家级文保遗产，定有人看管，断不会任由个人瓜分。但土墙离我太近，抬头见、低头见，我终是不甘心，于是买来树苗栽上（城墙上允许栽树，不允许种菜）。去年栽的几棵杏树，已经一人高了，明年就能开花结果；前年栽的一棵李子树，今年用力开出一树白花；今年栽下的几棵丁香尚年幼，几天不见，旁边的苘麻比树苗高了。我用了三年时间，利用三种开花的树，逐步悄悄占领了这段城墙。

我坐在窗下，看我用心布置好的风景：窗外城墙上的小树在风里点头哈腰的，像在向谁请教什么。秾李的清香透过纱窗飘进来，使我手里的一杯茶，也有了微苦的花香。

正对着窗外的风景发呆，得意着把一段古城墙暗度了陈仓，猛然就听到“高、高”两声大叫，声音嘶哑、没心没肺，且声音离我特别近，几乎吓我一跳。定睛细看，见正对窗子的城墙上，一只野鸡，忽然从草丛中站立起来扇动翅膀。这里是平原，方圆多少里不见山峦。我的院子因为靠近城墙，城墙上有百年古榆和非常茂盛的乌喇草等植被，城墙西头又有松花江支流路过，这些形成了一个类似山野的小环境，这才引来了野鸡吧。我惊喜复惊喜，因为长这么大没有近距离看过野鸡——准确地说没有看过活着的野鸡。多年前有人送过我一对，不过野鸡送给我的时候，它俩已不能大叫，闭着眼睛闭着嘴，死去多时。我和野鸡的首次见面，它们是作为食物来到我的面前的。我惊叹完野鸡羽毛的艳丽，就将它放到了冰箱里，冻了三个月之后，终于没能对有着如此绚丽羽毛的食物下口，最后送人了事。我很纠结，认为野鸡更应该被看而不是被吃。我试图找人把那对野鸡做成标本，放在家里的木几上，让它们的羽毛继续活着，但在我认识的人里没有一个会制作。现在想起颇后悔——我为什么非得执着于做成标本呢？我把那些羽毛拔下来胡乱做成个鸡毛掸子，不是一样可以让那些羽毛活着吗？那些羽毛以一只鸟的形状活着还是以一个鸡毛掸子的形状活着，又有多少不同呢？也不知吃掉那两只野鸡的人是怎样处理那些羽毛的，暗自对那些不知所终的羽毛惦记了很久。因此，我没有听过野鸡大叫。没想到羽毛华丽用色大胆的野鸡，叫声如此粗犷不讲究，声同莽汉，还声嘶力竭，急吼吼的，像吆喝什么。如果有个姓高的人路过，会以为这野鸡在喊他。野鸡好像看见了我，我呆坐不敢动，让它以为我是屋里的一件家具。少顷，觉得四周没有可疑之物，被它呼唤的姓高的人也没出现，野鸡甩了甩头，继续低头找吃的。我原以为它要飞去的。

我发现野鸡是用嘴来翻动泥土，找里面的小虫子吃的。我想它也许一会儿就会用脚刨，家鸡就是用脚刨开土，然后在里面找小虫子吃。两只脚七八个脚趾，刨开的面积大，发现虫子的概率要高。家鸡、野鸡都是鸡，行为也应该接近。结果，野鸡在我的窗外觅食的一两个小时里，一直用它的嘴刨土，一次也没使用脚。这说明什么？说明野鸡傻呀！看来家鸡的智商要高于野鸡。家鸡和人类一起进入了农业文明社会，家鸡虽然没进学校上学，但家鸡年年月月和进化的人类在一起，耳濡目染，怎么也得有点进步。

这只来我家窗外觅食的野鸡是一只雄性，因为离得近，我把它看了个仔细：最醒目的是它的脸，是红色的，而且这红色还不是羽毛，是鸡冠子的那种组织，长在眼睛周围，眼睛上面一片，眼睛下面一片。眼下的这片还像冠子一样下坠着，而它的头顶则没有冠子，全是黑绿色的羽毛。尾长，有五十厘米吧，沙色，上有黑色横纹。然后是野鸡脖子，有一圈刺目的白色羽毛，白色下面是绿色。有一种蛇，叫野鸡脖子。我没见过，估计是颜色特别鲜艳的蛇。野鸡的脖子红白绿，对比度非常高的颜色堆在一起，像有剧毒。翅膀褐色，有白色羽缘，翅下及向后部分是灰蓝色。后背羽毛沙色有环纹。身体与脖子衔接部分，毛色红亮，闪闪发光。腹部沙色，是全身最含蓄、低调的部分。

野鸡它吃一会儿，就要大喊两声“高、高”，每次都是两声。而且，一定要在鸣叫的同时，站立起来，用力扇动两下翅膀。这只野鸡在我视线之内停留了有两个多小时，它隔一会儿就要“高、高”地大叫。每一次叫都伴以翅膀的扇动。它不断地重复这一程序。我发现野鸡一直是正冲着院子“高、高”，猛然想起这院子的原主人姓高。这野鸡咋知道这院子里的主人姓高？它和这高姓人家有何渊源？城墙很长，为何在这段觅食？觅食为何要大叫？为何要站立起来扇动翅膀？这野鸡不寻常，也许有些来历呀！至此，觅食仅仅是它今天来到这里的任务之一，它的任务之二是寻找一个姓高的人。野鸡用任务之一掩护任务之二，在城墙上呼喊了两个多小时，那姓高的人也没有出现。

我实在忍不住了，就在玻璃的后面自言自语：“别喊了，姓高的搬走了，到城里打工去了。给他妈治病欠下了债，院子租给我了。我不姓高，我姓赵。你有啥事和我说吧，我有老高家的电话，或者我可以把高福祥的电话号码给你……”

喜鹊姓灰

野鸡的呼叫没有叫来姓高的人，却叫来了一群姓灰的鸟——灰喜鹊。灰喜鹊大叫“啊呀、啊呀、啊呀”飞了过来。它们有十多只，都落在我的南窗外，有一只甚至落在了我的窗台上。当它们飞来，并落在我的窗外的时候，我并不知道它们叫什么名字。我这个只见过麻雀、燕子的人，身边忽然飞来一群蓝色大鸟，那只野鸡还在城墙上，不时喊两声“高、高”，对于大群灰喜鹊的到来，不予理会。我的窗外，一下子来了这么多我平时见不到的鸟，它们的颜色让我紧张、兴奋，它们那么鲜艳，好像体内藏有剧毒。这些大鸟也不急于飞走，而是在南窗外的这片区域寻找食物。它们也用嘴刨开泥土，也不知道用脚，它们显然都在找土里的虫子吃。6 月，土里的虫子刚刚从冬眠中苏醒过来，还没来得及睁眼、长肥大，就被掀开被子吃掉了。那蓝色大鸟，头黑色，后背灰色，翅膀和尾是蓝色。尾巴很长，有整个身体那么长，它的显著特征是尾尖部分是白色的。大鸟比城墙上的野鸡小一点，但尾巴不比野鸡短。它们找食物，并不叫唤。野鸡大叫、扇动翅膀，它们也不害怕。显然它们互相认识，谁也不怕谁，谁也不理谁。

灰喜鹊也是喜鹊，喜鹊是吉祥鸟。它们来了，预示着我的家宅吉祥如意，好运降临。这是多么好的礼物，是谁送给我的？原来这群大鸟叫灰喜鹊。它们喜欢成群活动，怪不得一来来一群。有一两只落在我的窗外，就够我看的了。十多只一起落下来，感觉是上天给我下了一场花花绿绿的鸟雨。自然给予我的礼物，一下子给太多了。我坐在椅子上，有些呆，有些回不过神来。我的命运会好起来吧？

戴胜念经

见灰喜鹊没有要飞走的意思，我抽时间看了房子的东窗一眼。东窗对着院子（我住的是西厢房，整个东侧的墙，几乎都是玻璃），只一眼，我就看见了一只戴胜，在我的菜地里疾走。头上的花冠像印第安人首领的头饰。这戴胜可是以色列的国鸟，经过类似选总统的大选方式从众多鸟中被选出。戴胜在中国被叫作山和尚，我猜是它的羽毛像袈裟。它在地上走的时候，头要一点一点的，像在念经。此刻那戴胜就在我的菜田里疾走，不断点着头，似在背着手视察我的菜园，并对我的种菜工作给予不断的肯定。这只戴胜我去年就见过，应该住在城墙上。城墙上有老树，老树上有树洞，树洞是理想的鸟窝。去年我见到的是两只，不知今年怎么就剩一只了（也许另一只在孵蛋，毕竟到了孵蛋的时节），我隐隐地有些为另一只戴胜担心。戴胜在地上走的时候像个小和尚念经；飞起来后，翅膀一展开，就像一朵沙褐色的花被风吹起来了。戴胜身上并没有鲜艳的颜色，只有沙色和褐色。

它把这两种平常的颜色用心布置搭配，结果效果非常好。

我向左看一眼东窗，戴胜在我视线里疾走；向右看一眼南窗，十几只大蓝鸟，降落飞升；视线略往前延伸，城墙上的野鸡，突然“高、高”大叫两声，然后扇动翅膀，好像它呼唤的那人已经来到它面前，激动得站立起来，扇动翅膀意欲握手。

院子里是常来鸟的，但大家一起来，来这么多，鸟这么大，羽毛这么触目惊心，还是第一次。尤其那些灰喜鹊，曾看着它们从院子上空飞过，落到房子边的榆树上，没想到有一天它们也肯落到地上，也肯落到我的窗前，也肯让我这么高兴！

我忽然意识到，这些大鸟，应该是我五岁时的节日礼物。也许是因为路途遥远，也许是因为路上风霜雨雪的阻隔，五十年后，我终于收到了给我的礼物：它们的羽毛鲜艳，叫声嘹亮，长尾巴稳住了它们飞向我的方向。虽然，它们来到我院子里，我已经不是一个小女孩了，可我看见这些艳丽的大鸟，心情和小女孩是一样的。我感谢它们飞越了五十年的漫漫长途，在我还活着的时候与我相见。

低头看下日历，今天还真是一个节日——2020 年 6 月 1 日。我只记得一个六一儿童节。我穿着我妈给我做的新衣服——黄底儿上粉色的小花，和平服的样式，圆领子镶着白牙子，胸前也有一道白牙子，肩部起着灯笼袖。我们排着队，去三里地外的另一所小学校一起过节。那个学校大，我们是小地方来的。那个学校的学生围着我们，取笑我们。我看见一个花蝴蝶一样的女生，在单杠上翻转。她的头发上系着两条红绸子发带，打成了蝴蝶结。她在单杠上翻转，头上的两个蝴蝶结，像两只红色蝴蝶跟着她一起翻飞转圈。

过客多姓白

雉鸡、灰喜鹊、戴胜，这样华丽的大鸟，是六一这天上午，一起出现在我的院子里的，它们显然是看不见的一双手送给我的礼物。在这之前，我就已经收到了小礼物——那是精致、轻盈的礼物。

5 月，我用铁锹翻开院子中间的那块菜地，下面的泥土散发着水汽。我把土块打碎，再打上垄，然后就可以在上面种上各种蔬菜了。这片被我翻开、黑油油的一小片田，被很远处的小鸟看到了。我正在把豌豆种到泥土里，忽然一只小鸟就落在离我不到两米的一段草棍上。我立刻停止手上的动作，马上成为一座正在躬身劳动的雕像——我想让小鸟多停留一会儿，好让我把这鸟看仔细：白脸，背羽黑色或蓝色，翅膀和尾都是黑色镶白色羽缘，前胸一小片黑色，周围都是白色。这是一只用黑色、白色装饰自己的鸟，身上白色多，黑色只是为了做花纹才使用了一些。鸟特别干净、轻盈，身上好像带着一股水汽，特别像海鸟。鸟很小，比麻雀小。按照体貌特征上百度找，原来这种鸟叫白鹡鸰——白机灵，是很机敏灵巧的样子。果然，说这种鸟特别喜欢水，爱在水边生活。我这里不远处就是一道江水，这是江边的小鸟。我这院子里并没有水，是谁把它带到我的面前？让我看见了它，并让我心里兴奋了好多天。这是一种我从没见过的鸟，它的出现让我感到今年和去年是不同的——我的世界里多了一只玲珑的小鸟。

最先来的还不是白鹡鸰，而是北红尾鸲。这小鸟没有白鹡鸰那么颜色醒目，它灰黑色的羽毛，只是展翅飞起来时，翅膀下和尾羽下的羽毛是橙红色的，有些像金腰燕。它有麻雀那么大，比麻雀尾长。最好玩的就是，只要一落下，它的小尾巴会快速地上下点动。北红尾鸲没有白鹡鸰那么敏感，我只要在它面前变成一座雕像，它就在我身边的黑土上跳动，找到它爱吃的小虫。那些天，北红尾鸲天天都来，在我翻开的那小片田里寻找虫子。让我的劳动有了更多乐趣。

有一天，我又在种菜。整个 5 月，包括 6 月上旬，我都在种菜、除草。我翻开黑土的菜地，竟然吸引来了一位我只知其名，从未见过的小鸟——白头鹎（白头翁）。我以为白头翁应该是大鸟，而且在海上飞翔。想不到竟然是一种好看而精巧的小鸟。它忽然落在离我不到两米远的一根树枝上——树枝很矮，刚刚离开地面。我对它就是俯视的视角。我看见这只小鸟头的后部，有一块白色羽毛。白色周围是黑色，这就使枕部的那块白色十分醒目。背部和腰部的羽毛灰绿色。翅膀和尾羽褐色，黄绿色羽缘。胸部是白色的，杂以黄绿色条纹。有黄色和绿色的鸟，在北方就比较少了。大多是灰色、白色、黑色、褐色，或这些颜色的组合。而蓝色、绿色、黄色的羽毛加入进来，就使小鸟的样子有些异域风情。这只白头鹎鸟我也是不认识的，只是看见后上网找到了图片，才知我见到了一只北方少见的白头鹎。这种鸟在我的院子里只出现了一次，准确说我只看见了一次。白头鹎和白鹡鸰应该都是候鸟，应该是在迁徙的路上路过我的菜园子，找点吃的，歇歇脚，然后到更北边的湿地过夏天去了。秋天，它们还会路过这里，可能还会在我这里停留休息那么一小会儿。我希望它们秋天能再来，因为我用一个夏天把院子里的昆虫都养大了。

我不洒农药，我养昆虫、草籽，我在这里备好吃的喝的，小鸟就会年年来这里停留、歇脚、补充食物。我的院子就会成为这些小鸟漫漫迁徙路上的中转站、服务区，而我担任这个服务区的区长。

小鸟都不是随便来的，它们在哪里停留、降落，说明哪里有树、有水、有草、有食物、有善良的人、有安全……

小鸟是人间的安全表达。它们来了，这里一切安好。它们有命、有食物，我便有命、有食物、有安全。

批评家

布谷鸟从我的院子上空掠过，落到房后的大榆树上，最低的位置是蹲在电线上。它知道“居高声自远”，知道落到地上，再说话就没人重视了。离地三尺有神明，它处在神明活动的区域里。六一那天，那么多的鸟来到我的院子里，布谷鸟却没有来。它独来独往，不食人间烟火。它整这么一出，是为了领导田野里躬耕的农民。布谷鸟 5 月就来了，从我的头顶，忽然就大声告诉我“布谷，布谷”，我不用它告诉也知道要往土里埋种子。它总在高处发出指令，电线上、树上，它的声音像来自天庭的转告，有权威性，不容置疑。

我在后院子种了黏玉米，我和家人、朋友都爱吃黏玉米，因此种得多一些。我在耕种的时候，薄弱环节是给地打垄。我打的垄不直，拐几道弯。手里的镐头像是被泥土里看不见的力量拉着，就是不走直线。一条垄歪了，接下来的就都得歪，像波浪一样。等苗出来，发现苗也不齐。有的地方苗没出来，形成空白，我看着地里的空白内心不安。我有强迫症，阴雨天就把植株长了两棵或三棵的苗移出来一棵，栽到空白的地方，等都补齐了，直起腰，发现腰疼得要折了一样。移栽的要经历缓苗，自然就被别的苗落下了，长得小。苗看起来就是大大小小、高高低低，垄还歪歪扭扭。想做个合格的农民，也不是那么容易的。

我一个写字的人，在纸上栽种的人，把玉米种成这样，本来已经原谅自己了，心想那谁谁谁还不会种呢。我虽然种得不整齐，但到秋天是会结出玉米的。因为不用化肥、农药，我种的玉米好吃得很。可是冷不防，头顶传来两声大叫“布谷、布谷”，吓我一跳。这还没完，接着就是两声大笑“哈哈哈、哈哈哈”，我第一次听到布谷鸟大笑！布谷鸟竟然会笑！

有十多天了，布谷鸟光临我的院子上空，在大叫两声布谷之后，紧跟着就是“哈哈哈、哈哈哈”，两声不客气的大笑。我以前从来没听到布谷鸟还会发出笑声，这鸟也成了精了！

我特别生气。种玉米不是我的专业，你布谷鸟看惯了附近农民种得整齐的玉米，横平竖直的地垄，看到我歪歪扭扭的玉米垄，和长得大小不一的秧苗，就那么大声地嘲笑我。你就没看见农民不爱除草，大量地往玉米地里打农药吗？我的玉米地里的草，我都是用手薅的。这样一比，各有优点，各有不足。你杜鹃为啥只嘲笑我？再说作为杜鹃，你有资格嘲笑任何人吗？你懒得连蛋都不孵，我可是用自己的奶喂大了我的孩子。自己该干的活儿不干，却天天监督天下人干活儿。站在高处，大声说话不腰疼，脸皮不是一般的厚。我挥舞纱巾驱赶，我不用你嘲笑我、鞭策我。我比你强多了！哪儿凉快上哪儿去！

那些天，布谷鸟天天在我头顶哈哈大笑。我不理它，我对自己很满意。我低头种我的菜，种歪了也是我的劳动成果，让布谷鸟在高处笑话我去吧！

布谷鸟在我的头顶大笑了十多天后，不笑了。只发出布谷的叫声就不再出声了。我想这是为什么呢？它知道省察自己了吗？知道自己没有理由嘲笑别人了吗？原来几场透雨之后，我的玉米快速、几乎是一夜之间长大了。矮小的也长起来了。那地垄已经被叶子层层挡住，看不见了。原来我的可笑之处被长大的玉米遮盖住了。鸟从空中往下一看，一片茂盛的玉米。在这一点上，不比农民的差。我看比院墙外那块玉米地的玉米还大一些，我的玉米已经封垄了。再过一个月，就会长出艳丽的红缨来——那是玉米开花了。

2020 年 6 月 3 日　吉林乌喇街旧街村

两只幸福的狗

一开始，只有一只狗是幸福的。整个春天和夏天，两只狗中，只有一只过着幸福的生活，另一只陷在苦难里不能自拔。直到秋天来了，那只不幸的狗忽然走出了困境，与一墙之隔的另一只狗拥有了相同的幸福。这令我非常吃惊。我没想到事情竟然能向着这么好的方向发展——这等于一个奇迹呈现在了我的眼前。

到秋天才过上幸福生活的那只狗，应该感谢我。我是它获得幸福的间接因素，但间接是通向幸福的桥梁，而这个桥梁是我架设的。这桥梁上站着我和我的小白，但是那没良心的，当我从它家铁栅栏外走过时，不但不过来表达感激之情，还冲着我汪汪汪地吠叫。我把手伸进铁栅栏，摸着它的头说，大黄啊大黄，没有我，你哪有今天，快点谢谢我吧。

大黄不知道怎么感谢我，大黄从来就没想到要感谢我，就连大黄的主人——邻居金枝——也不感谢我。她不但不感谢我，还和我吵架，使我在乌喇街旧街村生活的第一年充满了不快乐。

两只幸福的狗，一只叫大黄，一只叫小白。小白是我的狗，大黄是金枝的狗。大黄冲我吠叫，我不生气。我喜欢天下所有的狗，包括对我吠叫的狗。爱叫不爱叫，那取决于狗的性格，跟狗的品德没有关系。我不害怕，也不生气。我认为狗爱叫就像人爱唱歌，狗爱叫就像人的性格外向。在对狗叫的认识和理解上，金枝显然达不到我的高度和深度。小白冲着金枝叫，金枝不但害怕而且生气。这并不怨小白，要怨那道围墙，主要怨围墙上的缝隙太大。小白也是太过分了，叫就叫吧，还把自己尖尖的嘴从围墙的缝隙伸进去，试图咬在自家院子里走动的金枝。

一开始，金枝也想和小白交好，面带微笑地喊小白小白，但小白不为所动，只要金枝一出现在围墙外，小白扑上去就大叫，它甚至前爪扒住围墙，站起来咬。金枝和小白试图建立友好关系的努力都失败了后，金枝开始讨厌小白了，继而开始害怕小白。这样一只令她讨厌并害怕的狗，就在一墙之隔的地方，而这道墙又充满了缝隙。先是花朵的颜色和气味穿过缝隙搅扰了她的平静生活，然后是小白用那么具有侵略性的声音再次侵扰了她。这让金枝的生活，在有了我这样的邻居后，充满了不快乐。

花香袭人，金枝忍了，但凶狗咬人，金枝终于没能忍住，或者这次的没忍住是两件事的总和，或者小白仅仅是个出口，所有的怨怒都从那些袭人、恼人的花朵起始。

不管深层的原因是什么，但在事件的平面上，金枝就因为小白，在一个充满夜露的早晨，和我发生了语言冲突。

那是个平常夏日的早晨：竹篱笆上的茑萝正在开放；最先开花的美人蕉已经开始打籽了；虞美人纤细的花茎在晨风里摇动，我担心上面的花瓣，因为颜色的重量，会使花茎不堪重负而折断；马蛇菜花是一定要等太阳的，这谁都知道；而夜来香害怕紫外线，天一放亮就关门关窗开始睡觉了……这个早晨与上一个早晨，看上去基本是相同的。我并没有一大早就在那儿赏花，我在干正经事——给南瓜授粉。葡萄架很高，南瓜藤在上面攀爬，我站在地上够不到架子上面开出的花，无法帮助南瓜授粉。为了把雄花的花粉倾倒进雌花的漏斗里，我站在了一只蓝色的塑料凳子上。我就是站在蓝色塑料凳子上，一边帮助南瓜，一边和墙那边的金枝争吵了起来。我并没有发出太大的声音，只比平常说话的音量大那么一点，但我身边叶子上的露珠还是纷纷跌落了下去。金枝身边的露珠应该也跌落了下去，因为金枝的音量也比平时大了一点。

金枝说，你家狗把我吓着了。

我一听就生气了。知道我为什么生气吗？因为金枝在她这句简短的话里，使用了一个很刺耳的句子——吓着了。吓着了和吓一跳有很大区别。它们的区别就是：她说吓一跳我不会生气；说吓着了，我立刻就生气了。因为吓着了，是说此惊吓已构成后果，而我应该对该后果承担责任，主要是经济责任。

都是历尽沧桑的中年妇女了，又都养狗，又隔着墙——虽然这墙漏洞百出，但小白怎么努力都是咬不到她的。狗叫几声，就吓到了？这不是有点讹人的意思吗？

我说，那我也不能把小白的嘴缝上。

金枝一听我这话也生气了。两个人说的话都够有水平的，都能够用一个简单的句子把对方的怒火点燃。

但我们在争吵的时候，在生气的时候，还是有所顾忌的。我们没有完全放开，争吵在一部分理智的控制下进行。金枝是我唯一的邻居，我是金枝唯一的邻居。如果两家交恶，都将丧失邻居，成为没有邻居的居民。我们都不知道将来会发生什么，丧失了相互的帮助会是什么样子，我们心里没底。邻居是突然事件发生时，离你最近的人，是最有希望在第一时间帮助你的人，远亲不如近邻。因此我们的争吵缺乏激情，显得懒洋洋的。我甚至没从蓝色塑料凳子上下来，手里给南瓜授粉的工作也没有因为吵架而停顿下来。金枝在摘早豆角，我看见她并没有停止摘豆角的工作。我们都是手里一边干着各自的活儿，一边很不专注地吵上两句。这样吵架就像柴火少的灶膛，火势不旺，仅仅是有火苗在跳动，不至于熄灭。我们也可能是因为手里的活儿，分散了注意力。我担心雌花得到的花粉不够用，就把雄花摘下来，倒扣到雌花上。

雄花在早上刚把花开了那么一小会儿，就被我这样弄死了，但它死在了雌花的花蕊上，这应该是雄花乐于接受的死亡。我这么做，雄花是会感谢我的。我做了它想做而无法做到的事，这在我看来是雄花最好的死亡了。金枝一边和我争吵，一边摘满了一筐子早豆角。金枝的早豆角都像筷子那么长，那么笔直。一会儿她就要赶早市去卖掉这筐子豆角了，但愿我们的吵架别影响了豆角的价钱。

金枝知道缝上狗嘴是气话，谁也不能把狗嘴缝上，但她在和我争吵的过程中，给出了一个可行的建议。那就是她让我把小白拴上，像她家大黄那样，拴在一棵树上或一根木柱子上。把狗固定住，就不会把嘴伸过去吓唬她了。

金枝给出的建议我是不会采用的，我不会囚禁小白。小白是猎犬，细腰长腿，流线型的身体，包括嘴都是尖的。小狗生下来不是为了当囚犯的。小狗生下来是为了陪伴主人，并一同过上幸福生活的。但是在农村，几乎所有人家的狗都是用绳子拴在自己院子里的。大黄就是被金枝拴在窗下。那个绳子有四米长吧，大黄就在那个四米为半径的区域活动。小白在院子里跑动，有一千平方米。两只狗一墙之隔，命运如此不同。现在，金枝建议我把小白也拴上，和她家大黄一样，也在以四米为半径的区域活动，使两只狗看上去，看不出谁幸福，看不出谁痛苦，像一个战壕里的战友，可以同病相怜。

上午，我去街里买回十二块大石棉瓦，把那有缝隙的木头墙从头到尾挡上了。

金枝从市场上回来，她的早豆角都卖掉了，也不知道那一筐筷子一样笔直的早豆角能卖多少钱。她看见围墙，没有说什么。此后她再没对我说过被小白吓着了，那拴上小白的建议也没有理由再向我重申。

一段平静的日子过去了。我每天看着大黄，很为大黄难过。我在不和金枝吵架的状态下，在和平的日子里，曾建议金枝把大黄放开。金枝说，怕大黄跑丢，我也觉得会跑丢。她家没有院墙，没有大门，大黄不拴着，会跑丢。狗一般是跑不丢的。狗不管跑多远，都是会回家的。狗是世界上最爱回家的动物了，关键是现在为难狗的人太多了。这种人堵在狗回家的路上，拦住狗不让回家。然后想办法把狗拖进汤锅里去了。那么多热气腾腾的汤锅啊，架设在狗回家的必经之路上，大张着嘴，喷着热气，像怪兽。

在我了解了金枝家的收入现状后，就不再建议金枝砌围墙、修大门。我只可怜大黄，终日脖子套着绳子，一辈子都要这样。在农村，几乎所有的狗都是被这样从小拴着绳子，固定在一个很小的范围里，终其一生。

金枝又摘了好几筐早豆角，不断地送到市场上卖掉了。

小白看见金枝还是大叫，但它不能把嘴伸过去了。金枝不好再说什么，我也只能把事情做到这种程度。我不能把小白的嘴缝上，更不能囚禁小白。

秋天了，金枝的早豆角早已卖完了，连豆角秧都拔掉了。后种的白菜绿油油，并且横平竖直。大地的玉米开始灌浆成熟，成熟到后来，玉米就都纷纷垂下了头。外出打工的人，有一部分回来收玉米了。金枝家有三亩地，都种了玉米。虽然只有三亩地，金枝一个人也收不过来。金枝的丈夫回来了，他也是回来收玉米的。整个夏天我都没看见他，是成熟的玉米把他从外地召唤了回来。

金枝的丈夫，中等个儿，很会干活儿的样子。当金枝家的玉米篓子装满了金光闪闪的新玉米，他们家的秋收工作就结束了。但我看见金枝的丈夫没有在玉米收完后离家外出打工，而是继续留在家里。像金枝丈夫这样的人是待不住的，他留下来一定是家里还有活儿要干，而且这个活儿金枝干不了。果然，玉米收完后他一天也没有休息，而是在家里摆开了施工现场。他请来两个村里的帮手，开始和水泥、筛沙子，又开着三轮农用车去街里买回铁网、钢管、涂料等一些东西，看样子是要建他家南面的围墙。这件事很不寻常。我来时他家南面是没有围墙的，那时我这院也没有。也许从他家住在这里，就一直没有围墙。因此，小杨现在做的事，在他家是有划时代意义的。他们在做这件事的时候，态度是极为认真的，为了把地基打好，还要吊线，生怕歪一点点。

只一天，就建起了铁网围墙，大门也是铁的。西面的墙是和我共用的——就是那道木头围墙。东面临街，是政府早先给建的木头墙。不光给他家建，临街的都给建了。所以，金枝家只要把南北封上围墙就可以了。第二天，我起床晚了些。等我看见金枝家的铁栅栏围墙和铁艺大门时，还以为眼前是一个儿童乐园。金枝的丈夫在我还睡回笼觉的时候，已经把他家的大门和围墙刷好了油漆。他可能很喜欢蓝色，也可能是金枝很喜欢蓝色，也可能是金枝他俩刚好都喜欢蓝色。总之，他家的围墙和大门给漆成了宝石蓝色，围墙上的铁枪头涂上了红色。铁大门上的四个铁字——恭喜发财——被涂成了金黄色。我从那斑斓的围墙外走过，出门去街里买水果，对正在低头刷油的金枝丈夫说，刷得很好看。金枝丈夫抬头笑了，他对自己的工作也是很满意的。

中午的时候，我回来了。走到金枝家的围墙外，大黄隔着铁网冲我大叫，我把手从网眼伸进去，摸着大黄的头说，我才不怕你呢，可不许咬我啊。这时我才猛然意识到，大黄怎么能这么近地靠近我？平时它都是在窗下冲我咋咋呼呼。我看见大黄脖子上的绳子没有了！大黄解放了！大黄也过上了和小白一样的幸福生活！那一刻我是多么激动！大黄脖子上的绳索，是我一直想解而不能的。它时时折磨着我，让我难受。我知道乡村里的狗，脖子上都被绑了绳索，但眼不见心不烦。而大黄就在我眼皮底下，我天天看见，它家门口是我出门的必经之路。我差不多每天都出门，也就每天都能看见那条绳索。我高高兴兴地出门，一看到绳索里的大黄，心里的天立刻就阴沉了下来。

我为大黄高兴，差一点就流出眼泪。我说大黄这得庆祝啊，我急忙从包里寻找，拿出一个大香瓜，大黄一口咬住，跑回窝里偷着吃去了。

我院子的西面是玉米地，没有人家。现在看，如果我院子西面也住着一户人家，我有两个邻居，那么，幸福的狗就不是一个，也不是现在的两个，而是三个了。

2016年 吉林乌喇街旧街村

杀羊的理由

一

土城墙上的乌喇草，一直没有人割。这里的农家烧饭、取暖都用自家田里的玉米秸秆。玉米年年都要种，秸秆年年都产生出来。玉米田广大，而烧火的炉灶只有一个。成捆的秸秆排着队等待进入那个唯一的灶膛。往往去年的还没烧完，今年的已经又成捆地运回来了。玉米秸秆在炉灶前发生了大面积的拥堵，农民就把秸秆堆成高高的柴垛。一年又一年，柴垛越垛越高，柴垛越来越多，似乎永远也烧不完了。偶尔谁家的柴垛着了火，没有人救火，都站在那里看热闹。柴垛的主人也不急不慌，脸上还忍着笑。好像是柴垛等得不耐烦了，自己把自己点着了。等巨大的柴垛着落了架，大家都松了一口气。一股清凉的风透了进来。围观的人散去，像刚看了一场野台子戏，意犹未尽的。秸秆犹如鸡肋，扔了不忍，收回来实在烧不完。这导致没有人割柴。细弱的乌喇草就更没有人割了。到了深秋，乌喇草站在那里，看看没人理会，自己就变成了干草。终于，割乌喇草的人出现了。这个人就是我。我拎着镰刀去割乌喇草的时候，它们争先恐后地向我拥过来。土城墙上长满了乌喇草，而我只割一两捆就够了。我割乌喇草并不是有一锅饭等着用它煮熟，我用煤气煮饭。我家是旧街村唯一没有一堆玉米秸秆的人家。我割草不是我没柴烧，而是花卷和豆包没有被褥。10 月的东北，晚上已经很冷了，花卷和豆包身上还没有长出御寒的绒毛。皮下的脂肪也几乎没有，用手一摸后背，嶙峋的骨头硌手。面对不远处的冬天，它们显然没有准备好。原来的主人，在它们降生的这一个多月的时间里，不知都干什么了，连给它们吃饱都没做到。我再用心喂养，也有些来不及。10 月离冬天距离太近了，说下雪就下雪的，这可不是吓唬谁呀。这时候我需要帮手。这个可以帮助我的就是西墙外、土城墙上茂密的乌喇草。

一捆乌喇草，我感到不够，就又割了一捆。两捆细软的干草，一个夏天、一个秋天，草秆里储满了温暖的阳光。我用这些暖热干草给花卷和豆包在羊圈的一个角落，依托北墙和西墙，营建了一个暖和的草窝。小羊一进去就陷在草里面，勉强能看见头。乌喇草干净柔软，铺好窝后，觉得这样好的草窝，我也可以在里面睡了。一切弄好我放心地进屋睡觉了。我盖着棉被子，身下的火炕散发着持久的热量。那些乌喇草也许不比我的被子差。从前的人们，是用乌喇草垫在棉鞋里，多冷的天，脚在乌喇草里面都是暖和的。很多老人都记着当年乌喇草在寒冬给予他们的帮助。现在，在羊圈的草窝里，两只小羊就像两只谁的脚丫：一只脚干净、白净（白羊），一只脚上有几块黑色的污泥（黑白花羊）。这两只小脚，白天定是不管不顾疯跑疯闹来着。

我原打算一周后，再给它们的窝里增加新草。草一压就成了草饼，那种深陷草窝、温暖从四面包围过来的效果就丧失了。

第三天，我进去查看，发现窝里的草都湿了——湿透了，还几乎冻成了草饼，变成黄色，有浓烈的骚味。这几天并未下雨下雪，就是下雨下雪，也浇不到窝里，上面有瓦盖啊。我不得不接受现实：羊往它们睡觉的窝里撒尿！这是我从来不知道的。看上去那么可爱的小羊，竟然有这样大的缺点。我知道猪是不往自己窝里撒尿的，狗甚至可以定时排泄。羊不懂撒尿造成了窝里很冷吗？那么大的羊圈，找个离窝远点的地方撒尿多好。羊连这点心眼都没有吗？看来我对羊的了解停留在那句歌词的层面：山坡上的羊群，像一朵朵的白云。

我临时决定三天就给羊窝换草，并没因此就不喜欢小羊了。我感到这是天神在做小羊的时候，发现把小羊做得太好看了，就给它们搭配了这一不足。神不能让任何物种太完美。我同情小羊，它们天生被遮蔽了聪明，不知道干净是什么。就像人类一开始也是被遮蔽了许多，人是领受了惩罚才获得智慧的。现在，羊的这个不足造成的局面，要由我来处理。换草和续草区别很大：续草是越来越多，也就越来越暖和；而换草是拆掉重来，把尿湿的草都清除，再铺上新割的干草。这个工作量可比原来大多了。我知道我的羊需要大量的干草了，就把土城墙上的草都割了回来，放在墙角，堆成了一个很大的干草垛。我的院子里一直没有柴草垛，这下子也有了，而且是真正的干草垛。想起有幅印象派的油画就叫《干草垛》，谁画的不记得，也许是莫奈，也许是马奈，他们的干草垛画得好像已经着火了一样。我的草堆可不希望它着火，那是我的羊一个冬天的纸尿裤。

也许羊还小，人很小也是尿床的。也许它们长大了就能知道干净了。但愿啊！

二

我去过一次新疆，坐在汽车上，路两边都是绿草的山坡。绿草坡上星星点点是羊群。我遗憾车开得快，没能把羊看清楚，遗憾公路与山坡的距离，看不见羊的细节。现在我有了两只小羊，可以把自己和羊放在任何距离上。我可以抱着羊、用手抚摸羊、手里拿着草，送到小羊的嘴边，看小羊吃草、看小羊的嘴唇、看小羊卧在那里反刍。我终于把在新疆草原看见的羊群山坡的远景，拉近成了羊的特写。这时我发现羊是不能细看的。羊大略看上去很好看：它的小蹄子很好看、小犄角很好看、嘴唇很柔软、蹦跳的姿态很有趣、身上的毛有直的有大卷的，都好看……但你不能看羊的眼睛。羊的眼睛是很可怕的。圆圆的眼睛里，黑眼珠不是圆的，而是黑色的一横，横在里面，像个没插严的门插。它的眼睛虽然大睁着，但是你无法通过看它的眼睛看见它。你的目光进不去，它的目光也没有出来。你的目光和羊的目光连接不上，羊几乎没有眼神。你看羊的眼睛，你是等于看不见它。你只能看见羊的形体，你看不见羊的灵魂。你无法通过羊的眼睛看见羊。

大部分羊活一年左右就会死去，成为人类的食物。主管羊的那位神，有意没有打开羊的眼睛。神可能怕羊看见人间的美景而产生留恋，怕与主人有感情的交流而产生依恋。而这两种情感的产生都是大麻烦啊！天神可怜羊啊！

三

夏天草木扶疏，雨水、阳光充足。割回来的草肥嫩、湿漉漉的。羊爱吃水稗草、野苋菜、灰菜、乌喇草、地瓜藤……小羊好好的，吃得饱饱的，忽然就会拉稀。我听说羊拉稀可不是小事，会死羊的。我不知道给羊看病的医院在哪里，急忙跑到后街去打听。后街有一家养了一群羊。那群羊我并没有看到，我是听到了。每天我都能听到后街传来众多羊的叫声，此起彼伏，如同排练好的多声部合唱。往往都是晚饭的时间，我一听那声音就知道是羊饿了，羊主人没有及时喂羊。我循着声音就找到了，见到了羊倌，我向他请教。他说不能给羊吃带雨水的草，吃了就拉稀，羊吃的草，越干越好。我说那怎么办？我不知道啊！一下雨所有的草都湿了啊！已经吃了，也拉稀了。怎么办啊！他说去十字街兽医站买药，回来他可以帮我打针。我说你还会给羊打针？他说养羊就得会打针，羊三天两头闹毛病。

十字街有个卖兽药的店家，也卖狗粮，我总在他家买狗粮。店主人见我来了，说买几斤？我说今儿个不买狗粮，买管羊拉稀的药。店主忽然笑了，说你可真养个全科啊！我说我除了喜欢狗外，还喜欢羊。店主说，羊可当不了宠物，时间长了你就知道了。他还告诉我，羊有布病。

为了感谢养羊老头儿，我给了他两盒长白山牌香烟。老头儿给羊打针，我帮着抱住羊，怎么打的针我给看了个清清楚楚，觉得打针一点也不难，在羊后背的任何一块都可以。只要用针头刺入皮下，然后推进药水就行了。后来羊又生病，我也试图自己给羊打针，但我无法快速完成把针扎进皮下，然后推进药水的一系列动作。我总是在第一个环节就卡住了。我无法确定我的针是不是扎进了皮下，我总是不敢用力，扎了一下后感觉针还在羊的毛里，并没有扎进去。就在我判断针头扎没扎进去，而这时羊挣扎着已经跑走了。羊不会老老实实地站在那里，等着我分析判断针头进去没有，也不会给我时间扎第二针。我感到我无法学会这一技术了。我无法快速无障碍地用针刺破羊的皮肤。羊的皮肤应该很厚，不用力是不行的，而我恰恰不敢用力，手软。而这个不敢，我知道我克服不了。所以每次还是请那个打针稳、准、快的老头儿来，每次还是除了准备药水针剂外，准备好两盒长白山。

四

在旧街村居住的第一个秋天，一日大集，和樱儿出门去赶集。我们赶集，手里没有可出售的，也不知能买到什么需要的。只是去逛一逛、看一看热闹。刚出大门，见一男人，骑个三轮车，刚好路过。车上一只大羊、几只小羊。于是拦住车，看小羊。小羊刚满月，楚楚可怜的样子。看到幼小又奶声奶气的动物，我就迈不动步了。而樱儿属羊，对羊有天然的亲近。在我询问价钱的时候，他没有阻拦我，站在一边静待事态向着他希望的方向发展。羊主人说小羊五百一对。我觉得价钱不贵，心里以为得一千。就在四个小羊里挑了一对：小公羊是白色的，额头有个旋，顺时针，像个风车，起名叫花卷；小母羊身上白色，头和四蹄黑色，起名豆包。一手交钱，一手抱羊。我和樱儿一人抱一只，满载而归进了院子。想不到刚出家门，离大集很远，就买了这么大的东西。交易就在家门口突然发生了。家门口的这条街是直通大集的，往前走两百米，就进入了每周日的大集深处。看来商品交易的神经已经顺着这条古街延伸到了我家门口。

卖羊人也特别高兴，大脸上的小眼睛，已经看不见眼珠。就算他进入集市的中心地段，也不一定能卖出一对羊。这还没走到大集呢，就开张了，而且买主竟然没有砍价。我只顾稀罕小羊了，只顾在几只小羊里挑选，注意力集中在小羊身上的花色上，并且因选择而纠结，就忘了讲价。把两只小羊放到现成的羊圈里，最先落实的是给小羊准备吃的食物。樱儿去城墙上割草，我去大集买玉米和豆饼。两只小羊的后背用手一摸，骨头硌手。那家羊多，小羊是一直没吃饱啊。想起卖羊人滚圆的大脸，憎恶之心顿生，他倒把自己吃得挺胖，这么幼小的羊，瘦成这样！

这两只被我们选中的羊，是有造化的。吃饱是最基本的，它们不是作为食物被豢养，而是两位文艺中年认识、理解、丰富乡村生活的载体。它们不是牲畜，而是主人的生活伴侣。

五

我们除了喂羊草，还喂粮食。小羊在我们的精心喂养下，在大雪来临前，已在皮下积攒了一层御寒的脂肪。后背曾经耸起的骨头，被匆忙长出的肉勉强包裹住了——怕冷的是那些骨头啊。毛也明显长厚了许多，毛上面有了些许亮光。接下来的大寒、小寒、冬至，一年最冷的季节，小羊都成功度过了。虽然也生过病，但都及时找人打针治好了。到第二年3月，暖阳一照，小羊已然成了大羊。我们这两个养羊生手，在爱心的支撑下，在寒冬的干扰下，终于把两个瘦弱的小羊养大了！花卷长得更大，头上的角，虽略向后弯，但它的气势已经初具规模，每天昂着头，对周围有了警戒的神态。只有豆包依然故我，只是身体长大了些，头上的小角一寸也不肯长长，像两把玩具小刀，只起一个装饰作用。豆包只管低头吃草，其他万事不关心，不长时间豆包就把自己的肚子吃大了。公羊花卷，在身体长大了之后，开始不满意那个羊圈。它能从圈里跳出来，在吃饱的情况下，把院子里的果树的皮都啃了。已经两年的十几棵大李子树、杏树都被它啃死了。花卷这是和我们挑衅呢。它作为一只初长成的公羊，想要作点祸，好把这院子里的对手逼出来，决一死战。它想通过一次决斗，确立自己在这个院子里的老大地位。灰哈哈体形巨大，但它是一只母狗，对于花卷的挑衅视而不见。灰哈哈只对企图靠近这个院子的人和动物高度敏感，对于谁做老大，它才不在乎。花卷啃死了果树，我也很心疼，只有樱儿被激怒了。他手持一段木棒，欲同花卷厮杀。花卷见有人来应战，早早就摆好了姿势，只等樱儿走近，一下子撞翻他。我急忙拦住樱儿，说你根本不是花卷的对手，赶紧进屋，不然花卷怒了，后果不堪设想。公羊的攻击力很厉害，尤其又是敏捷善战的山羊。你打它，果树也不能复活了，再把你顶伤损失岂不是更大。樱儿也知道自己打不过一只大公羊，所以我一拦他，他就借坡下驴进屋了。但是嘴里不示弱，等我找人劁了它！我后来想，如果我不介入，就让花卷和樱儿真刀真枪干一仗，那该是一个什么局面呢？估计应该很有观赏性。虽然院子里的两个雄性动物没有短兵相接，但因樱儿放弃而胜败昭然，此后花卷不可一世。院子里的两个人类，每天定时把吃的给它送到嘴边，在它眼里我们是它的奴隶吧。母羊豆包一次也没从羊圈里跳出来，它对羊圈很满意，有吃的、有暖和的窝，出去干什么。它不理解花卷，那树皮有豆饼好吃吗？豆包的肚子很大，很笨的样子，它想跳也跳不出来。豆包每天最热爱的是吃草、吃玉米，给多少吃多少，好像老也吃不饱。说玉米不能喂多，多了羊会撑死。到了 4 月，豆包的肚子越来越大，同时食量也大得惊人。花卷敌视樱儿，对我保持互不侵犯，却对豆包好，经常把自己的头枕到母羊后背上，用嘴唇、舌头在豆包的后背上来回摩擦，并发出一系列的抖动嘴唇的声音。

5月的时候，院子里要盖一个仓房，叫了几位村民来干活儿。里面有个养过羊的老高说，这母羊快生了，就这几天。我差点惊掉了下巴，这是什么时候的事啊？从没看见它俩有交配行为。我只看到花卷把头枕到母羊豆包后背上，发出喜欢这后背的声音，做出喜欢豆包的动作。这些顶多类似人类的男女拉手亲嘴的行为，怎么能导致豆包怀孕呢？而且，这得三个月之前交配，那时是冬天，小羊才不到半岁？羊半岁之前就能繁殖了吗？这可怎么办？两只羊都忙不过来，再增加羊，怎么养呢？我们是想养两只羊玩的，哪里是要它们变多卖钱。为了羊有个伴，才养了两只，不然一只就够了。我们没想到两只小羊会长大，更没想到小羊会再生小羊。我们没有能力养很多羊，但是现在，羊变多已成事实。我们的手还是四只，不会变多，而羊会不停地变多，最后与我们的手的数量悬殊。我们会有一群羊，逼迫我们成为牧民，连一个农民都做不了了。这是农业环境，四处是良田，几乎没有长草的空地。我们上哪儿去放牧？我们被羊逼到了绝路上。

六

5月，北方还很冷，睡觉还需要盖着冬天的棉被子。我在棉被子里睡觉，睡眠把我运载到了黎明时分。窗帘挡住了大部分晨光，使我的睡眠得以继续，院子东侧的道路上，一个谁家的孩子在不停地喊妈妈。这个喊妈的童声，穿过院子东侧金枝家的菜地，又穿过我的院子木质的大门，穿过房门，进了房间。声音很远，抵达我的耳边的时候，没能把我彻底惊醒。我听到了，在睡眠的情况下，听到了这个声音。如果不是幼儿喊妈的声音，我可能就听不到了。我为这样的特殊声音留了通道，这个通道是为我的孩子留的，不管我是睡着还是醒着，这个声音都会抵达我的耳道。我的孩子已经长大了，上了大学，而我为孩子留下的通道忘了关闭。别人的孩子喊妈的声音，从这个通道进来了。我知道这不是我的孩子，我的孩子已经度过了变声期，胡子都在腮部黑乎乎的了，他怎么可能发出这样幼儿的声音呢？这是别人家的孩子。虽然这样，不管是谁家孩子喊妈，所有的在这个声音范围内的妈妈都会听到。我一边睡觉一边想这是谁家的孩子，这么早就在外面叫唤。虽然没能让我彻底清醒，但沉睡下去也不能了，我像被吊在悬崖的中间，上不去也下不来。喊声在一声声加强，似乎越来越近了，我终于被喊妈的声音拽上了崖顶——我醒过来了，然后坐了起来。我下地穿上鞋，顺着那个声音出了门。我刚走到房门口，“妈——”，听到这个小孩喊妈的声音竟然在院子里，离我很近。看来睡眠还是把距离弄出了误差，那时听着就在大门外的道路上。接着又是一声“妈——”，声音含着早上的水汽，而且声音发出的地点，离我不到五米，就在菜地旁的水井那里。我急忙走过去查看，家里的阿拉斯加大狗——灰哈哈正在水井边低着头忙乎着，它巨大的身躯遮住了一切。我走过去，推开灰哈哈，见一只小羊卧在那里，全身湿漉漉的。这是母羊生了小羊，老高说的果然不假。急忙抱起来，小羊全身湿冷。我紧紧抱着，企图把它暖过来。我迷惑起来，羊圈在房子的东山墙那儿，水井在房门的正面，南边。羊圈离水井有十米左右，羊圈是有木门的，虽然门有缝隙，关不太严，但刚生下的小羊，怎么会跑出来这么远？它一直在远离妈妈的道路上走着。它应该还不会走，是一点点爬到这里的。它从羊圈出来，跌跌撞撞，远离妈妈，却在一点点靠近我，它已爬到我的房门口不远处的水井旁了。这个位置离我睡觉的屋子不到五米，而离羊妈妈有十米多了。它确实是从房子的东侧爬过来的，羊圈在房子的东侧，我住在西屋里。我梦中听到的声音从东边传来，这方向梦没有搞错，只是把距离搞错了。我在梦中听见喊妈妈的孩子在院子外面的大道上，梦把距离拉远了。我和房子东侧羊圈的距离，中间加入一个气球一样的梦境，距离就变远了。声音穿过梦境的气球，听着也远了。

我抱着小羊，发现它白色上印着黑色花纹，是我最喜欢的黑白花的小羊。如果它不长大，永远这样大该多好。如果它只吃青草、玉米，不啃果树的皮该多好。如果它知道干净，不在自己睡觉的地方撒尿该多好……小羊羔是最好看的动物。我抱着它，它还会突然大叫一声“妈——”！它叫的不是咩，而是妈！我被这叫声打击到了。这可怎么办？一生下来就喊妈的小羊，长大了可怎么办？我打开羊圈的门，见母羊站在我给它铺的草窝里，后腿那里还有一只全白的小羊。而公羊，躲在后面，离得很远，紧张地看着。它知道这是它的孩子吗？有几只公羊能有机会生下自己的后代呢？花卷可以死而瞑目了吧。我把怀里的小羊放到母羊的肚子底下，帮它找到一个乳头，另一只羊也找到了乳头。后来的很多事都证明，母羊不喜欢这只生下来就跑出去的小羊，而喜欢那只生下来就在它肚子底下没爬走的。是不是母羊不记得我抱着的这只是它刚生的？以为是我生的，硬塞给它，吃它的奶？它只记得后生的那只白色的小羊。后来两只小羊长大了，两只小羊一同叫唤，母羊会跑向那只小白羊，嘴里发出一种奇怪的声音，安慰小羊，对小花羊则不管。

母羊不愿意给小花羊喂奶，每次喂奶我都进行介入，帮助小花羊吃到足够的奶。但小白羊越来越健壮，四只小腿非常灵活，砖墙、瓦片，哪都能跳上去，小花羊就要差一点。后来，长到三个多月的时候，小花羊突然死了。找到的原因是吃玉米吃多了，不能消化，死了。但两只小羊是一起吃的，小白羊没有死。小花羊虽然有我照顾着，不时地抱着，但它妈妈不喜欢它。它看出妈妈不喜欢它而喜欢另一只羊。它很伤心吧，心情不好，导致肝气郁结，肝脾运化受阻，自然不能消化食物，因此小花羊应该是情志病，抑郁而亡。樱儿把小花羊埋在院子南面的城墙上了。哪只羊能有葬身之地呢？小花羊虽然夭折，并且不幸地没有得到母爱，但它得到了非常难得的安眠之地。城墙上的古榆为它遮风挡雨，它生前我多次带它到城墙上吃草，城墙上的乌喇草很好吃。它葬在草坡上，榆树叶子也很好吃。秋天落叶很厚，一个冬天都不会缺吃的。

小花羊出生就从羊圈里爬出来，一边喊妈妈，一边向我居住的西屋爬来，并成功地把我从睡梦中唤醒。它爬向了一个人类的妈妈，失去了羊妈妈。它因失去羊妈妈而夭折，却因为得到一个人类的妈妈而得到了安葬。能得到安葬的羊几乎是没有的，它会不会从此脱离畜道，而进入人道？它为什么会发出人类的喊声？它离人道已经很近了，近到没有时间长大。长大就长到砧板上去了，它太聪明了，在离砧板还很远的时候，就停下脚步再不肯走了。它终于停留在了它喜欢的城墙的南坡上，永远与青草和榆树在一起了。真是个聪明的小家伙啊！它从出生开始，就一步一步远离羊圈，它奔向我的门口，爬向人类的屋子，它想做一个人类的孩子。

七

转眼花卷已经一岁半，孩子都半岁了。它还会使母羊怀孕的，而我们养不了那么多的羊。我们不想多繁殖挣钱，只希望羊的数量不要增加，在我们能照顾的能力之内。但是有花卷存在，羊的数量就会不停地增加。花卷作为公山羊，很凶，能跳墙。两个大角很坚硬，那是它的武器。它已经在我们的院子里建立起了它的家族，并且它是老大。樱儿和我提议，应该杀掉花卷。我虽然不想杀生，可有花卷，这个院子里将寸草不生。它的破坏力太大了，我只得妥协。当然我们可以把它拉到大集卖掉，但卖掉也就是杀掉。谁买去都是要杀掉吃肉的。我见到过人杀羊：那是初冬的集市上，一辆车边拴着一只羊，而就在这只羊的眼皮底下，另一只羊正在被剥掉皮袄，粉色的身体冒着热气。我觉得可以杀羊，但不能虐杀。我不能让我的花卷落入这样的死亡，杀它已经很对不起了，要在它的最后时刻，给它一个好好的死亡。这样它的灵魂就知道往哪里去，不至于成为迷失的羔羊。这样我们的心就会安宁一些。这段时间，我忽然有所领悟：怎么死是很重要的。人们对活着倾注了过多的关注，而死被有意遮蔽。这导致怎么死，不被重视，不被讨论。因此，对于生命的死亡，缺乏理论上的规定。死成了一个令人措手不及的事件。而动物的死，更是没人关心。很多人认为，既然是死，方式和方法有什么重要的呢？当我目睹了集市上羊的死亡，感到怎么死，是极为重要的。死和死的区别是很大的。

经过我的一番努力，花卷在一段经文里往生了。羊肉都送了亲戚朋友。羊再不能养了，羊肉不能吃了。所有的羊肉，都是花卷的肉，都是豆包的肉。所有的小羊，出生后都在大叫“妈妈妈——”令人胆战心惊。

2020 年 8 月 4 日 吉林乌喇街旧街村

花蒲扇

2008 年 9 月 25 日，在遥远的以色列，15 万人参与了选择国鸟的投票，共有十种本地鸟进了候选名单。最后是戴胜鸟脱颖而出，以较高票数当选以色列国鸟。

戴胜鸟获胜的理由有这些：美丽、尽职尽责、能照顾好自己的后代，还有戴胜对配偶忠诚、雄雌鸟共同抚育后代。

当戴胜鸟第一次出现在我的院子里的时候，是 2015 年春天，此鸟担任以色列国鸟已经七年了，而我孤陋寡闻，并不知此事。见两只花鸟飞进院子，欣喜异常。我是在平原长大的，除了麻雀、燕子、乌鸦、喜鹊，再不认识别的鸟。只要不是麻雀、乌鸦、燕子、喜鹊，都令我欣喜不已，仿佛我的世界变大了。我的世界真的变大了。我原来的世界里只能放下麻雀、燕子、乌鸦、喜鹊；现在，两只不认识的花鸟飞了进来，如果我的世界不够大，那么花鸟是飞不进来的。我从它的尖嘴和有限的关于鸟的认识判断，它是啄木鸟。我也没见过啄木鸟，但啄木鸟名气很大，是森林卫士，是好鸟，被作为正面形象广为宣传。我从它的长嘴和头上的冠子做出判断。啄木鸟的两个最基本的特征，这鸟都有，可这啄木鸟性情有些怪异，为啥热衷于在我的菜地里疾走，而墙边就有好几棵榆树，它作为一只啄木鸟，为啥不在树上找吃的？为啥不在树干上笃笃地敲击？后来我在一个电视片或图册上看到了这种花冠子鸟，原来此鸟有个莫名其妙的名字——戴胜（特别像人名）。我不知它为啥姓戴，可能是音译。我国人民并不满意这个名字，因此我们给它起了好几个名字：花蒲扇、臭姑姑、山和尚、鸡冠鸟、胡姑姑。在这些名字中我喜欢花蒲扇和山和尚。我可是见到戴胜飞起来，飞得不高，似乎还很吃力。但一飞起来，翅膀上的花纹就展开了，而这一展开，就特别好看，像个花蒲扇。山和尚的名字从它羽毛的颜色而来，黄色带褐色横纹，是不是很像袈裟，还有就是此鸟不善飞，不能在飞行中捕食，而是善走，在地上捕食。一边走一边头还一点一点，像和尚念经。

落在我院子里觅食就不能叫山和尚了。这是平原，应该叫花蒲扇。

去年春天，菜地被我用锹翻开黑土，打成垄，花蒲扇就来了。我的铁锹是扩大了百倍的鸟嘴。它用长嘴翻泥土，哪有我的铁锹效率高。它见我把土里睡了一个冬天的虫子都翻上来晒太阳了，就带着它的配偶来了，这还客气啥呀。两只花蒲扇，一前一后，在地垄间疾走寻找。从外形我看不出这鸟的雄雌，几乎一模一样。一会儿，小狗就发现了它们。小狗不吃菜地里的虫子，但它不吃，搁那儿也不让鸟吃。在它的领地找吃的，这种行为令狗很生气。我从窗子里看见，两只山和尚从地垄中突然升空，在半空打开翅膀，成为两只花蒲扇。而扑了个空的小狗，仰着脖子很无奈。也可能我的小狗是个有审美能力的小狗，它发现这鸟飞起来很好看，就把它们赶到空中，开出两朵褐色的花。

整个冬天我不知道花蒲扇怎么过，书上说戴胜住在树洞里。我这院子挨着城墙，上面有很多古树，古树就爱长树洞。它们应该住在附近的老树上，或者城墙上的乌喇草长得很厚，在那里做窝比树洞暖和。我每年春天回来，用锹把我的菜地翻一遍土，然后准备种各种瓜菜。这时候，两只花蒲扇就出现在院子里了。我看见它们，知道过去的那个寒冬，它们成功地度过了。

今年我来得晚，五一才来。我又看见了戴胜，是一只。我的心忧虑起来——是过去的那个寒冬，要了其中一只的命？剩下的这只可能是雄鸟，雌鸟一般没有雄鸟强壮。连续好几天，我都看见一只戴胜在菜地里疾走，低头找虫子吃。我上网查了一下：戴胜孵蛋在 4 至 6 月间。东北纬度高，那么孵化应在 5 月。那么另一只在窝里孵蛋？那只鸟也越过了冬天？那么暖和的乌喇草，那样众多的乌喇草，怎么能不帮助它俩一起度过冬天呢？每年都是 4 月我来乌喇院子，那时戴胜还没产蛋，所以我看见两只鸟出双入对。到了 5 月，一只鸟孵蛋了，另一只出来找吃的。它俩轮班，可能是这样的。最好是这样的啊！

转眼就到了6月，我栽的菜都开花了：西红柿、茄子、辣椒、秋葵、冬瓜、苦瓜、丝瓜、南瓜……我最忙的时候过去了。我把书桌放到南窗下，外面就是院子。我坐在书桌前就着窗外的风景写点文章。我总是从窗子往外看，因为外面太好看了，心思无法集中在写字上。风景尤其是我亲手缔造的风景让我分心。我赞美我自己能干：菜种得好，不照农民差；我还种花，种很多种，赤橙黄绿青蓝紫，使整个院子特别接近美好的人间；还有几棵大榆树站立在墙边；一架秋千从一段树枝上垂下来；栅栏外是乌喇明代古城的土城墙，上面乌喇草茂盛，人已经很难走进去了，应该只有鸟迹兽迹，而无人迹了。

忽然，在我的窗下空地上，我看见了花蒲扇。这里是大树下面，虫子多。地上的草我清理得不彻底，也招虫子。我看见了两只花蒲扇！狗在院子的另一侧睡觉，这里是狗那个位置的死角。两只鸟在我的视线里停留了很长时间。我坐着不敢动，因为离得太近了。我能看见它们，它们也能看见我。我不动它们还以为我是一尊塑像，是屋子里的一个摆设。

这是今年我第一次看见两只戴胜一起出现在我的眼前。原来，那只雌鸟没死，那可怕的事情并没有发生。5月它在孵蛋啊！5月它果然像我想的那样在孵蛋啊！这太好了。

如果真的死了一只，剩下一只可怎么办呢？人间这样的事常有，并且人类很有办法应对。而鸟不能寡居，它们不知道怎么办。有的鸟失去伴侣，也只好去死了。所以，当我看到两只戴胜的时候，真是把悬着的心放下了。原来世界没有恶化，没有在我目光不及的地方发生悲惨的事情，两只鸟都好好地活着呢。

我一动不动往外看。这一看，我还真看出了些异样。我发现一只行动敏捷，不停地把尖嘴插到土里、砖缝里找吃的。另一只则跟在后面，基本不找吃的。它好像不饿，或不会用尖嘴找吃的。终于我看到那只走在前面勤劳的鸟找到了一条虫子，它折回来，把找到的虫子递给后面的鸟，两只鸟嘴对嘴传递一条虫子。我惊呆了。这是干什么？从体形大小看，一般大。那个不觅食的鸟也不像它的孩子啊。我猜后面这只是它的配偶，是雌性，前面的那只是雄性。我曾养过鸡，大公鸡在食物面前是让母鸡先吃的，甚至会叼着嘴里食物，紧走几步，来到母鸡跟前，再吐给母鸡吃。公鸡不会嘴对嘴喂，它把食物放在母鸡面前的地上。戴胜是不是也是雄性喂雌性，我不知道，资料上也没写。我猜测的另一种可能就是后面那只被喂的鸟是它长大的孩子，虽然会飞了，但不太会找虫子。那么前面的那只鸟就不一定是雄鸟，也可能是雌鸟。它在言传身教，一边教孩子怎么找吃的，一边喂它？

就在我还没有定论的时候，就在我对眼前的一切还没能好好归纳的时候，小狗斗败跑过来了，前面那只飞起来，越过篱笆，落到外面的土城墙上了，而后面这只不飞，也不怕狗，狗也没看见它。从这一点分析，这只没飞跑的鸟，应该是今年的小鸟。它初生牛犊不怕虎，看见狗也不害怕。它可能是此生第一次看见狗，因此不知害怕。它刚好走进草丛中，狗也没看见它，没发生狗继续追咬的事件。它继续在墙根那儿走走停停，也不低头觅食，也不着急飞走，好像心不在焉。那5月孵化，到6月小鸟就长得和成鸟一样大了吗？也不对，也有可能不飞的这只就是雌鸟，刚把小鸟孵出来，一个月没出来了。话说一孕傻三年，鸟也如此。孵完了小鸟，也不会觅食了，也不知道躲避大狗了。总之我无法定论，两种可能都有，我眼睁睁看见一只大鸟嘴对嘴喂另一只大鸟。

以色列人喜爱戴胜，我国人民也喜欢。唐朝诗人贾岛就写诗赞美戴胜鸟："星点花冠道士衣，紫阳宫女化身飞。能传上界春消息，若到蓬山莫放归。"

此鸟到了乌喇街，我也不愿意让它走，我有办法留住花蒲扇。我的院子不用农药，虫自然就多。虫多了，花蒲扇就来了。它把我的院子当成食堂饭馆，饿了自然就来用餐。虽然有狗，但时间长了，花蒲扇也就不害怕了。院子里的狗，吃得饱，并不想吃鸟，基本不会吃活食，因此叫几声，扑一下，游戏而已，把花蒲扇当成好玩有趣的东西了。在狗眼里，花蒲扇不是食物，是玩伴。在我眼里，花蒲扇也不是小鸟，而是我的邻居。它们偶尔到我的院子里来转一转，带给我的意义非凡。鸟的神经敏感，鸟能感到人感觉不到的危险。鸟在，昆虫在，则一切安好。这让我觉得世界还稳着，那些看不见的支撑还在，风吹草动我都安之若素，心里不慌。

2020 年 6 月 22 日　吉林乌喇街旧街村

两只猫头鹰

10 月，我正在广西采风。第一次进火龙果种植园，发现火龙果竟然长在类似仙人掌的植株上，大吃一惊。园主请我们吃刚摘下的火龙果，好吃得不得了。在北方家里，超市有火龙果出售，吃过几次，感到火龙果看着好看，实则不甚好吃。不甜也不脆，面糊糊的，而这里的为啥这样脆而且甜？原来北方和广西离得太远，果子七八成熟就要摘下来，以对抗长途运输。水果全熟，运到地方就腐烂了。要青愣一些，在运输途中慢慢变熟。这就是同一种水果，在产地吃和在千里之外吃，口味差很多的原因。我们这些年吃南方水果，都是在路上熟的，甚至是催熟的。在这个成熟的过程中，它们被层层包裹，关闭在箱子里，它们的成熟，缺了阳光的参与。阳光是什么？阳光是给瓜果运送糖分的。没有阳光照射，没有风的流动，水果在黑暗中不是成熟了，而是死去了。刚摘下的成熟瓜果，就像刚打捞上来的鱼，而经过长途运输的瓜果，就是死去多时的鱼。这样的鱼怎么能好吃呢？

正在吃刚摘下的红芯儿火龙果，樱儿打来电话，他告诉了我一个惊悚的故事：说下午五点多的时候，有两只猫头鹰落在了家宅的房脊上。不但落在房脊上，还端坐在那里半天不走，还大叫了两声。樱儿又说，我是在林场长大的，那么多年从来没有见过猫头鹰，猫头鹰都是晚上出来，大白天还跑到居民房脊上坐着，大摇大摆、目空一切。此事发生概率极低，此鸟不是什么好鸟。它俩造访咱家，不是好兆头，主凶。从他的语气中，感到他很害怕。我也大惊，我更没看见过猫头鹰。猫头鹰总是在黑夜背景的屏幕上，嗖地飞过，然后落在狰狞的树枝上，爪子上抓着一条挣扎的蛇。今天看来日子很不寻常，竟然发生了两件此生第一次。首先是我见到了火龙果园，吃到了刚摘下的火龙果，而千里之外家里的樱儿也经历了突发事件。他见到了猫头鹰，并且落在了他住的房子上，并大叫几声。猫头鹰和夜幕一起降临，我紧张起来。

我和樱儿说，你不要怕，把这件事说给别人听。没人来你就打电话，给你的朋友打。你就把猫头鹰事件从头至尾说出来。说出来，猫头鹰发觉它的秘密被发现了，就感到没意思了，就什么事都不想做了，我们就没事了。樱儿似乎也知道这么做，他第一时间就和我说了。和我说远远不够，要把猫头鹰来造访一事说给更多的人。那些天我极度紧张，晚上睡不踏实，很晚才能睡着，告诉樱儿不要烧煤。下午三点点火，这样到睡觉时火就熄了，就不会一氧化碳中毒。睡前吃一片阿司匹林，就不会发生脑中风。因为不知道他会不会按照我说的做，每天上午联系上了，知道他安全度过了又一个凶险的夜晚，才放心。

我不知樱儿是否每天给他的朋友打电话，叙述他的惊恐见闻。在千里之外，那两只猫头鹰，成功地左右了我买衣服图案的选择。我上街闲走，遇到小服装店，都是毛衣店。我选来选去，最后选了一件胸前是一只大白象的毛衣。我从来不喜欢大象图案，我的衣服没有一件有大象图案的。我进服装店的时候，正被那猫头鹰的阴气笼罩着，这个时候看到大象感到一股阳气扑来，迅速击退了那团阴气。我也忽然喜欢了大象的粗腿，多么坚牢，任什么都无法撼动。我把大象衣服穿在身上，大象雄赳赳站在我的胸前，挡住了一些不干净的东西。我躲在大象的身后，感到安全了。我买下这件毛衣，回了吉林乌喇街。到家我就穿上了大象衣服。我对樱儿说，你不用害怕了，我躲在大象身后，你躲在我的身后，俩猫头鹰还能反了天！

几天过去了，猫头鹰又出现过，原来它们就在南面城墙上住。人家是在家的附近玩玩，并不是大老远飞来，专程告诉我们一个不祥的消息。猫头鹰家和我家是邻居，我也有可能去城墙上，也会从猫头鹰家旁经过或停留。如果我们站在猫头鹰的家旁边说一会儿话，猫头鹰也会像我们这么紧张吗？

看来谁也不是谁的凶兆。从前接触太少，误会而已。与猫头鹰为邻，感觉也不错。一年过去了，猫头鹰并没有给我们带来凶险。

2017 年 10 月 吉林乌喇街旧街村

双鸡图

下午，樱儿来电话了，用湍急的语速，和我说了两件事。他说那只母鸡今天下蛋啦！又说也许是昨天下的。发现那只蛋的时候，蛋自个儿躺在鸡笼子里的木条子上，已经冻坏了。从冻裂的口子里，蛋液冒了出来，还没等流淌，就冻住了。他又说冻住的蛋液很像琥珀。到底是有文化的人，会使用比喻句子。我见过冻坏的鸡蛋，楚楚可怜的。此刻我家那只鸡蛋，据说像琥珀的鸡蛋，就在眼前，也很可怜，我的心也像那蛋液一样颤动了一下。

这可是今年的第一只鸡蛋啊！也是我和樱儿此生的第一只鸡蛋！如果不是一只鸡蛋，而是多只，大家挤在一起，互相取暖，也许就不会冻坏了。寒冷是蛋冻坏的原因之一，另一个原因应该是孤独和恐惧。而一下子产下多只鸡蛋，大家挤在一起的局面本是可以出现的。如果那九只母鸡都活了下来，没有在夏天和秋天一个个地惨死，那么现在下蛋的就不是一只母鸡而是十只母鸡。那么一天就不是一只鸡蛋而是十只鸡蛋。想想那局面，多壮观啊！十只鸡蛋，樱儿的手再大，也是拿不过来的。十只鸡蛋，两只手，一只手拿五只，手指就合不拢，构不成对鸡蛋的有效保护，指不定哪只会掉下去。就算偶尔掉下去一只蛋，摔碎了，像玻璃一样，捡不起来了，也不足以破坏喜悦的心情，看看手里，还是满满的。那么掉到地上摔得扁扁的鸡蛋像什么呢？

现在，只有一只蛋，樱儿的两只手捧着，断不会掉到地上，断不会让蛋变成闪光的碎片。

小鸡刚来的时候，比它现在的蛋大不了多少。樱儿的两只手拢在一起，可以捧住两只。虽然小，也已长出花翅膀，不是那种刚出蛋壳的黄茸鸡。十只小鸡，放到铁网围好的一片草地上，几乎是眨眼就消失在草丛里不见了。那天樱儿从乌喇街大集回来，抱着一只装苹果的纸箱子。他忍着笑，从苹果箱子里一只一只地往外拿小鸡，我以为他在给我表演魔术。

这片草坪，可不是城市的草坪，城市的草坪有组织、有纪律，大家都长一般高。叶子都是一样的，花儿都是一样的。我家的这草坪，那草是自己长出来的。什么草在这里都有一席之地，都可以从砖缝里长出来。我认识灰菜、苋菜、稗草、牛筋草，别的就叫不上名字了。那些叫不上名字的草，还有七八种。这就使草坪看上去杂乱无章但也生机勃勃。有的草已经长到我的膝盖高，到秋天的时候，就会长到我的脖子那里。我一米五多，想想那草有多高！后来发生的事可以证明，这是一些凶恶的草，这是一片凶险的草坪。那九只小鸡，就是被这些凶恶的野草吞噬的。

樱儿在草坪的中间，拔掉了一片野草，露出原来的红砖地。把水盆、装着小米的食盆在那片空地上摆放好，动作就像往餐桌上摆放晚餐。小鸡从四周的草丛里钻出来，聚到米盆的旁边，先吃一气儿小米，然后喝水。喝完水觉得没吃饱，想一想后再吃小米。小鸡喝水有点像人吃药，得大幅度仰着脖子。可小鸡吃米为什么不用仰脖子呢？这时它们全都暴露在我们的视线里，这个时候就可以数一数了。数小鸡可要快一点，因为一吃完小米，它们就会又消失在草丛里了。

第二天，来到红砖地上吃小米、仰脖子喝水的小鸡，就少了一只。樱儿说他数了两遍，并要我去再数一遍，他怀疑是自己眼花。那些小鸡并不老老实实站在那里等你数完，它们总是乱动，好像不知道主人在数它们。我只得放下画笔，去数小鸡。我正在画一幅奔马图，图上一共有八匹马，我已画好了七匹。我画八骏图，并不是我有多喜欢马，其实我喜欢花鸟，我暗暗支持樱儿养小鸡，小鸡在国画里也是很有地位的，因为鸡谐音吉，大鸡图就是大吉图。还有公鸡那种趾高气扬的样子，很能给人提气。还有就是红公鸡能辟邪镇宅，城里人没地方养一只大公鸡镇宅辟邪，就挂一幅大吉图，功能也应该是一样的吧。我感到我怎么也画不好那些马了，尤其八匹马，挤挤插插不好布局呢。现在有了小鸡，我可以守着小鸡，从小画到大，不用千里迢迢上内蒙古去看马了。我喜欢所有的动物，尤其动物在幼小的时候。当小鸡还是一只鸡蛋的时候，我就开始喜欢了。母鸡长大能下蛋，公鸡长大羽毛华丽，能看能吃，比别的动物对人类的贡献似乎更大，所以一说小鸡少了一只，我也坐不住了。

我数的结果也是少了一只。

灰哈哈在铁网外来回跑着，它在寻找门，它也要进去数小鸡。

第三天，来红砖地上吃小米、喝凉水的小鸡少了两只。我和樱儿每人数了两遍。灰哈哈来回跑着，数的遍数更多。它吐着舌头、张着嘴，似乎在说，不是我吃的！不是我吃的！你看我的口腔里可是什么都没有，不要冤枉好狗！

不能这样继续下去了。一天少一只，要不了几天，就会没有小鸡来到红砖地上吃小米了。

灰哈哈没有数到小鸡，铁网拦住了它。我们不让灰哈哈数小鸡，铁网也不让灰哈哈数。这个我们都看见了。那么是谁在偷偷数小鸡呢？并且把小鸡数进了自己的肚子里去了呢？

樱儿说把草都铲除，小鸡怎么消失的，就会一目了然。我说那不行，草丛的用处很大，红砖地被烈日一晒，形同沙漠，小鸡会被热死。草丛里会有很多小昆虫，小鸡爱吃昆虫，光吃米不行，还得吃小虫。小鸡吃小米是为了果腹，而吃小虫则是生命的乐趣，这很不同。你不能让小鸡生活在只能果腹而毫无乐趣的世界里。另外，小鸡的丢失，并不是草丛的过错，那些草再凶猛，也不能把小鸡吃了。草又没长嘴，草只是恶狠狠地生长自己。野草的凶恶是针对自己和时间的。

当小鸡又少了一只的时候，我和樱儿同时想到了老鼠。按说老鼠吃不了小鸡。但当小鸡太小，老鼠又很大的时候，老鼠就会吃了小鸡。这就像狼吃不了老虎，但当老虎幼小、狼很大的时候，情况就不一样了。

买到的鼠药是瓶装、液体、看上去透明。店家说用它泡香瓜，效果很好的，说完冲着我们一笑。

我和樱儿拿着那瓶透明的液体，一路上很小心、很害怕。这是我此生第一次买毒药。我发现我害怕毒药，毒药总是和犯罪有关。我一拿毒药，我就和犯罪有关了。我想让樱儿拿着，想想没好意思，他会嘲笑我的，而且会嘲笑我好多年。

晚上，小鸡都进鸡窝了。它们晚上不出来，因为雀（音巧）蒙眼看不见。香瓜切成小块，在盘子里摆好，然后把透明的药水淋在上面。樱儿在做这件事的时候，我在一边看着，感觉他的动作和给我做一盘浇汁豆腐从神情到动作都是一样的。他很用心，使每一块香瓜上都均匀地淋到了药水，就像给我吃的菜上淋上花椒油。这盘精心炮制的佳肴，也放在了白天放小米的红砖地上。白色的瓷盘，边上是景德镇瓷器的缠枝纹样。香瓜摆得像个旋涡，上面的药水在月光下夜露一样晶莹剔透。四周高大的野草，在微风里轻轻摇晃着。虫鸣并不成片，而是东一声西一声，很突然的，在近处的，会吓人一跳。一只蟾蜍“呱”的一声，吓得我的心一抖。

樱儿从里面出来，我又检查了一遍门插，可不能让灰哈哈进去。药不到吃鸡的坏蛋再把狗药死，那可完了。灰哈哈是我们的心头肉，地位是比小鸡高很多的。小鸡能看能吃，而灰哈哈是我们的孩子。狗要有个三长两短，我和樱儿都会崩溃。我们俩生不出孩子，有了灰哈哈后，把孩子的事儿忘掉了，有了灰哈哈什么都不缺了，撒娇、耍赖，灰哈哈什么都会。要是现在突然生出一个孩子，我们都不知道应该怎么办了。我在门插的基础上又缠了一道铁丝。门插，聪明的狗狗会打开，但扭结的铁丝狗狗打不开。

站在铁网外，看了一会儿那盘香瓜，又抬头看了一会儿天上的星星和满月。邻居高大的玉米秸秆柴堆，此时成了一只巨大的黑色野兽，就连墙角那几棵榆树的黑影也越来越像一只巨大的猫头鹰。天上的月亮和星星，那么亮，却没有一点声音，这一切都太可怕了。我感到星星和月亮的沉默很可怕。我和樱儿说，我冷了，要进屋了。他说，我早就想进屋了，一盘毒药，咱俩看这半天。我说不是还看月亮了吗？哪儿光看毒药了？

我低头嘱咐灰哈哈，别惦记啊，那可是毒药，吃了会死，说完我给灰哈哈做了一个翻白眼、吐舌头的死样子。狗能听懂话的，尤其经常和它说的话，它懂。可毒药这个词是第一次出现，它一脸迷惑。毒药和死之间，它还没经验建立联系。

我们双双把屋还，那盘香瓜留在了皎洁的月光下。我进屋躺在床上，眼前还是那盘月光下孤零零的香瓜。只有这一盘菜，我不知道来者是否会嫌菜少。

躺在床上，我和樱儿的话题就是谁会吃到那盘香瓜。樱儿说，可别被“胡三太爷”“胡三太奶”吃到，那咱俩就完啦。我说不会，不会是它们。它们多大的胃口啊，要是吃小鸡，那些个加一起够一顿，不会一天一只，这样节约着吃。应该是“灰八爷”，而且是未成年的“灰八爷”，它吃一只就饱了。

樱儿问“灰八爷”是谁？

我说“灰八爷”就是老鼠，老鼠排行第八，你说的“胡三太爷”排第三。

樱儿说老鼠是害人精，还管它叫爷爷！谁排第一？

我说我不知道谁排第一，我只知道“灰八爷”，那你知道谁排第二吗？

你说咱俩的做法是不是很阴险，这叫投毒，在晚上，鬼鬼祟祟的。谁叫它们先吃咱小鸡来着。樱儿关了床灯，屋里和外面一样黑了。过了一会儿，屋里比外面还黑了。

第二天，天蒙蒙亮，我就赶紧起来。去晚了，等小鸡们都醒了，吃了香瓜就完了。因为香瓜放在了砖地上，无法留下脚印，但那香瓜可是少了好几块。端回来让樱儿看，他说少了三块。昨天他放进去十五块，现在只有十二块。是的，是的，那旋涡明显有了缺口了。

到了晚上，来到砖地上吃小米的小鸡是没有再减少，只有十二块香瓜的盘子又被小心地端了出来，摆放在了月光下。

一连几天，小鸡没有少，香瓜也没有减少，看来危机过去了。香瓜缩小变酸了，就撤了回来，不再摆放。

鸡圈里的危险局面，似乎是被那盘香瓜给遏制住了。小鸡长大了一些，尾巴都长出来了。小米已换成了玉米面拌菜叶，原来装小米的碗也换成了铁盆。

一段安宁日子后，灾难又来了。一些小鸡的脸上、嘴上、鸡冠子上、脚上，出现了包块。然后小鸡就开始一个一个缓慢地死去。有一个看不见、摸不着的幽灵，在草丛里游荡，它在肆意摧残我的小鸡。浇了毒药的香瓜已经没用了，它不是“灰八爷”，它什么都不吃。杀死小鸡它也不吃，它就闲得没事，以杀害生灵为乐。

到兽医那一问，说这是一种病，叫鸡痘。竟然有药可医，急忙买了药，回来兑好水，一个一个往嘴里灌。那些长了鸡痘的一个也没灌好，没长痘的灌了药，没有再长痘。

又死了几只后，就到了秋天，鸡痘突然停止了。不知是因为那些药粉还是因为秋风，鸡瘟忽然不再长了。剩下的鸡干干净净，并且快速长大了，它们有大鸡一半那么大。这个时候鸡死了，是很心疼的。那些幸存下来的母鸡都长得很静穆，身上的羽毛很淡雅，像有文化的少女，不爱穿鲜艳的衣服。

这个时候，爱穿素雅衣服的母鸡并不是一只，至少有三只。经历了几劫之后，它们端庄、优雅、见过世面、很沉得住气。

灰哈哈一直在铁网外面来回跑，跑累了就卧在那里看小鸡，脸上呆呆的。我知道它也在数小鸡，因为隔着那么高的铁网，一直数得不痛快。它想进去数小鸡，并且想把小鸡数到自己肚子里去。夏天它没进去，夏天不帮助它。到了秋天，秋风和灰哈哈好上了，并联手干了一番大事业。当草坪西面的铁网被秋天强劲的风吹倒的时候，我和樱儿都不在家。那天是周日，是乌喇街一周一次的大集。农民都去赶集，出售自己的农产品。我们去买菜，能买到农民的有机蔬菜。他们自己吃不了的，拿来出售。秋天，南瓜下来了，红色的、绿色的，很便宜，想多买些留着冬天吃。虽然院子里也种了南瓜，但很少，不够吃，再说还得送城里的朋友呢。我们拿了一个土筐，装了满满一下子。回来的时候，一进门不见灰哈哈前来欢迎，准备一进门就给灰哈哈一个红色南瓜当球玩呢。正纳闷，向鸡圈里一看，灰哈哈正在里面左扑一下、右扑一下，忙得不亦乐乎。见我们回来也没有停下来，它是找到了比南瓜更好玩的东西了。

灰哈哈也没有吃掉它的猎物，而是以咬死为目的。鸡圈的地上，左一个尸体右一个尸体，惨不忍睹。进了铁网的灰哈哈，就是个显形的恶魔，把它拉出来，才是一只乖小狗。

樱儿愤怒地拎起一根胳膊粗的木棒，打灰哈哈。我冲过来，护住，并大骂他是这个世界上最愚蠢的人。他气红了脸，说干这么大的坏事都不能教训一下吗？我溺爱灰哈哈，要是生了孩子也会被我惯坏的。

剩下的唯一母鸡下蛋了，这有多不容易！我发信息告诉樱儿，把鸡窝里铺上旧棉被，再不能让鸡蛋冻坏了。我还说每只鸡蛋里都有一只小鸡，有一只母鸡活着，就等于失去的小鸡都活着。我感谢给我剩下了一只母鸡，感谢这只母鸡能下蛋，我等于一只小鸡也没有失去。不管夏天和秋天发生了什么，只要有一只母鸡活着，一切皆可挽回。

樱儿和我说的第二件事很棘手。

他说，那两只公鸡打架，一只把另一只的头咬得像血葫芦。

夏天的时候，我们不光买了十只母鸡，同时还买了十只公鸡。这二十只鸡不是一起买的。第一次，在乌喇街大集的日子，樱儿看见出售小鸡，买了十只：五只公鸡、五只母鸡。回来放到铁网围成的草坪里，十只小鸡，一会儿就不见了。

我感到草坪太大，小鸡太少，基本看不见草坪里有小鸡。这可不行，我想营造出一个鸡鸣狗吠的热闹繁华所在。十只小鸡，连影子都看不见，更听不见它们鸣叫。等到下一个周日大集，我亲自去了，还是五只公鸡、五只母鸡，卖家用一个纸箱子装好，我抱回来的。两次一共是十只母鸡、十只公鸡。不同的是：樱儿是用苹果箱子，我买的是用香蕉箱子；樱儿买的鸡大一些，我买的小一点；毛色也不一样，好像不是一个品种。在经历了夏天的“灰八爷”、鸡瘟病毒、灰哈哈等劫难后，两次二十只鸡，死了十七只，剩下三只。这三只鸡能否继续活下去，我的心里已经没底了。尤其灰哈哈，虽然上次挨了打，可它不长记性，还是天天吐出大舌头，围着铁网转，眼睛瞄着那三只鸡。

冬天下雪后，把三只鸡转移到了废弃的羊圈里，灰哈哈拿砖墙没有办法，慢慢也就断了咬鸡的念想。加上冬天不时有成群的麻雀肯落到院子里，灰哈哈开始把注意力转移到捉麻雀上来了。虽然它一只麻雀也捉不住，可还是信心百倍地扑过去。麻雀似乎不怕灰哈哈，还是不顾一切地落到院子里来。灰哈哈似乎也不在意是否捉得到，灰哈哈想的也是过程最重要。院子里我偷偷撒了玉米，我要把麻雀引下来，我可不是给灰哈哈引的，我是给我自己。雪地、枯枝、一群瑟瑟的麻雀，多好的一幅画啊。

我喜欢观察动物，专攻花鸟鱼虫。我在文联上班，得不断地创作，各种展览都需要作品。八骏图没画好，上次在省里展出，什么奖也没拿到。现在跑到农村也看不到一匹马了，要画马得上内蒙古。我经常外出采风，错过了我此生养的第一只鸡下的第一只鸡蛋。

秋天以后，我发现剩下的三只鸡并不在一处。有两只总在一起，另一只落单。落单的那只，羽毛已经红艳艳的了，鸡冠子也大得站立不住，直往下耷拉。鸡腿也高，走路像踩在弹簧上。这只是公鸡，没有什么疑问了。另两只，长得一样，羽毛很素净，鸡冠子也小。只是它俩大小不一样，一只大，一只小。

我很困惑，为什么剩三只鸡还不团结？它们可是经历了九九八十一难才活下来的，这叫患难之交啊。后来想起来，这些鸡不是一次买的，它们不是一窝的。它们有的是从苹果箱子里拿出来的，有的是从香蕉箱子里拿出来的。那只落单的公鸡稍大，应该是第一次那十只里的仅存，是苹果箱子里的。另两只的毛色和那只公鸡不同，看样子都不是一个品种。它们是第二次买的那十只里的幸存者，香蕉箱子里拿出来的。

下过几场雪已经记不清了，那只大公鸡泛着荧光的尾羽都长出来了，另两只还是母鸡的样子。它俩总是在一起，不和那只大公鸡好。其中一只体形迅速长大，脾气也很大。喂食物的时候，大的那只母鸡，总是会站到盆里吃，要霸占的样子。有一天，樱儿给鸡切完白菜叶子，站在门口看鸡们吃食，我也爱看鸡吃食，当时是我们俩一起看三只鸡吃食。看着看着，樱儿突然说，不好了，这下可坏了。我说怎么啦？三只不都是好好的吗？樱儿指着那只大母鸡说，这只不是母鸡，是公鸡。我不相信，因为公鸡的红色羽毛、大红鸡冠、黑色尾羽，它一样也没有，而这些是一只公鸡的硬件。但樱儿坚持说它是公鸡，理由是它的腿长脚大，脾气霸道，母鸡没有这样的。我说时代不同了嘛，现在很多女孩比男孩霸道、淘气，你能说这样的女孩是男孩吗？但是樱儿说，那你就等着瞧吧。樱儿小时候在农村长大，他的话，让我心直往下沉。我还是希望那个霸道的家伙是母鸡，两只母鸡、一只公鸡，多么好的格局，多么稳定的局面。

转眼快过年了，那只“母鸡”终于长成了公鸡。我罗列的那些公鸡的特征，它都一样一样给我长出来了。但没变的，它还是和那只母鸡在一起。它长成公鸡了也没有和另一只公鸡在一起，它们没有处成哥们关系。天越来越冷了，三只鸡并不挤在一处，总是两只蹲在一起，另一只在另一边，单独蹲着。

我在外地开会，樱儿来电话说，一只公鸡把另一只公鸡咬得头破血流，并且不让它吃食。这样下去，公鸡会饿死一只。我本想把这三只鸡都留着，母鸡可以下蛋，公鸡可以观赏。长大的公鸡太漂亮了，尤其这两只公鸡不是一个品种，一只像是九斤黄，一只像是麻鸡，会长出两种漂亮。现在，逼着我进行二选一了。樱儿也说，杀一只吧，不然也得死一只。

那杀哪只呢？樱儿说杀那只血葫芦，它太完蛋了，不比那只公鸡小，却打不过，连食都不敢吃，太完犊子了。我说不行，杀那只行凶的，它为什么那么不讲道理，食物也不缺，空间也够大，为什么不让同伴活下去！虽然不是一窝的，但是一起长大的，就一点感情都没有吗？杀那只凶的，我找到了足够多的杀它的理由。

樱儿说，留公鸡都留最强大的，小时候我妈就是这样留的。我说不行，你妈那叫助纣为虐，我要主持正义，还没王法了！

放下电话，收拾包裹往回赶，我怕樱儿偷偷杀掉那只老实巴交的公鸡，留下那只霸道嚣张的。我得赶回去监斩，主持鸡圈里的正义。到家才想起，我本没必要这样急匆匆的，樱儿他哪里敢杀鸡呢。我不是监斩，而是赶回来成了刽子手。

临行刑前，我站在鸡圈门口看了半天，那只头上都是血的公鸡躲在角落里，那只霸道的公鸡站在食盆里，它竟然站在食物上。母鸡在旁边，啄食地上的米粒。一会儿它又从盆里跳出来，啄食米粒，并且呼唤母鸡来共进早餐。它俩身上的羽毛颜色一样，公鸡只是高大了一些，背上的羽毛发红发亮。母鸡低头吃米，公鸡抬头警戒着，警惕的眼睛看着墙角的另一只公鸡和门口的我。我跑回屋，拿出纸笔，樱儿说你还不快杀。我说等一等，等我画一幅速写，再杀不迟。

我们没有吃那只鸡，而是收拾干净放冰箱里了，等过年人多时再吃吧。自己亲手养大的鸡，又是这么艰难活下来的，我也不想吃。洗干净双手上的血，把那草图在宣纸上画好了。宣纸上的两只鸡，一公一母，母的低头啄食，公的昂头警戒，身后是缠绕的牵牛花，牵牛花上还有小的昆虫。公鸡是金红色的，弯曲的尾羽是黑色的，闪着荧光。母鸡像穿着碎花小袄的少妇，低眉顺目，娴静、美好。

因为小鸡，这一年就没消停过。现在好了，一只公鸡、一只母鸡，一夫一妻，多好的幸福生活。天天玉米面、蔬菜叶子准时送来。灰哈哈也长大了，懂事多了，不天天惦记小鸡了。它渐渐明白看家护院还是自己的本分，大门外走过个人，它也要大叫着驱逐。樱儿也习惯了我经常出差，我每次回来都给他买礼物，所以对于我的工作，也并无怨言。

我又去南方开会，要一周才回来。可是，过了不到三天，樱儿的电话又打来了。他说那只母鸡已经三天不下蛋啦，并且不爱吃食了，打蔫，好像生病了。

我惊问为什么啊？不是一天一个鸡蛋吗？

他说不知道啊，不下蛋了啊！

我说是不是没吃饱？

他说和以前喂的一样啊。原来三只鸡吃，现在两只吃，应该吃得更饱才对。

我说观察两天看看再说，我也快完事了，就回去。

三天后，到家我直奔羊圈，站在大门那往里看。这一看，我的心里就是一颤。母鸡自个儿蹲在羊圈里的西角上——它以前蹲在那里。上午的阳光照在它身上，昏昏欲睡。我想起从前它也蹲在那儿，而身边有一只和它羽毛一样的公鸡陪着它。那只被留下的公鸡蹲在东角上，头上的血迹已经看不到了，但伤疤还在，又加上吃了几天饱饭，精神很好，大眼睛圆睁着，它俩怎么不挨在一起呢？

我问樱儿，咱们杀的是哪只公鸡？

樱儿说，是那只爱欺负人的，你要杀的。

那只爱欺负人的是不是老和母鸡在一起的那只？

他说我没留意谁和母鸡在一起，我只知道一只的头上全是血，被另一只咬的。

我说樱儿啊，这鸡咱们好像杀错了啊！

樱儿有理了，这鸡不是咱们杀错了，是你杀错了，我说留强大的，你偏主持什么正义。

我说，这和强大没有关系，和正义也没有关系。

樱儿说，那和什么有关系？

我沉痛地说，和青梅竹马有关系啊。

2017 年 吉林乌喇街旧街村

家有群鼠

坐在破房子里，透过玻璃窗，看外面下雨，看被雨水淋湿的红砖地，还有菜地里的蔬菜，这令我百看不厌。我眼里最好的景致：黄瓜藤爬上竹竿，开着小黄花；韭菜伸着兰花指，最后开出一团白花；红砖地上汪一洼刚才阵雨的雨水，而现在天晴了，上面叶子上的水珠犹豫着滴到下面的叶子上……

我的诗意、宁静的、红砖地上的乡野生活，一日突然出现了干扰的噪声。本来我的生活是一首古琴弹奏的古曲，现在忽然锣鼓响了起来：一天晚上睡觉时，其实我已经睡着了，天棚上好像有千军万马，在上面奔跑、比赛。我被惊醒，然后分析、推理，棚顶上到底是什么在作怪。我猜是老鼠。老可是敬语，你看老师、老乡、老鹰、老虎……都是受敬重的群体才在前面加一老字。老鹰、老虎是人类惹不起的主儿，为啥人人可杀死的鼠，被尊为老鼠呢？我猜原因有一个，就是老鼠怎么也杀不绝，人没招了，最后服了。有一天人类灭绝了，老鼠会继续活着。人家生活在地下，核武器都波及不到人家，不服行吗？

我是不赞同杀生的。老鼠在棚上生活，又没到我的饭桌上抢吃的，我为什么要杀死老鼠？再说人家是原住民，我是后来的。我买这房子是和人之间的交易，这房子里的老鼠也许并不同意，它们还看不上我呢。我怎么和老鼠说，这房子我买下了，你们统统给我搬走！

原来这老房子并不是如看上去那么衰败，原来里面满盛着生机勃勃、繁荣昌盛呢。

老鼠在我居所棚顶上的大规模集会活动并不是天天都举行，它们还是给了我许多安静的夜晚，使我的古曲得以断断续续地弹奏下去。我觉得日子可以这样过下去，井水不犯河水，相安无事。在同一空间里，存在着两个世界、两个物种。谁不是过客，想霸占、独占，又能几时？

在院子的东侧，挨着西山墙，铁网围了一块空间，养几只小鸡。我努力营建鸡鸣狗吠的乡村生活环境，在过于干净的红砖地上略撒泥尘。首先，狗有了。从城里带去的小白，一条纯种蒙古细猎犬，血液来自遥远的、已经灭绝了的契丹。看家护院对于蒙古细猎犬来说是专业不对口并大材小用，但小白从未捕过猎，因为它不知道自己是谁。就让它不知道吧，知道了反增烦恼和痛苦。见有人来也能认真吠叫，堕落得和一条看家狗无异。狗吠有了，还缺鸡鸣。没有鸡鸣，听着就不像健全的村墟人间，于是养鸡十多只。小鸡阶段是不会鸣叫的，但不急，一切指日可待。这些鸡里有一半公鸡、一半母鸡，这就能保证鸡长大后，鸡的叫声内容丰富：有高亢嘹亮，务虚；有工作成绩汇报，务实。

在喂鸡的时候，我看见我家的老鼠从西山墙的洞里出来，去和鸡抢吃的。那老鼠很大，不算尾巴，有大人手掌长了，不是一只，不是两只，是好几只。我意识到这就是在我的头上集会、玩耍、娶妻生子、居家过日子的家伙们，终于在这里我们首次见面了。给鸡的食物很充足，被老鼠吃一些，鸡不至于吃不饱。小鸡害怕老鼠，还没吃饱就被老鼠吓跑了。这可有点过分了，等鸡吃饱了再吃啊，我拿着个竹竿，驱赶老鼠。那老鼠并不怕我，并不是见到人就嗖地跑洞里躲起来，而是我得挥动竹竿，甚至打到它们身上才肯跑掉，它们真的有些欺负我了。我想想，老鼠饿了，要吃的，也是天经地义的事，无咎，和谁欺负谁无关涉。再想，为啥鸡就有人喂，而老鼠无人喂？找点吃的还得挨打、偷偷摸摸的？鸡是鸟类，卵生；老鼠哺乳类，胎生。从物种上，老鼠比鸡高级，这不公平。再喂鸡时，不打老鼠了，只是用一长竹竿，维持里面的秩序，让鸡先吃饱，而剩下的，请“灰八爷”自便，别嫌弃就行。每天多做些食物，剩给老鼠一些。一些院子里的野菜切碎，外加玉米面而已。

我这样喂鸡，兼顾群鼠，这可气坏了诗人樱儿，他是见到老鼠就要处死而后快的人。我不知他针对老鼠的刻骨深仇是怎么形成的，但他怕老鼠怕得要命，看见就腿哆嗦，像我拿着竹竿在那儿维持鸡圈里的秩序，他是不敢的，因此打死老鼠他是无法做到的。我不怕老鼠，敢靠近老鼠，但我不认为打死老鼠就没有罪。我不会打死老鼠，就算它们在我喂鸡的时候给我带来麻烦，我也不会认定它们就犯了死罪。樱儿觉得家里的老鼠已经太不像话了，大白天大摇大摆地出现，不把我们放在眼里。他无法容忍。我为啥能容忍？我感觉是性别导致的。男性和雄性动物一样，天然有领地意识。他认为这个院子是他的领地，不允许别的动物在此生活或觅食。小白也是雄性，也把这个院子看成自己的领地，因此小白和樱儿经常发生冲突。他俩那是互相看不上，小白从来不和他亲近。因小白长得精瘦（那种瘦是人家进化多少百年才有的），他给人家起外号叫“白蜡竿”。小白对他视而不见，看在我的面子上没有下口咬他。

樱儿觉得我这个人简直精神不正常。他偷偷上街买药，要借助化学之手加害老鼠。有一些天我不在家（在家时我坚决反对他针对老鼠下毒），他趁我出差，把浸了毒药的玉米粒放到了老鼠出没的地方。第二天就看到了老鼠尸体，我回来时还向我报告他的成绩。我说你用这么卑鄙的手段对付老鼠，我瞧不起你。如果你赤手空拳和老鼠搏斗，最后赢了，那都是恃强凌弱，你竟然下毒，照照镜子，看看自己到底是个啥？他瞪大眼睛，他本来眼睛就大，一瞪就更大了，像老牛急眼了。他说老鼠都快骑咱俩脖子上拉屎了，还不兴下药？后来他不顾我的反对又趁我不在家给老鼠下了几次药。我对老鼠的保护只能是声援，而他不在乎是否被我这个精神病看得起，不杀死老鼠，他寝食难安。

一些天后，我睡觉房间的棚顶上，还是能听见老鼠走动的声音，但那种大型集会一次也没有再召开。棚顶上老鼠的脚步声里，浸透着恐惧和悲伤。那种欢快地奔跑再也听不到了。它们不一定知道谁干的，也许会怀疑是我呢。毕竟我拿着竹竿，驱赶它们，它们看见我了、认识我了。而樱儿，那个对它们下毒的人，从来不在它们面前出现。他偷偷兑好致命的液体，浸泡老鼠爱吃的食物，其用心程度堪比为自己制作一盘凉菜。趁着老鼠不在，鬼鬼祟祟把盛装毒药的盘子，放在它们的洞口。

8 月，房子后面种的黏玉米长大灌浆了，再一周左右就可吃了。一根玉米秆上都结两穗玉米，我们看着，心里盘算着怎么吃这些青玉米。这可是没上化肥、没打农药的有机玉米啊！多少钱没地儿买去。里面还凝聚着我们的汗水。过了几天，我们感觉差不多了，想掰下来几穗尝尝。一日傍晚，提着篮子，和樱儿来到后院，发现有的玉米被偷吃了——不是掰下来拿走了，而是就在玉米秆上扒开叶子吃的。吃一半剩一半，剩下的一半是因为有叶子包着。数了一下，有好几穗被这样啃食了。樱儿一看，更有理了：你不让下药，你看老鼠吃的！多能糟害人吧！我也觉得是老鼠吃的。首先得能爬上玉米秆，然后能扒开玉米叶子。鸟不会扒开叶子，只能吃叶子包不住的部分。我说这么多，老鼠爱吃就吃几个呗，那不是还有没被老鼠吃的吗？我们掰了几穗完好的玉米，用锅煮熟了，那是真好吃啊！怪不得老鼠爱吃。而一墙（铁栅栏）之隔就是别人种的大片玉米，只不过不是黏玉米，是那种秋天卖给公司做饲料的玉米。那玉米产量很高，玉米棒比我的大多了，老鼠却不去吃，专吃我家的甜黏玉米。它怎么知道我的玉米好吃，那边的玉米不好吃的？以为老鼠啥也不懂你就错了。

樱儿非常心疼玉米被老鼠吃掉，又趁我不注意去买鼠药，被我发现后严厉制止。我们的食物很多，又不是老鼠吃了，人就要饿死。老鼠吃了我们吃不完的食物，你为什么要害死它们？樱儿气得脸红脖子粗，眼睛瞪得溜圆。他一气老鼠偷吃刚灌浆的玉米，二气我竟然护着老鼠不让杀害。在杀害老鼠的时候，他还从来没有遇到过阻力。这让他义愤填膺，恨不得打我一顿解恨。不敢打，但敢骂。骂也没啥新鲜词，反复就那两句话——精神病！神经病！他不知道这是两种不同的病。我不生气，老鼠干啥我都无法生气，被骂精神病，我更不生气，还没忍住笑了，这就更气人。因为老鼠，导致我们分居。这可不是老鼠的问题，是人生观、世界观的问题，是大是大非的问题。只不过隐藏在我们头脑中的东西，平时不知道，遇到了老鼠，这两个不能调和的点，一下子引爆了两个大脑。哼，受不了就离我远点，我就这样，坚决不改！我有理！前夫曾怒问，要狗还是要他？我淡然回答，要狗。我和前夫的决裂是因为狗引爆的。在我眼里，人和动物，人没啥优势。让我前夫愤怒的是，他竟然败在一只小串狗的手里。现在樱儿更惨，他是因为老鼠，越往后越险峻，也许会因为一只昆虫。我二十几岁的时候，一天和男朋友在江边坐着，忽然一只小甲虫向我们爬过来，男友毫不犹疑，用脚踩死了甲虫。这导致我再也没有和他见面，而他不知道因为什么。

今年，2020年春天，在房后的菜地里，又种上了黏玉米。我在种的时候，脑子里就在想，怎么能让老鼠别吃我的玉米呢？如果樱儿再给老鼠下毒，我打算睁一只眼闭一只眼，不批评不表扬，装不知道了。这不是说我对待老鼠的态度变了，我没变，是这个世界变了。我已老成，思想已成固态。但我的肉体要在人间存活，我要随着时间和地球转动。我想站在原地不动，作为肉体的人，绝无办法做到。

往年种玉米，都是种着玩的，为了吃青玉米，但是今年，我是为了种粮食。在家里存了两百斤大米之后，我开始考虑粮食的接续问题。现在能买到粮食，那么明年还能买到吗？这些玉米在被我种下，埋进土里的时刻起，就肩负着重大使命。它将是意外的、突然的饥荒的储备粮。既然今年种玉米带有强烈的目的和意义，那么，我们的目的和意义就不能让老鼠吃掉了。在没有目的、没有意义的时候，老鼠可以吃。现在，我面临生存危机，请老鼠去吃墙外的大片玉米，那本来就是给动物吃的。在这种情况下，老鼠还是要吃掉我救命的玉米的话，那我就要想办法了。我想的办法是给每一穗玉米套上袋子，也不知是否有效。如果袋子无效，樱儿再给老鼠下药，我觉得我忽然找不到理由反对他了。

2020 年 6 月 27 日 吉林乌喇街旧街村

金蟾蜍四条腿

一顽童手持柳枝或其他树枝，打击一只癞蛤蟆的肚子，一边打一边念唱“气鼓、气鼓，气到八月十五”。在打之前，要把癞蛤蟆翻过来，让它肚皮朝上。一被翻过来，癞蛤蟆就生气了，一打它的肚皮，它就更生气了。它一生气，肚子就会像气球一样变大。

我们小时候是没有气球可吹的，那种通过吹气把什么物体变大就无法实现。然后孩子们发现了癞蛤蟆的肚子，一打就会变大，于是，抓到癞蛤蟆用树枝拍打它的肚子使其鼓起来，就成为那时孩子的游戏。我没有玩过这个游戏，但我不止一次看到别的小孩玩，不止一次看到癞蛤蟆的白色带点灰色斑点的肚子在小树枝的拍打下像气球一样鼓起来。

这是我小时候与蟾蜍的相遇。我看见的蟾蜍总是白色肚皮朝上，正在被顽童虐待。此后长大上学、上班，就似乎再也没看见过蟾蜍。印象里蟾蜍的背是灰黑色的，长着很多突起，让人很不舒服。

院子里是一块四方的菜园子，四周用砖围着。东面的那段砖有两层，下面的土也更厚。那面被我用竹竿插了竹篱笆，下面栽好了黄瓜。这几天没下雨，我得给黄瓜浇水，浇水也兼薅草。当我拔掉了几棵灰菜，就看见在一个砖缝里，头朝外卧着一只黄色的大蛤蟆。它虽然在砖缝里，但那个缝太大了，大到它的整个后背都暴露在外面。它睁着大眼睛，也看见了我。它一动不动，没有要逃跑的意思。我忙停下手，把掩映在它面前的一棵高大的蜀葵给它留着遮挡阳光。我蹲在那里细看，它有我的拳头那么大，后背已经是土黄色的了。我记得蟾蜍都是黑灰色的，这黄色是因为什么？岁数大？因为性成熟变色？似乎两个都对。

前两年在院子里也看见过蟾蜍，没有这么大，灰色的。那么这只黄色的蟾蜍就是前两年看到的那只长大了。它是雄性，为了取悦雌性精心变成好看的黄色？

在城市，蟾蜍随处可见，它们都是金黄色的，嘴里衔着一串铜钱或人民币的硬币，一般被置于店家的一进门显眼位置。蟾蜍原来是招财瑞兽，它应该比招财猫更灵验，因为商家都供金蟾蜍，不供猫。原因大概是猫太能蹦跳和跑，这怎么能存住钱呢？一跑，钱不是就撒了一地吗？而蟾蜍多稳重啊，走一步都要思考一分钟才肯迈下一步。后背上驮个钱袋子，那是稳稳的。蟾蜍常常是蹲在那里不动，这有利于聚财。如果你总是动，还跳，那财运就瞄不准，会打偏。这就是大家不用青蛙做招财灵兽的原因。青蛙比蟾蜍好看，但它太能跳了，还要跳到水里去，那不是把主人的钱财都付诸东流了吗？因此能跳，是个缺点啊！

民间故事上说，金蟾本是个妖精，危害一方百姓。吕洞宾弟子刘海功力高深，一日降伏了金蟾。在打斗时，金蟾伤了一条腿，剩下三条腿。金蟾臣服于刘海，将功赎罪，金蟾使出绝技，咬金银财宝进门，帮助刘海造福世人，被人称为招财金蟾。自此，三足金蟾就成了招财瑞兽。

原来金蟾招财是有来历，有依据的。

城市的金蟾是从古代文化中来的，有理有据，有名有姓。而我家院子里的金色蟾蜍是从哪里来的呢？也许它就是在这个院子里孕化而生，从泥土中来。我看它有四条腿，显然不是和刘海打过架的那只。因此，它也不是妖怪，没有做过什么坏事。刘海收服的那只，先是大恶然后大善，而我院子里的这只，一派天真。它没有害别人，自然不用将功赎罪，因此，它也不用吐钱给我。我只希望它在我的院子里好好生活。如果愿意吐钱，那自然好。

它生活得很好，夏天我看见它越过西面的铁栅栏，往西方两百米外的鱼塘去了。我猜它是找配偶，哺育下一代去了。7 月的时候，院子里就会突然出现一些能蹦跳的小蟾蜍，那应该是它的孩子。它不但自己回来了，还带回了自己的孩子，可见我的院子生态是多么好。我的院子几乎不用农药，野草也有生长的权利，昆虫就多，这样蟾蜍和它的孩子就不缺食物。

到今年，它是越长越大，已经比我的拳头大了。身体更是变成了黄色。它最后能长多大？再长大怕是要成精了吧，成精了再做坏事，谁来降伏它呢？

一日见它卧在一株西红柿的下面，我蹲下来，耐心地和它说："不要成精，就做一只笨蛤蟆多好。我不用你给我吐钱，我有工资。饿了就吃昆虫，冷了就钻到泥土里去。你就安安静静地做一只蛤蟆吧。"

2021 年 9 月 29 日 长春

玄鸟

一

我数电线上的燕子。我正闲着，看到什么就会去数什么。数燕子之前，我在数葫芦架上的葫芦。那些汹涌的叶子，怀里抱着玻璃杯，对云彩、风和我充满了警惕。葫芦的孩子很多、很小、很拥挤，它们害怕下雨、害怕日晒，也害怕被我数清楚。

我准确地数清楚了电线上的燕子，它们唯一的叶子藏在屋檐下。但是电线上的燕子不能是五只，它们可以是六只、七只、八只，其他任何只，单单不能是五只。其他数字我都可以心平气和，都可以像数葫芦那样悠闲。能数几个就数几个，看不清楚就不数了。但是电线上的燕子，我从左往右数是五只，从右往左数也是五只。它们不能是五只，是五只我的心就乱了，是五只我就得从春天开始说了。

而此刻，中伏的最后一天，我坐在秋千上，秋千吊在榆树下；燕子坐在院子上空的电线上，一字排开，像五个黑色的象形文字。它们组成了一个句子，为我呈现出故事的结局。

这是最好的结局了——它们都活着！

我离开秋千站了起来。一只巨大的冬瓜，忽然从木架上掉到了地上。我的心就是一颤。冬瓜身上的茸毛还是绿色的，它还没有长大。

一开始它们是两只。门楣上方有两个燕子窝，三年前我搬进这个院子的时候就有了。不知道是什么时候，由哪两只燕子筑造的。就像我住的这所老房子，不知道是什么时候由谁修建的。我住进了老房子里，而门楣上燕子窝空着。我盼着来两只燕子住进来，这样这座老房子才算客满了。一座乡下的院子，光住了人，还是不够的。

第一年的谷雨时节，一天院子里的吵闹声很大，出来一看是两只燕子。它们先是落在院子上空电线上看，然后又落到院子里晾衣绳上大声地商量，它们说了很多话，听上去是那种激烈的争吵。好像是一只想住下来，另一只不同意，各自说着各自的理由，一只还飞到屋檐下近距离地考察那两个旧燕子窝。我在心里期待着它俩能达成共识，住在一直空着的燕子窝里。那两个空着的燕子窝悬在我的头顶，出门进门都能看到，我一刻也没有忘记那里应该住着燕子，而燕子窝空着，说明我的生活有缺憾，甚至有漏洞。我虽然坚决地选择了这所宅院，但如果燕子也选择这里，那么我的理由就更充分了，我就更有理了。燕子的争论持续了两三天，最后还是飞走了。它们不愿意住在我家，我是多么沮丧，这足以构成对我的打击。燕子如果一直没来还好，关键是燕子来了，反复地看了，议论了，然后不住在这里，这说明这里不好，这里有人类看不见的凶险。我很惶恐，我想起一句俗语：燕子不入愁宅。那燕子看见了我心里的忧愁了吗？我把整个院子都污染了吗？因为我的坏情绪，而使整个院子都成了愁宅了吗？那么燕子不住这里，不仅是宅院的问题，也是我的问题。看来燕子选住所，不光看房子、看院子、看环境，更看院子里的人。

第二年春天，又来了两只燕子，考察了两天，大声地争论了两天，最后还是不在这里住。第二年燕子在考察的时候我还是暗暗地期待着，我有理由期待，因为第二年，我已经做了一系列的补救工作。我找人把院子做了围墙，院子里种了许多鲜花，我种红花、黄花、紫花……我用这些花表达我的好心情，我在和燕子说我是热爱生活的，你们看我种了多少花草啊！这个院子里的花园，其实是从我的心里移栽出来的。我还搭了葡萄架、葫芦架、黄瓜架。那葫芦不能吃只能看，种葫芦的目的也是想让燕子知道，你看我有多悠闲。你看这里有多安宁。我心情很好，我不忧愁。我努力取悦燕子，努力营造安静、繁荣、祥和的氛围，但是，它们还是飞走了。我的花园、我的葡萄、我的葫芦架都没能留住燕子。后来我找到了安慰自己的理由：春天的时候，我种的花朵还没有开放；葡萄也刚刚发芽；葫芦还没有开出白花；西侧新盖的房子还没安上门窗，燕子还看不出我为留下它们所做的努力。

今年春天，我已不再盼望。我已认定，这个院子有大问题，我有大问题，一切繁荣都是表面的，燕子认定这个院子不祥、主人脸上笑着内心很苦。但是今年春天，好运就在我绝望的时候突然来了。有一天，天已经黑了，我从老房子屋檐下走过，看见一只燕子嗖地飞进去，我站住，等了一分钟，燕子没再飞出来。我以此确定燕子住在我家了，因为天黑了，燕子回到哪里就是住在哪里了。第二天我躲在新房子里，偷偷向外看，我疑心昨晚嗖地飞进屋檐下的是不是麻雀？我看见了两只燕子在屋檐下飞进飞出，在忙着。我很激动，把这个好消息告诉了很多人，同时一直不安的心落下了。我的家终于不是愁宅了，我的所有努力都做对了：葡萄架搭对了；

葫芦架搭对了；西侧的厢房也盖对了……

两只燕子每天都很忙，在捉虫子吃，也可能是维修旧巢。我想仔细看看燕子，但是我不敢冒险，怕它们误会我，以为我要伤害它们。盼了三年才盼来的燕子，它们就是我的吉星高照，是我看不见的环境的安全证明，我哪敢让它们起疑心呢。我总是从窗子后面偷偷地看，拿东西必须从它们的窝巢下面经过，我也要加快脚步，不敢停留。它们好不容易对我满意了，我要好好地表现，让燕子对我的印象更好一些。此后，许多天似乎每天都一样，燕子的故事没有进展、没有起落。时节到了立夏，停滞多日的燕子的故事，终于向前流动了起来。在燕子窝下面的窗台上，我发现了残破的蛋壳，蛋壳很薄，比鸡蛋壳薄多了。鸡蛋壳像粗陶，而燕子蛋壳像细瓷，黄色的蛋液也凝固在水泥台上。这说明这只蛋至少是一天前掉下来的，也就是故事在一天前就往前推进了，而我没能及时发现。毫无疑问，蛋是从燕子窝里掉出来的，是燕子蛋。确定是燕子蛋后，一个问题出现了：燕子蛋是不小心掉出来的，还是老燕子有意舍弃的？燕子从来不对我解释它们的行为，我就只能猜。依据那只破碎在窗台上的蛋，依据那残破的蛋壳，凝固的蛋液，我像个依据蛛丝马迹破案的侦探，我的推论是这样的：那只掉出摔碎的蛋，是大燕子不要的，因为那是一只实蛋。什么是实蛋？就是没有受精的蛋，里面没有小燕子。燕子窝里的空间有限，住两只燕子刚好，加上几只蛋，就已经拥挤了，但是再拥挤也要孵小燕子啊。而不能孵出小燕子的蛋，就没有理由在那里占据空间。这只蛋的存在没有意义，这只蛋没有未来。大燕子就把这只没有意义、没有未来的实蛋舍弃了。燕子能知道哪只受精了，哪只没受精吗？据我对燕子的了解，燕子知道。燕子把腹部贴在蛋上，那里面的一切，燕子就都知道了。那些贴着蛋的羽毛，早就把获得的消息告诉了燕子。蛋里面的小燕子，也一刻不肯消停。很傻的燕子都会知道哪只蛋里有小燕子，哪只里面没有。那只实蛋，要不了几天，就被燕子发觉了，然后就被丢弃了。

至于燕子窝里有几只好蛋，我也不用鬼鬼祟祟地上去数，要不了几天，我就会知道答案。这个秘密燕子是守不住的，当它们一只一只飞出来的时候，我会数数就可以了。

十天，或者十五天之后，我听到了一个声音，那不是幼小无力的声音，而是“嘎嘎嘎”嚣张的大叫声，还此起彼伏的。这说明发出这种声音的不是一个个体，而是人多势众的。我看见大燕子飞回来，燕子窝里就会传出那种“呀呀”的大叫声，这是小燕子凶猛的叫声，它们在用声音争夺大燕子送来的食物。它们还不能动，连眼睛还没有睁开，这时候它们唯一的争抢工具就是大嘴和大叫。那叫声很难听，很伤害神经。大燕子快速地飞走又快速地飞回来，就是要平息那凶猛的叫声。我急忙赶过去，站在燕子窝下，看见了三张突然张开的剪刀一样的嘴，两只大燕子不停地往这三张大嘴里输送着昆虫。那么一开始，大燕子一共下了四只蛋。我数小燕子，回来送食的大燕子警惕地看了我一眼，它还是不信任我。我赶紧说，我只是数一数，我这该死的好奇心，没别的意思，然后我赶紧走了。第二天我从那里路过，又数了一遍。

我在数数的过程中，意外发现了小燕子的凶猛。它们一出生就携带了两样凶器——那让人头晕的叫喊声和张开的剪刀一样的大嘴。

二

电线上的燕子，头都朝着院子里老房子的方向，那是它们曾经的家，也是那三只小燕子的出生地。它们坐在高高的电线上，就那么看着，不肯靠近老房子，也不说话。这期间，有另外一只燕子飞来，落在我家五只燕子的旁边，它只坐了几秒就飞走了。它叫了几声，我家的燕子也叫了几声。那是一只路过的燕子，以为这里有什么好看的，结果就是在看一座老房子，觉得没趣，就飞走了。我家的五只燕子继续坐着，继续看着老房子。

小燕子的初飞我没有看到。当我数完有几张嘴从窝里伸出来要吃的，为我的春天的疑问找到了答案后，我就不去燕子窝那里了。我怕大燕子误会，以为我图谋伤害它们的孩子。接下来许多天，我都能听到小燕子凶猛的叫声。它们大喊——给我！给我！给我！大燕子像遇到三个蒙面的劫匪。

大燕子把嘴里的蜻蜓给了其中的一只劫匪，心里惦记着没吃到蜻蜓的另外两只劫匪，它们心甘情愿地被三个劫匪一次次地打劫。我坐在新盖的西厢房里，听着外面小燕子打劫父母的大喊声，知道一切还在继续，小燕子还没有长大，我就出差了。等我回来，那种嘶哑的大叫声已经没有了，而在院子上空忽东忽西飞翔的黑影似乎多了。我看见窝巢空空如也，我紧张起来。我的老房子上面有老鼠，我一直担心老鼠会爬上去。我只离开了不几天，燕子的故事就结束了吗？燕子的故事讲到这里，出现了空白，我得想办法补上。我走后，院子里还有人，这个人是我的儿子。我儿子在他幼小的时候，也曾把我洗劫一空。现在他温文尔雅，我可知道他为了吃奶，闭着眼睛大哭大叫有时候还蹬腿尥蹄，不比小燕子好多少。现在，他是燕子的故事的唯一目击者。我说咱家小燕子呢？他说它们都飞上天了。我说你真的看见啦？他说看见了。我又问你看见了几只？他说一共五只，有三只小的。他说他看见五只燕子在屋檐下的电线上、在院子里的晾衣绳上落着。

原来故事没有结束，还有了精彩的情节。世界原本好好的呢，我真是瞎担心，这种世界观要不得，我得改。

在屋檐下，离它们的窝巢不到一米，就有一条废弃的有线电视的白色管线横在那里，离这条管线不到三米就是院子里的晒衣绳。小燕子如果练习飞翔的话，这两条线可以帮助小燕子，不会掉到地上，因为掉到地上很危险。灰哈哈的大爪子一下子就能要了小燕子的命。小燕子试飞，刚一出窝会很害怕，这时可以抓住那近在咫尺的有线电视线，稳定一下，再往三米处的晾衣绳上飞。稚嫩的翅膀刚刚没了力气，晾衣绳已经到了。这样反复练习几次，就了解自己的翅膀了，等对自己的翅膀有了信心，就可以往高处的电线上飞了。有难度的是飞回来的时候，屋檐下的窝，位置太靠上，屋檐又长，得盘旋一下才能进去。小燕子一开始肯定不会盘旋。我认为盘旋很难，需要技术和熟练。盘旋就是在飞行的时候在空中的停顿、转弯。多亏院子里有晾衣绳，落在晾衣绳上，准备一下再飞到屋檐下的电视线上，然后再进窝。这样就把一个弧线分成了两段直线，难度就降低了。那个一连贯的动作被分解了，就容易掌握了。

我回来的那些天，刚进入伏天，天气非常热。院子里忽然有很多蜻蜓在飞，我还以为蜻蜓都灭绝了呢。蜻蜓出现了，我为燕子高兴，我觉得蜻蜓能比其他昆虫干净、好吃。小燕子吃一两只就会饱了。蜻蜓飞得慢，小燕子抓得到。

我看见它们的时候，从形容大小上我已经不能区分谁是小燕子，谁是燕子爸妈。那个燕子窝，它们五个已经住不下了。住不下没关系，在燕子窝斜上方不到一尺的地方，还有一个空的旧燕子窝。它们五个可以分开住。从紧挨着的位置看，就像一套房子里的两个房间。我猜应该是小燕子住原来的窝，两只大燕子住旁边的窝。两个窝离得很近，有个什么情况可以互相照应。如果我是燕子，我就会这样安排。但是，我不是燕子，燕子也不是我。

一天我到老房子的窗台上找一根钉子，那窗台上不光有钉子，还有钥匙、锁头、螺丝刀……那里是我的五金店。我要找这类东西，到老房子的窗台上总会找到。可我的窗台，上面的东西是随便丢在那里的，找到要找的东西并不容易，有时得花点时间，并且需要集中精神。我低头仔细寻找，心里想着钉子，这时我感到有一股气流从头发梢上过去。我抬头一看，一只燕子落在了窗子上方。那里竟然有个刚建的新巢，泥还是湿的。这个巢已经初具规模，应该就剩收尾工作了。而离这个新巢不到三十厘米，还有一个正在建设的新巢。这个巢只建到一半，它们依托的是我去年用塑料封窗子时钉在窗子上方的一段木条。它们竟然在这里大兴土木，一起建了两座住宅。燕子看见我，很惊慌，快速飞走了，好像建新巢得偷偷摸摸地进行。燕子也觉得建房子应该由我审批一下吗？

这是个重大发现，比发现实蛋还让我意外。这么重大的事，我才知道。人家的新巢几乎建完了，这段时间我对燕子的关注度不够。自从小燕子不那么大叫，能自己飞了，我就不再每天观察燕子。我觉得它们已经长大了，每天飞出去找吃的，然后飞回来睡觉。空中飞着它们的食物，屋檐下有现成的鸟窝，什么都不缺，它们一家五口一起过着幸福的生活。什么都不用我操心了，我也真帮不上什么忙。想不到它们不安于过我为它们想好的幸福生活。它们在我不注意的时候，已经制造出了这么大的起伏和波澜。燕子的思路和我的思路一直没有重合过。那么一个很大的问题我就没法绕过去了：旧巢还好好的，它们为什么要建新巢？它们刚来的时候为什么不建？燕子的生活对于我来说就是一道复杂的数学题，不是一步就可求出最后的解。

当冬瓜咕咚一声掉到地上，我已经意识到我对我的院子里的植物和动物都没有掌控力，没有谁按照我思想的道路走，我并不能主宰这里的事物。这里的一切都按照自己的意愿在行动，此刻燕子的行为，已经在我眼里、心里都成了谜语。我不想学英语，不想学日语，我想学燕子语。我想知道它们为什么这样做。光靠猜测我已经不能准确地把握这个院子了，我也想和那只冬瓜交流一下，这里就藏着这个世界的奥秘，只会人的语言是远远不够的。世界的大部分，我是陌生，甚至是看不见的。

虽然我不懂燕子的语言，我还是要尽力解读它们：两只大燕子春天来，住在了旧巢里，那是因为母燕子急着下蛋，它们没有时间建一个新巢，下蛋之后就更不能建巢了，它们的工作重点是孵蛋。等小燕子孵出来，工作重心是喂养小燕子，然后是小燕子学飞、学捉虫，这些时候，燕子都没条件建新巢。从小燕子长大后，它们建新巢这件事，可以知道，燕子对旧巢是不满意的。现在，小燕子长大了，有了劳动能力，五只燕子干起活儿来会很快地。我不知道盖新房子的决定是谁提出的，应该是大燕子吧。它们今年建好了，明年春天来时就不用建了，来了就可以直接下蛋了。趁着现在是雨季，水和泥土好找，人手又多，天又长，时间充裕，还可教会小燕子筑巢。

明年它们还会来的，新巢都筑好了，说明它们有了长远打算。明年会来两窝燕子，每一窝孵三只小鸟，两窝加上老燕子，一共是十只燕子，那我的院子可就热闹了。院子里都是飞翔的翅膀，气流是欢畅的，一切忧烦都没有地方降落。

我不再关注它们了，连明年它们还会来，都被我洞悉了，我彻底放心了。那个建了三分之一的新巢会很快建好的，五张衔泥球的嘴一起上阵，那点活儿不愁。

三

转眼就是中伏了，这也是一年中的雨季。到了雨季这里就下雨了。下了小雨，下了中雨，下了大雨，有一天下了暴雨。下小雨、下中雨的时候，世界还是原来的样子，仅仅是城市和乡村被淋湿了。下大雨、下暴雨的时候，这里就“天下大乱”了。首先是南面不远处的城市，雨水滞留在城市的大街小巷，大街小巷满了，就进了居民的家。低洼的地方，雨水已经顺着楼梯上楼了，进了二楼的家。没有谁家欢迎雨水来到家里，但是雨水没有地方去，它们该去的地方道路堵塞了。雨水有些像滞留在机场、火车站、汽车站的旅客。旅客谁愿意滞留呢，谁不希望快点到自己想去的地方呢？因此，雨水进了居民的家并不是雨水爱去你家，它是没办法啊。城市的水泥挡住了雨水回到泥土里的道路，而城里人留给雨水回家的道路又是那么窄，而需要回到泥土的雨水又是那么多。城市不能下暴雨，城市处理不了暴雨。一座城市就是一个不会游泳的人。乡村除了道路，还保留了大片的土地。泥土可真是个好东西。平时你不觉得，到了下雨的时候，到了下暴雨的时候，泥土的好就明显了。我的院子，暴雨之后，地面没有积水。院子里那片四四方方的菜地，把暴雨都接住，并且送到泥土深处去了。我到大街上看了看，路面没有积水，玉米地里也没有积水，白菜地里也没有积水。原来，泥土和泥土之间悄悄地留着我们看不见的缝隙呢，这样的缝隙无法计数，多大的雨，都从那缝隙里走了。那么大地本来是一张网，它为雨水留着无数的通道。这些通道在天晴的时候，也把地下的水蒸发到天上去，形成云，云再形成雨，雨落到地上，流到下面去。这是水的生命路线。

我住的村子暴雨过后，什么事也没有，可是村干部说有事。在村子的上游，有五座水库，大雨暴雨之后，水库的水已经满了，满到就要溢出来了。如果大雨接着下，五座水库就要同时溃堤。五座水库，那是多少水？大片的农田也吸收不了它们。农田只能吸收雨水，而水库里的水，已经不是雨水了。雨水是从天上直接来的，而水库里的水，经过了水库的存储，性质变了。比如农民，在家里种田就是农民，而成千上万地集合起来打家劫舍，那就是土匪了。而水库里的水，就是组织起来的水，就是要作祸的水。

面对这样的水，谁也没有办法，只有躲避，我被通知撤离到地势较高的太平村去。

太平村人家这名字好啊，太平村成了这片地方的挪亚方舟。天黑了，没有人睡觉。大家说，水库为什么在大雨之前不放水，把库容预留好，等大雨暴雨来了，世界的水已经够多了，水库又要放水，这能不淹吗？后半夜，雨停了，没有继续下。第二天早上，太阳竟然出来了。水库看来没有溃坝，那任性的在地上横扫一切的洪水没有出来，它们还在水库的牢笼里好好地锁着呢。早上，我往家赶，我只离开家一宿，仿佛离开了一世。灰哈哈早就听到了我的脚步声，从大门的门缝看见我回来了后，高兴得又蹦又转圈。院子里一切和我昨天走时一样，没有水流从院子里经过。地上只是湿了，没有存水。那么大的雨，地上没有积水。我知道我的小鸡也不会少的，走时留给了它们足够的食物，果然都好好的呢。那只大母鸡甚至还下了一个蛋，但是我也知道，我并不是虚惊一场，而是侥幸逃过一劫。在这场大雨之后，南面的那个城市损失惨重，无数的汽车被水淹了报废了。更南的一个小城，大水带走了几十人的生命。

天彻底晴了，雨不再下了，小雨也不下了。日子继续，土豆应该起出来了，然后好种上白菜。现在是二伏了，但是地里的土太湿了，得等一两天。这一两天我移栽花草，在别人家挖了一些马蛇菜花，栽到院子里，又在人家大门外薅了一把秋菊，回家栽上。等土豆装在纸箱子里存放到仓房里，白菜都种上了，甚至白菜都长出来了，我忽然想到一个事儿——燕子呢？这些天怎么没有看见燕子？没有听见燕子叫？

四

燕子走了，五只燕子一起离开了我的家，离开了它们的家！这个结论是发现燕子离开后的第三天晚上做出的。我站在屋檐下，头顶着四个空巢。南天的天蝎座照耀着空巢，而我的心，被困惑包裹着，漆黑一团。已经三天了，燕子在天黑后没有回家。

在我冒雨撤离乌喇街的时候，燕子也撤离了。我是村主任通知的，燕子是谁通知的？我撤离到了太平村，燕子撤离到了哪里？太阳出来了，我回来了，燕子为什么不回来？它们飞到上游看到水库里那满满的、颤巍巍的水了吗？从上空往下看，那五座水库，已经像五只装得太满的水杯，大地的手已经端不稳它们了吗？

这是燕子留给我的最后一个谜题。从春天开始，我跟随在燕子身后一路捡拾燕子抛给我的谜题。我在猜谜的时候心里是多么愉快啊！那只实蛋、有几只小燕子、为什么建新巢……这些问题多好猜啊！这些谜语就像河水中的石头，我踩着它们，一步一步过了河，走到了燕子身边，和燕子成了一家人。我以为我已认识了燕子、理解了燕子、掌握了燕子。但是，燕子就在我最自信的时候，突然抛出了最后一个谜题，呈现出它们从来不曾示人的部分。燕子给了我沉重的打击，我不知道谜底，连通往答案的路径都找不到了。

找不到我也得找。燕子的离去和水灾有关，和我也有关，我一定是无意间做错了什么。我在院子里转圈，在燕子的老巢、新巢的下面久久停留。我仰视它们留下的空巢，似乎那里装着答案。我踩着凳子，把头升到和燕子窝一样的高度，把四个燕子窝都看了一遍，哪一个窝里燕子也没有给我留下说明去向和离开原因的书信。

几天之后，我终于找到了可疑的东西。老房子西侧的窗台上，有一个菜板，菜板上放着一把切菜刀。这是给院子里养的鸡切青草和白菜用的。小鸡喜欢吃蔬菜，但是得切碎才吃得进去。燕子新巢在窗子上方，菜刀在下面的窗台上，它们两者之间的距离非常近，不到两米。而且切菜刀并不是老老实实躺在切菜板上，每天早晚，切菜刀都要切菜，来帮助小鸡消化巨大的菜叶和青草。刀把白菜切碎的过程就是杀戮的过程。这个过程发出的声音在燕子听来很恐怖吧？刀切菜的样子也很凶恶吧？切菜刀切碎蔬菜的场面很血腥吧？关键是这可怕的声音和这凶恶的现场，就在离燕子窝不到两米的地方天天上演。

我儿子二十岁了。他和我之间有代沟。这个代沟多宽呢？有三十年那么宽。我们总是发生冲突，对世界的看法很不一致。我们站在不同的时间点上看世界的角度是完全不同的。他看见的我看不见，我看见的他看不见。他认为我已经老了，跟不上人类前进的车轮，我认为他基本上还没有进入人类社会的秩序里面去。我们住在一个屋檐下，却生活在不同的时间里、不同的秩序里。我儿子不想和我吵架，他想和我和平共处，他四处寻找导致我们不和的原因，不久他就找到了。他拿着厨房菜板上的切菜刀对我说，妈，刀用完要收起来，不能这样放在外面。他说刀会导致住在这个屋子里的人发生冲突。他说如果刀收到碗柜里，他的情绪就会平稳下来，不会动不动就发脾气。我猛然感到儿子关于刀的认识有些道理，但是我记不住，多年的坏习惯我一时改不了，刀还是经常躺在光天化日之下。儿子看到了，总是把刀收起来。

窗台上的那把刀，大摇大摆的，白天被太阳照耀着，晚上沐浴着月光，刀吸纳日月精华，在我疏忽的时候已经成精了？那把成精的刀，能那么老实地待在菜板上吗？天黑之后，它一定发出了什么声音，吓到了燕子。那刀在月光下可能还跳起舞来了，舞姿怪异邪恶，变幻出各种样子，故意吓唬燕子，燕子快要被吓死了。

一把刀会如此影响我儿子的情绪，那么刀也会影响燕子的情绪。燕子无力把刀收起来，它只能选择离开刀的领地。

现在是下午，太阳走到西厢房的屋脊上面。丝状云从西向东铺在天上，五只燕子坐在院子上空的电线上，头对着院子里的老房子。老房子坐北朝南，燕子坐南朝北，它们面对面对视着。我忽然感到老房子和燕子之间是能交流的，它们互相懂得。它们的语言我听不见、听不懂。现在，它们就在说话。燕子告诉老房子，它们搬到了哪里。至于搬走的原因，老房子是知道的。

我现在明白了，燕子回来，为什么落在高高的电线上，而不肯落到院子里的晾衣绳上，它们是和那把窗台上的刀保持安全的距离。它们想念老房子，想念旧巢，就飞回来看看。

五

几分钟后，当五只燕子一起飞走的时候，我的心并没有一下子空了。我从它们选择的位置，清晰地知道，它们只是回来看看过去的家，而不是回家来了。我的心是安宁的，因为我终于知道，它们还活着，找到了住处。这是我最后的疑问，它们今天给了我答案，这是最好的结局了。它们回来看过去的家，我恰好也在院子里，它们也看到我了吧。我如此牵挂它们，它们怎么会不知道呢？

可是，事情还没有完。当我以为所有的谜题都找到了答案，可以把这页翻过去的时候，关于燕子的最后一个谜题出现了。

一个月后，和后街的一个女人闲说话，我说到了燕子，我说我家的燕子走了。她马上惊讶地说，她家的燕子也走了。她又补充说，还没到走的时候啊。我说你知道燕子为什么走了吗？她说不知道。我说你家燕子窝下面的窗台上有一把刀吗？她说没有啊。

我的心忽然沉下去了。是不是整个村子的燕子都走了？我的燕子离开我，那把切菜刀只是原因之一，还有另外的原因隐藏在这个村子的空气里，人类的肉眼不能看见，但是燕子看见了。

这个问题我不想要答案了。我也无处得到答案。我忽然感到很累，对于猜谜失去了兴致。这是一件多可怕的事情啊。我宁愿相信，只有我家的燕子走了，只有我家出了问题，而不是整个一个村庄出了问题，整个一个村庄的燕子都走了。

2017 年 10 月 吉林乌喇街旧街村